SV

Band 665 der Bibliothek Suhrkamp

# Mircea Eliade
# Fräulein Christine

Roman

Suhrkamp Verlag

Titel des 1935 erschienenen Originals:
*Domnişoara Christina*
Aus dem Rumänischen übertragen
von Edith Silbermann


Erste Auflage 1980

Druck: Nomos Verlagsgesellschaft, Baden-Baden
Printed in Germany

# Fräulein Christine

# I

Auf dem Weg zum Speisezimmer griff Sanda nach seinem Arm und hielt ihn zurück. Es war ihre erste vertraute Geste in den drei Tagen des Beisammenseins in Z.

»Wissen Sie, daß noch ein Gast gekommen ist? Ein Professor.«

Egor blickte ihr im halbdunklen Zimmer in die Augen. Sie glänzten. Vielleicht macht sie mir Avancen, sagte er sich, trat näher und versuchte, sie um die Taille zu fassen. Das Mädchen riß sich jedoch los, war mit wenigen Schritten an der Speisezimmertür und öffnete sie. Egor nahm eine korrekte Haltung ein und blieb auf der Schwelle stehen. Drinnen brannte wieder die Gaslampe mit dem weißen, blendenden Strumpf: Ein viel zu starkes, grelles, künstliches Licht.

Frau Moscu schien jetzt noch müder zu lächeln. (An dieses Lächeln war Egor bereits so gewöhnt, daß er es vorausahnte, noch ehe er ihr Gesicht sah ...)

»Das ist Herr Egor Paşchievici«, stellte Frau Moscu ihn feierlich vor, wobei sie mit dem Arm matt zur Tür wies. »Er hat einen seltsamen Namen«, fügte sie hinzu, »ist aber ein waschechter Rumäne ... Herr Paşchievici ist Maler und erweist uns die Ehre, bei uns zu wohnen ...«

Egor machte ein kleine Verbeugung und bemühte sich, ein paar schmeichelnde Worte zu sagen. Frau Moscu zog ihren Arm zurück und richtete ihn in freudiger Erregung auf den Neuankömmling. Bot sich ihr doch selten genug Gelegenheit, so wort- und gestenreich Leute miteinander bekanntzumachen ...

»Herr Professor Nazarie, eine Leuchte der rumänischen Wissenschaft«, fuhr sie fort.

Egor ging entschlossen auf den Professor zu und reichte ihm die Hand.
»Ich bin bloß ein unbedeutender Assistent, gnädige Frau«, berichtigte Herr Nazarie und versuchte, ihren Blick noch eine Weile festzuhalten. »So unbedeutend . . .«
Aber Frau Moscu hatte sich bereits erschöpft auf den Stuhl fallenlassen. Der als Professor Angesprochene stockte, blieb betreten an ihrer Seite stehen und wagte nicht, sich den anderen zuzuwenden, aus Angst, lächerlich zu wirken. Eine Weile wußte er nicht, was er tun sollte. Schließlich faßte er einen Entschluß und setzte sich links von Frau Moscu hin.
»Dieser Stuhl ist besetzt«, flüsterte Simina ihm zu. »Ich esse immer an Mamas Seite . . .«
Herr Nazarie sprang auf und lehnte sich an die Wand. Egor und Sanda traten auf ihn zu und lächelten verlegen. Simina hätte sich nur einen dummen Spaß erlaubt, sagten sie. Sie sei ein launisches kleines Ding, dessen größte Freude es sei, bei Tisch an der Seite ihrer Mutter zu sitzen, selbst wenn Gäste da waren.
»Schließlich ist sie bloß neun Jahre alt«, fügte Sanda hinzu.
Frau Moscu schaute die ganze Zeit über lächelnd drein, als bäte sie ihre Gäste, es ihr nicht zu verübeln, daß sie sich nicht an der Diskussion beteiligte. Das Gespräch sei zweifelsohne anregend, interessant und lehrreich, sie bringe jedoch nicht die Kraft auf, ihm zu folgen, schien ihr Blick zu besagen. Offensichtlich hatte sie kein Wort verstanden; die Laute hatten ihre Ohren gestreift, ohne aufgenommen zu werden.
Egor führte Herrn Nazarie ans Ende des Tisches und wies ihm einen Platz neben Sanda zu. Darauf musterte er wieder

Frau Moscu und dachte: Welch seltsame Müdigkeit! Unbegreiflich!
»Ich weiß gar nicht, wie Ihnen danken«, sagte der Professor und setzte sich. »Ich bin mir darüber im klaren, ein Kind gekränkt zu haben. Dabei ist Simina ein wahrer Engel . . .«, bekräftigte er und warf der Kleinen einen innigen Blick zu.
Nazarie war ein noch ziemlich junger Mann, hatte das vierzigste Lebensjahr noch nicht erreicht, und so spielte er sich nicht bloß als Siminas Beschützer auf, sondern wollte sich überdies mit dem liebevoll auf sie gerichteten Blick bei ihr einschmeicheln. Er verzog den Mund zu einem breiten Lächeln. Sein biederes Gelehrtengesicht strahlte. Die Kleine hielt seinem Blick selbstsicher und ironisch stand. Eine Weile sah sie ihm tief in die Augen, dann nahm sie ihre Serviette zur Hand, wischte sich den Anflug eines Lächelns vom Mund und wandte den Kopf langsam ihrer Mutter zu.
»Sie sind gewiß zu Ausgrabungen hierhergekommen?« fragte Egor unvermittelt.
Der Professor war immer noch verlegen und dem Maler daher um so dankbarer, daß er ihm Gelegenheit gab, über seinen Beruf, seine große Leidenschaft, zu sprechen.
»Ja, mein Herr«, erwiderte er lebhaft und schluckte dabei Luft. »Wie ich auch Frau Moscu sagte, haben wir diesen Sommer die Arbeit bei den Ausgrabungen in Bălănoaia wieder aufgenommen. Der Name wird Ihnen vielleicht nicht viel sagen, aber die frühgeschichtliche Ausgrabungsstätte in Bălănoaia ist für uns Rumänen nicht ohne Bedeutung. Man hat dort eine berühmte *lébes* gefunden, eine große, ionische Schüssel, in der man, wie Sie sicherlich wissen, bei Festmählern das Fleisch hereinzubringen pflegte . . .«

Die Erinnerung an diese Schüssel, die er eingehend untersucht hatte, gab Nazarie Auftrieb. Mit einiger Wehmut gedachte er der damaligen Festmähler und schilderte sie voller Begeisterung. Es waren keine barbarischen, grotesken Festmähler gewesen.

»... Denn, wie ich bereits Frau Moscu sagte, auf dieser ganzen Ebene an der unteren Donau, besonders hier, im Norden von Giurgiu, gab es einst, im fünften Jahrhundert vor Christi eine blühende griechisch-thrakisch-skythische Kultur.«

Durchs Sprechen hatte er seine innere Sicherheit zurückgewonnen. Er blickte wieder beharrlich zu Frau Moscu, stieß jedoch nur auf dasselbe erloschene Lächeln, denselben unaufmerksamen Gesichtsausdruck.

»Bălănoaia, *maman*, der Herr Professor unternimmt archäologische Ausgrabungen in Bălănoaia!« rief Sanda, um ihre Mutter aus der Lethargie zu wecken.

Plötzlich in den Mittelpunkt der allgemeinen Aufmerksamkeit gestellt, wurde Nazarie wieder ganz verlegen. Er wehrte mit einer Handbewegung ab, als fühle er sich schuldig, daß Sanda ihre Mutter angeschrien hatte. Frau Moscu schien aus der schlafähnlichen Erstarrung aufzutauen. Für einige Augenblicke trat wieder Frische in ihr Gesicht, ihre ehemals so stolze, reine Stirn glättete sich. Sie wurde in der Tat hellwach.

»Bălănaoaia«, sprach sie, »dort hat einer unserer Ahnen ein Gut besessen.«

»Auch Tante Christine«, schaltete Simina sich geschwind ein.

»Ja, auch sie«, bestätigte Frau Moscu mit lebhaftem Kopfnicken.

Sanda runzelte die Brauen und sah ihre kleine Schwester

zornig an. Simina senkte jedoch brav und scheinheilig den Blick, heftete ihn auf ihren Teller. Im grellen Lampenlicht verloren ihre schwarzen Locken den Glanz.
Was für ein Puppenköpfchen sie doch hat! Und was für eine ruhige Stirn! staunte Egor. Man konnte den Blick nicht von ihr wenden. Ihr Gesicht war von marmorner Schönheit, die Züge von frühreifer Vollkommenheit. Egor fühlte, daß Herr Nazarie, der neben ihm saß, von ihrem Anblick ebenso gebannt war wie er.
»Allzu gesprächig sind wir heute, da wir endlich unter uns sind, nicht«, bemängelte Sanda. Die Bemerkung war vor allem auf Egor gemünzt.
Der Maler begriff, daß sie ihn mit dieser Stichelei herauszufordern versuchte. Er riß sich zusammen und wollte gerade die galante Anekdote erzählen, mit der er in Familienkreisen stets Erfolg erntete: »Wir schweigen, weil wir klug sind: Wie mein Freund Jean . . .« da kam Nazarie ihm zuvor:
»Sie haben den Sommer über hier, auf dem Gut, wohl viel Besuch . . .«
Atemlos sprach er darauf minutenlang, als fürchte er, vom Schweigen verschluckt zu werden, wenn er innehielt. Er sprach über die Ausgrabungen, über die Dürftigkeit des Museums für antike Kunst, über die Schönheit der Donauebene, Egor schielte dann und wann zu Frau Moscu hinüber. Sie schien Nazaries Worten gebannt zu lauschen, aber dem Maler war es nur allzu klar, daß sie kein Wort vernahm. Sanda nütze eine Pause Nazaries aus und sagte laut:
»*Maman*, der Braten wird kalt . . .«
»Was für interessante Dinge der Herr Professor uns doch erzählt!« flüsterte Frau Moscu.

Darauf fing sie wie immer mit gutem Appetit zu essen an, die Stirn etwas über den Teller geneigt, ohne jemandem einen Blick zu gönnen.
Sie war allerdings die einzige, die sich das Essen schmecken ließ. Die anderen rührten den Braten kaum an. Herr Nazarie, wiewohl hungrig von der Reise, war kaum imstande, die Hälfte von seiner Portion herunterzuwürgen. Der Braten hatte einen ekelerregenden Geruch. Sanda winkte die Haushälterin herbei, die devot an der Tür wartete.
»Ich habe dir doch gesagt, daß du kein Hammelfleisch mehr kaufen sollst!« sprach sie mit verhaltenem Zorn.
»Geflügel gab's nicht mehr, Fräulein Sanda. Die Hühner, die nicht krepiert sind, habe ich gestern und vorgestern geschlachtet. Die einzige Gans, die noch übrig war, lag heute morgen auch tot da.«
»Warum hast du nicht im Dorf Fleisch gekauft?« fragte Sanda noch ärgerlicher.
»Es wollte niemand etwas hergeben«, erwiderte die Haushälterin prompt. »Wollte oder konnte nicht«, fügte sie mit einem vielsagenden Lächeln hinzu.
Sanda errötete und gab der Haushälterin ein Zeichen, den Tisch abzuräumen. Frau Moscu hatte ihren Braten aufgegessen.
»Was für schöne Dinge der Herr Professor uns doch über Bălănoaia erzählt hat!« leierte sie wieder. »So viele Götzenbilder in der Erde, so viele Kleinode aus Gold.«
Der Archäologe sah sich genötigt, ihrem Überschwang einen Dämpfer aufzusetzen.
»Auf Gegenstände aus Gold stoßen wir höchst selten«, unterbrach er sie. »Die hatte man damals kaum. Es gab hier eine bäuerliche Kultur, blühende Dörfer, aber eben Dörfer. Gold gab es eher in den griechischen Häfen ...«

»Oh doch, vor Zeiten gab es auch hier Gold, alte Kleinodien aus Gold«, fuhr Frau Moscu unbeirrt fort.
»Auch Tante Christine besaß welche«, warf Simina ein.
»Woher willst du das wissen?« fragte Sanda sie in tadelndem Ton. »Meng dich doch nicht überall ein!«
»Das hat mir Mama gesagt«, entgegnete Simina keck. »Und auch die Amme.«
»Jeden Blödsinn nimmst du für bare Münze. Die Amme sollte dir den Kopf nicht mehr mit Geschichten vollstopfen«, fügte Sanda streng hinzu. »Du steckst nicht mehr in den Kinderschuhen und solltest solchen Ammenmärchen keinen Glauben mehr schenken.«
Simina sah ihre Schwester mit einem verächtlichen, gleichgültigen Lächeln an. Darauf wandte sie sich mit ernster Miene Egor zu und maß ihn lange mit dem Blick, als frage sie sich, ob er der gleichen Meinung und ebenso naiv sei . . .
Das Gespräch geriet wieder ins Stocken. Herr Nazarie beugte sich zu Egor hinüber.
»Welch glänzenden Einfall Sie doch hatten, hierher, in die Donauebene zurückzukehren«, sagte er. »Bisher hat, glaube ich, noch niemand versucht, eine solche Landschaft zu malen. Auf den ersten Blick sieht alles hier unter der erbarmungslosen Glut der Sonne zum Verzweifeln öde aus, dann merkt man aber, wie ungeheuer fruchtbar dieser Boden ist, erliegt dem Zauber dieser Landschaft.«
Er hatte sich in Begeisterung hineingesteigert. Egor sah ihn verdutzt an. Nazarie hatte auf ihn zunächst den Eindruck eines verschüchterten, mürrischen, armseligen Gelehrten gemacht. Aber seine Handbewegungen waren von vollkommener Grazie und was er sagte, hatte Saft und Kraft, war von ungewöhnlicher Frische. Er sprach die Worte

anders aus, mit vollem Klang, verlieh ihnen einen tieferen Sinn.

»Herr Paşchievici ist ein großer Künstler, aber zugleich ein gewaltiger Faulpelz«, griff Sanda ins Gespräch ein. »Er ist seit drei Tagen bei uns und hat seinen Malkasten noch gar nicht geöffnet.«

»Wie soll ich Ihre freundliche Bemerkung verstehen?« fragte Egor galant. »Sie könnte auf sehr verschiedene Weise ausgelegt werden. Ich könnte, zum Beispiel, annehmen, Sie brennen nur so darauf, mich endlich arbeiten zu sehen, in der Hoffnung, mich auf diese Weise rascher los zu werden . . .«

Sanda erwiderte ihm mit einem ermunternden Lächeln. Egor erfaßte alle Nuancen ihres anmutigen Scherzens. Es verriet ihm die Ungeduld ihres Herzens. Sanda ist auf jeden Fall großartig, sagte er sich, obwohl ihn ihr launisches Verhalten in diesen ersten drei Tagen auch zuweilen befremdete. Wie sehr unterschied sie sich doch von dem frivolen Fräulein, das ihn in Bukarest ohne Umschweife zu ködern getrachtet und ihm so freudig die Hand gedrückt, als er zugesagt hatte, für einen ganzen Monat nach Z. zu kommen. Vielleicht ängstigt sie etwas, vielleicht geht sie nicht aus sich heraus, weil noch andere Gäste dabei sind, hatte Egor sich am ersten Abend zu trösten versucht.

»Um Ihnen die Wahrheit zu sagen, fühle ich mich im Augenblick zu nichts imstande«, fuhr Egor, sich an Nazarie wendend, fort. »Schon gar nicht kann ich mich zum Malen aufraffen. Vielleicht macht mich der frühe Herbst, der eher einem Hochsommer gleicht, so träge.«

»Ich hätte, würde er mich darum ersuchen, eine bessere Ausrede für ihn parat«, sagte Sanda und fing zu lachen an. »Es ging hier in den letzten drei Tagen zu laut zu, es waren zu viele Freunde da, daran lag es wohl. Ab morgen wird er arbeiten können; wir sind dann unter uns ...«

Egor begann mit dem Messer zu spielen. Er mußte etwas Kaltes, Hartes anfassen, um seiner Ungeduld Herr zu werden.

»... Und mich werden Sie kaum spüren«, fügte Nazarie hinzu. »Sie werden mich hier nur zu Gesicht bekommen, wenn ...«

Statt den Satz zu beenden, zog er mit der Hand rasch einen Bogen um den Tisch. Frau Moscu dankte ihm geistesabwesend.

»Es ist uns eine Ehre, Sie bei uns zu haben«, erklärte sie, und ihre Stimme klang plötzlich wieder viel gefestigter, selbstsicherer. »Sie sind doch eine Leuchte der rumänischen Wissenschaft ...«

In diese Metapher schien sie verliebt zu sein, denn sie wiederholte sie immer wieder. Egor blickte zu Boden, der Griff ums Messer erschlaffte. Sanda beobachtete aus halbgeschlossenen Lidern seine Gesten. Wer weiß, was er über Mutter denkt, sagte sie sich und wurde plötzlich wütend.

»Gnädige Frau«, unterbrach Herr Nazarie sie verlegen. »Ihr Lob gilt zweifelsohne meinem Lehrer, dem großen, bedeutenden Vasile Pîrvan. Er war in der Tat ein überragender Gelehrter, der Stolz unseres Volkes, ein rumänisches Genie.«

Auf eine solche Gelegenheit hatte er schon lange gewartet: Er wollte sprechen, von Dingen erzählen, die nichts mit dieser seltsamen Tischrunde zu tun hatten, diesen ihm unverständlichen Gastgeberinnen fernlagen. So sprach er denn voller Begeisterung und Ehrfurcht über Pîrvan. Von ihm hatte er das Handwerk der Ausgrabungen erlernt.

Pîrvan, sein Vorgänger, hatte den Beweis erbracht, daß die Rumänen zu Recht stolz sind auf die Vor- und Frühgeschichte ihres Landes. Doch wie sollte er ihnen nur den Zauber schildern, den die Ausgrabungen, das Leben im Zelt auf ihn ausübten, die freudige Überraschung bei jedem Fund? »Ein Kamm aus Eisen, ein Nagel, eine Tonscherbe«, fuhr Nazarie fort, »all diese unansehnlichen, belanglosen Dinge, die ein Wanderer nicht einmal vom Boden aufheben würde, üben auf uns einen größeren Zauber aus als das schönste Buch, vielleicht sogar als die schönste Frau . . .«
Sanda versuchte einen Blick von Egor zu erhaschen, lächelte ihm zu, war auf ein ironisches Schmunzeln seinerseits gefaßt. Doch der Maler hörte Nazarie verständnisvoll, ja geradezu andächtig zu.
»Ein Kamm aus Eisen erschließt zuweilen eine ganze Kultur«, fügte der Archäologe, das Wort wieder an Frau Moscu richtend, hinzu.
Mitten im Satz hielt er jedoch jäh inne, als wäre ihm der Atem ausgegangen. Er starrte auf Frau Moscu, wagte nicht, die Augen zu schließen, vielleicht aus Angst, es könnte sich ihm hinter seinen Lidern ein noch entsetzlicheres Schreckgespenst offenbaren.
Da fragte Sanda: »Wer trinkt Kaffee?« und erhob sich geräuschvoll vom Tisch.
Herr Nazarie spürte kalten Schweiß auf seinen Schultern, seiner Brust, die Arme entlang. Als wäre er plötzlich in eine feuchte, eisige Zone geraten.
Ich bin sehr müde, sagte er sich, preßte die Hände aufeinander und wandte sich Egor zu, der eine ihm ziemlich unverständliche Geste vollführte. Mit zwei erhobenen Fingern wie ein Schüler, der sich im Klassenzimmer zu Wort meldet, stand der Maler da und lächelte vor sich hin . . .

»Trinken auch Sie, Herr Professor?« fragte ihn Sanda.
»Gern, sehr gern«, erwiderte Nazarie.
Erst als er die Kaffeeschalen auf dem Tisch sah, begriff er, was Sanda ihn gefragt hatte und beruhigte sich. Zugleich warf er nochmals, doch nun ohne Angst, einen Blick auf Frau Moscu. Die Gastgeberin hatte ihre Stirn geneigt und stützte sie mit ihrer rechten Hand. Am Tisch sprach niemand mehr. Aber er begegnete Siminas Blick. Sie hatte sich ihm zugewendet und betrachtete ihn erstaunt, ja sogar mißtrauisch, als bemühe sie sich, hinter ein Geheimnis zu kommen. Ihr unzufriedener, grübelnder Gesichtsausdruck entsprach so gar nicht ihrem Alter.

## II

Herr Nazarie öffnete ganz vorsichtig die Tür. Auf dem Flur fand er eine Petroleumlampe, die mit schwacher Flamme brannte. Er nahm sie von der Wand und trat sachte auf, um keinen Lärm zu machen. Die weichselrot gestrichenen Dielenbretter knarrten dennoch unter seinen Füßen, selbst wenn er auf dem Läufer ging. Warum, um Himmels Willen, haben sie uns bloß so weit auseinander liegende Zimmer zugewiesen? fragte sich Herr Nazarie gereizt.

Er hatte keine Furcht, mußte aber lange gehen bis zu Egors Zimmer, mußte an vielen Türen vorbei, ohne zu wissen, ob in den Zimmern jemand war, ob er jemanden störte. Hätte er indes gewußt, daß diese Zimmer leer standen, es wäre ihm noch unheimlicher zumute gewesen; daran wollte Herr Nazarie lieber gar nicht denken.

Egors Zimmer lag am Ende des Korridors. Froh, es endlich erreicht zu haben, klopfte Nazarie mehrmals an.

»Ich hoffe, ich störe Sie nicht allzu sehr«, sagte er, die Tür öffnend. »Ich bin überhaupt nicht schläfrig.«

»Auch ich nicht«, erwiderte Egor und erhob sich vom Kanapee.

Es war ein großes, geräumiges Zimmer mit einem Balkon zum Park. Das alte Holzbett stand in einer Ecke. Ein Schrank, ein Waschbecken, ein Kanapee, ein eleganter Schreibtisch, zwei Stühle und eine Chaiselongue waren das übrige Mobiliar. Das Zimmer war jedoch so groß, daß es dürftig eingerichtet schien. Die Möbel standen zu weit auseinander. Man konnte sich im Raum frei bewegen.

»Ich bin sehr froh, daß Sie gekommen sind«, fügte Egor hinzu. »Ich fragte mich schon, wie ich die Zeit totschlagen sollte. Zum Lesen habe ich nichts Besonderes mitgebracht, ich beabsichtigte, tagsüber viel zu arbeiten . . .«

Hoffte, die Abende mit Sanda zu verbringen. Diesen Gedanken sprach er jedoch nicht aus. Stattdessen fuhr er fort:

»Ich bin zum ersten Mal so früh am Abend auf mein Zimmer gegangen. Bisher blieb ich bis spät in die Nacht im Park; es waren viele Gäste da, viel Jugend. Aber ich glaube, die Leute strengten Frau Moscu zu sehr an. Rauchen Sie?« fragte er und reichte Herrn Nazarie die geöffnete Zigarettendose.

»Danke, nein. Doch was ich Sie fragen wollte . . . Sind alle diese Zimmer neben uns unbewohnt?«

»Ich glaube schon«, erwiderte Egor lächelnd. »Es sind Gästezimmer. Im ganzen Stockwerk. Auch die Zimmer darunter stehen, glaube ich, alle leer. Frau Moscu wohnt mit ihren Töchtern im anderen Flügel des Hauses.« Er versank in Gedanken, zündete sich eine Zigarette an und setzte sich Nazarie gegenüber auf einen Stuhl. Beide schwiegen.

»Welch herrliche Nacht«, sagte Herr Nazarie nach einer Weile und blickte zum Balkon.

Aus dem Dunkel traten allmählich die großen, noch unscharfen Umrisse der Bäume hervor. Auch Egor blickte hinaus. Es war in der Tat eine herrliche Nacht. Und in einer solchen Nacht die Gäste um halb zehn mit einem »Gutenachtgruß« zu verabschieden und sich wie ein braves kleines Mädchen mit der Mutter zurückzuziehen . . .

»Wenn man lange reglos dasitzt und langsam, ohne jede Hast einatmet, spürt man die Atmosphäre der Donau . . . Ich jedenfalls spüre sie.«

»Sie dürfte jedoch sehr weit entfernt sein«, sagte Egor.

»Ungefähr dreißig Kilometer weit. Vielleicht auch weniger. Aber es ist die gleiche Nacht wie dort, das spürt man schnell . . .«

Herr Nazarie stand auf und ging zum Balkon. Nein, der Mond wird erst nach einigen Tagen wieder aufgehen, sagte er sich, als er hinaussah.

»Es ist auch die gleiche Luft«, fügte er, den Kopf zurücklehnend hinzu und atmete mit offenem Mund tief ein. »Sie scheinen nie an der Donau gelebt zu haben, sonst wäre Ihnen dieser Duft nicht entgangen. Ich rieche die Donau auch in der Bărăganebene.«

Egor lachte auf.

»Ist das nicht übertrieben?«

»Aber nein!« erklärte Herr Nazarie. »Es ist ja nicht bloß die feuchte Luft, die vom Wasser her kommt. Es ist ein Geruch, der von Lehm und Sumpfpflanzen herrührt.«

»Das ist alles kaum wahrnehmbar«, unterbrach Egor ihn lächelnd.

»Für mich ist er unverkennbar, wo immer ich mich befände. Ich habe manchmal den Eindruck, daß irgendwo in der Ferne ganze Wälder faulen, so vielfältig und zugleich elementar ist der Geruch, den der Wind heraufbringt. Früher einmal gab es hier, ganz in der Nähe, Wälder. Es gab den Teleorman . . .«

»Auch dieser Park scheint alt zu sein«, sagte Egor und streckte seinen Arm zum Balkon hinaus.

Herr Nazarie sah ihn freundlich an, ohne ein herablassendes Lächeln verbergen zu können.

»Alles, was Sie hier sehen, ist nicht mehr als hundert Jahre alt. Akazien . . . Der Baum armer Leute. Kaum hie und da eine Ulme zu sehen.« Voller Leidenschaft fing er an, über Wälder und Bäume zu sprechen.

»Staunen Sie nicht«, sagte er plötzlich, hielt in seinem Diskurs inne und legte Egor die Hand auf die Schulter. »Ich mußte alles lernen, von einfachen Leuten, aus Büchern, von Gelehrten, wie es sich eben traf. Für die Ausgrabungen natürlich. Ich mußte wissen, wo sich meine Vorfahren, die Skythen, Geten und alle anderen, die es hier noch gab, niederlassen konnten.«

»Hier werden wahrscheinlich wenig Spuren aufzufinden sein«, sagte Egor und versuchte, das Gespräch auf das Thema der Vorgeschichte zu bringen.

»Doch, auch hier müßten welche auffindbar sein«, sprach Herr Nazarie bescheiden. »Irgendwo dürften hier Straßen gewesen sein und sogar Dörfer am Rand des Waldes. Besonders in der Nähe der Täler. Jedenfalls geht für mich von einer Gegend, in der es jahrhundertelang Wälder gab, ein unbeschreiblicher Zauber aus.«

Er blieb stehen, beugte sich über die Balkonbrüstung und atmete wieder tief die Nachtluft ein.

»Ich bin immer wieder erfreut, die Atmosphäre der Donau zu spüren, selbst an solchen Orten«, fuhr er mit gesenkter Stimme fort. »Von ihr geht ein anderer Zauber aus, ein Zauber, von dem man sich gern einfangen läßt, der nichts Beängstigendes hat. Menschen, die am Ufer eines Stromes leben, sind sowohl klüger als auch mutiger als andere; die Abenteuerlust hat sich auch hier verflüchtigt, nicht bloß an den Meeresküsten . . . Der Wald dagegen, sehen Sie, jagt Schrecken ein. Er macht wahnsinnig.«

Egor lachte hell auf und trat ins Zimmer. Das Lampenlicht umfing wieder seine ganze Gestalt.

»Das ist freilich durchaus begreiflich«, fuhr Herr Nazarie fort, »der Wald flößt selbst einem aufgeklärten jungen Mann wie Ihnen, der keineswegs abergläubisch ist, Schrekken ein. Jeden befällt das gleiche Entsetzen in dieser wildwuchernden Pflanzenwelt, in der die alten Bäume wie menschliche Körper aussehen.«

»Glauben Sie nur nicht, daß ich vom Fenster wegging, weil ich Angst gehabt hätte«, sagte Egor. »Ich wollte mir nur eine Zigarette anzünden, kehre nun aber gleich wieder zu Ihnen zurück . . .«

»Das ist nicht nötig. Ich glaube Ihnen aufs Wort. Wem wird schon ein Akazienpark Angst einjagen«, sagte Herr Nazarie, ging ins Zimmer zurück und setzte sich aufs Kanapee. »Aber was ich Ihnen sagte, stimmt. Hätte es die Donau nicht gegeben, die Leute in dieser Gegend wären verrückt geworden. Ich meine natürlich die Menschen, die vor zwei- oder dreitausend Jahren hier lebten . . .«

Egor sah ihn sehr erstaunt an. Dieser Professor wird ja immer interessanter. Wenn wir noch zwei Stunden aufbleiben, sagt er mir Gedichte auf, in denen von Totenschädeln die Rede ist . . .

»Ja, was ich Sie noch fragen wollte: Kennen Sie unsere Gastgeberin schon lange?«

»Ich kenne bloß Fräulein Sanda, und auch sie noch nicht allzu lange; seit etwa zwei Jahren. Wir haben gemeinsame Freunde. Frau Moscu habe ich erst, als ich vor wenigen Tagen herkam, kennengelernt.«

»Sie wirkt sehr erschöpft«, sagte Herr Nazarie.

Egor nickte. Daß der Archäologe alles so ernst nahm, amüsierte ihn. Er tat so, als weihe er ihn in ein Geheimnis ein, als teile er ihm etwas mit, das nur ihm aufgefallen war. Gerade mir sagt er das, der ich mich seit Tagen bemühe, mir ihr Lächeln einzuprägen . . .

»Ich bin ja eher durch Zufall hierher geraten«, fügte Herr Nazarie hinzu. »Der Präfekt, der ein alter Freund der

Familie zu sein scheint, lud mich ein. Aber ich fühle mich hier allmählich nicht wohl, frage mich, ob wir den Leuten nicht zur Last fallen. Frau Moscu sieht sehr mitgenommen aus, sie dürfte krank sein.«

Egor antwortete in einer Weise, als müsse er sich entschuldigen. Er sagte, auch er wäre am liebsten abgereist, da ihm gleich am ersten Tag die Erschöpfung der Gastgeberin aufgefallen sei. Die anderen Gäste hätten sich jedoch über Frau Moscus Zustand keinerlei Gedanken gemacht. Vielleicht kannten diese Leute sie länger und hatten sich an ihr Aussehen gewöhnt. Oder vielleicht war sie gar nicht ernstlich krank. Zuweilen, besonders morgens, verfolgte Frau Moscu jedes Gespräch mit lebhaftem Interesse.

»Ihre Kräfte scheinen zugleich mit denen der Sonne zu schwinden«, fügte Egor nach einer kurzen Pause etwas feierlich hinzu. »Am Abend ist sie völlig ausgelaugt; manchmal verfällt sie in einen lethargischen Zustand, der mich umso seltsamer anmutet, als sie ihr Lächeln, ihren maskenhaften Gesichtsausdruck beibehält.«

Herr Nazarie vergegenwärtigte sich ihre weitaufgerissenen Augen mit dem kalten, intelligenten Blick; er vergegenwärtigte sich auch ihr Lächeln, das ihr ganzes Gesicht aufhellte und das so leicht irreführte. Nein, er konnte dem Maler nicht zustimmen. Frau Moscus Gesicht wirkte auf ihn nicht maskenhaft sondern lebhaft, konzentriert. Sie war die Aufmerksamkeit in Person. Wenn sie lächelte, hatte er den Eindruck, sie sei durchaus präsent und lausche seinen Worten wie bezaubert. Die Aufmerksamkeit, die sie ihm entgegenbrachte, war ihm anfangs geradezu peinlich gewesen und hatte ihn erröten lassen. Sehr bald erkannte er jedoch, daß sie gar nicht zugehört hatte, daß seine Worte an ihr abgeglitten waren. Sie hatte seine Gesten verfolgt, die Bewegung seiner Lippen gesehen und war ihm im richtigen Augenblick ins Wort gefallen.

»Ich finde das großartig!« führte Herr Nazarie seine Gedanken zu Ende. »Sie unterbricht den Sprecher im richtigen Augenblick, streut ein paar Worte ein, damit man nicht glaubt, sie säße teilnahmslos da und ihr Schweigen nicht als störend empfindet.«

Egor hörte ihm mit wachsendem Staunen zu. Er zögerte noch immer, den Archäologen für sonderlich intelligent oder gar für einen sensiblen Menschen zu halten. Er hat Anlagen zum Künstler, sagte er sich, und ist dennoch so verklemmt, so weltfremd.

»Übertreiben wir nicht ein wenig?« fragte er, stand auf und ging im Zimmer auf und ab. »Vielleicht handelt es sich bei ihr nur um eine chronische Erschöpfung, falls es so etwas überhaupt gibt.«

»So etwas gibt es nicht«, sagte Herr Nazarie in unwillkürlich ironischem Tonfall. »Eine chronische Erschöpfung wäre eine Art anhaltendes Sterben . . .«

Diese letzten Worte gefielen ihm nicht. So stand er denn ebenfalls vom Kanapee auf und durchmaß das Zimmer. Wieder kroch ihm dieser verdammte, kalte Schweiß über den Rücken. Verdrossen blickte er aufs Kanapee, als wolle er sich von der Unansehnlichkeit dieses Möbelstücks überzeugen. Er schaute es, die Brauen runzelnd, an, verärgert mehr über sich selbst, über seine schwachen Nerven, über seine kindischen Vorstellungen.

»Jedenfalls übertreiben auch wir«, sprach Egor am anderen Ende des Zimmers; »wir sind zu empfindlich. Sehen sie nicht, wie ihre Töchter, besonders die Kleinere, sich zu ihr verhalten?«

Er blieb an der Tür stehen, als habe er ein Geräusch gehört.

Wahrscheinlich suchte ein Dienstbote etwas auf dem Flur, sah nach, ob alle Türen abgesperrt waren. Welch vorsichtiger, lästiger Schritt, den man mehr erriet, als hörte. Nun knarrte leicht der Fußboden. Egor lauschte einige Augenblicke, einige lange Augenblicke, vernahm jedoch nichts mehr. Das Bauerntrampel wird auf Zehenspitzen gehen und den Atem anhalten, aus Angst, uns zu wecken, sagte er sich irritiert, weil das Geräusch so plötzlich verstummt war. Sie sollte besser fest auftreten, damit man ihre Schritte die ganze Zeit hört.

»Ich glaubte, Schritte auf dem Flur gehört zu haben«, sagte Egor laut und durchmaß wieder das Zimmer. »Morgen werde ich an meine Tür einen Zettel mit folgender Aufschrift heften: ›Bitte im Flur nicht auf den Zehenspitzen zu gehen!‹ Das ist wirklich enervierend. Man könnte glauben, es schleichen sich Diebe heran. Ich wüßte allerdings nicht, wie sie hierher gelangen sollten«, fügte er lachend hinzu. »Immerhin ist es enervierend . . .«

Herr Nazarie ging wieder zum Balkon und streckte den Kopf ins Dunkel hinaus.

»Die Nächte sind immer noch so warm«, sagte Egor. »Wir hätten im Park sitzen können, statt uns hier einzuschließen.«

Der Archäologe blieb die Antwort schuldig. Der wälzt wohl schwere Gedanken, philosophiert vielleicht wieder über die Donau, mokierte sich Egor im stillen über Nazarie. Im Grunde genommen aber sind seine Behauptungen nicht ganz von der Hand zu weisen; ein so großer Fluß, ein Strom mit breiten, gastlichen Ufern . . . Und er vergegenwärtigte sich, wie schön, wie erhaben die Donau war. Er hätte weit fort sein wollen, zum Beispiel, auf dem Deck einer Yacht, die langsam stromaufwärts fuhr, auf einer

Chaiselongue liegen und Radio hören oder mit jungen Leuten plaudern mögen. Ohne lärmende Jugend ringsum langweilt man sich allmählich. Man muß das Gefühl haben, vollauf zu leben, sonst ... Irritiert wandte er sich um. Er hatte den Eindruck, daß jemand ins Zimmer getreten war, hinter ihm stand und ihn mit dem Blick durchbohrte. So etwas ging ihm immer auf die Nerven. Er war jedoch allein. Der Archäologe war immer noch auf dem Balkon. Recht unhöflich von ihm, sagte sich Egor. Oder vielleicht fühlt er sich nicht wohl, und ich sollte ihm etwas anbieten. Er ging zum Balkon. Nazarie trat ihm strahlend entgegen.

»Entschuldigen Sie, daß ich so lange draußen geblieben bin« sagte er. »Mir war plötzlich ganz schwindelig. Ich glaube, ich bin wirklich übermüdet. Es behagt mir hier nicht ...«

»Offenbar auch mir nicht« sagte Egor lachend. »Aber das ist nicht so wichtig. Leider kann ich Ihnen bloß einen Kognak anbieten. Den werden Sie doch hoffentlich nicht ablehnen.«

»Ein andermal hätte ich es getan. Heute aber habe ich die Unvorsichtigkeit begangen, einen Kaffee zu trinken, und wenn ich die ganze Nacht wach bleibe, tauge ich morgen zu gar nichts«.

Egor öffnete seine Reisetasche, holte aus ihr eine bereits angebrochene Flasche hervor, nahm aus dem Schrank zwei große Wassergläser und schenkte in jedes einen Finger breit Kognak ein.

»Hoffentlich schläft man danach gut«, sagte Herr Nazarie und trank das Glas in einem Zug leer.

Darauf preßte er die Hände aufs Gesicht und rieb es, als wollte er es glätten. Er hat das Zeug wie einen Pflaumenschnaps heruntergekippt, dachte Egor und nippte genüßlich an seinem Kognak. Der Alkohol hatte die Atmosphäre im Zimmer verwandelt: Die Stimmung war herzlicher, kameradschaftlicher geworden. Egor fühlte keinen fremden Blick mehr auf sich gerichtet. Er machte es sich im Stuhl bequem und sog den Duft ein, der unsichtbar aus dem Glas aufstieg, ein vertrautes Arom, das ihn an so viele gemütliche, mit Freunden oder gewissen Frauen verbrachte fröhliche Stunden erinnerte. Wie wohltuend Alkohol doch sein kann! sagte er sich.

»Geben Sie mir eine Zigarette«, bat ihn Nazarie, dem die Kehle noch vom Kognak brannte. »Vielleicht habe ich mit der mehr Glück.«

Das Rauchen fiel ihm tatsächlich etwas leichter. Egor schenkte wieder ein. Er war nun viel besserer Laune, hatte Lust zum Plaudern. Wäre doch Sanda dabei, hätte sie nur ein wenig mehr Vorstellungskraft bewiesen . . . Wie schön wäre es doch, in einer solchen Nacht mit einem amüsanten Menschen wie diesem Archäologen bei einer Flasche Kognak zusammen zu sitzen und sich zu unterhalten. Denn dazu kommt man ja schließlich aufs Land, um bis spät in die Nacht miteinander zu sprechen, einander besser zuzuhören.

»Den trinken Sie aber nicht so hastig, Herr Professor«, scherzte Egor. Er war nun zum Sprechen aufgelegt, empfand das Bedürfnis, sich jemandem anzuvertrauen.

»Was ich Sie fragen wollte: Wie machen Sie eigentlich Ihre archäologischen Entdeckungen?« sagte er.

»Das ist einfach«, erwiderte Nazarie, »ganz einfach . . .«

Plötzlich stockte er, die Kehle war ihm wie zugeschnürt. Sie wechselten rasch einen Blick, wobei jeder von ihnen sich fragte, ob auch den anderen das gleiche bange Gefühl

beschlichen hatte, dann griffen sie beide zum Glas und kippten das Getränk herunter. Der Archäologe preßte nicht mehr die Hände aufs Gesicht. Diesmal tat ihm der Alkohol gut. Er wagte nicht, Egor zu fragen, erriet aber aus dessen Blick, daß er den gleichen peinlichen Eindruck gehabt hatte, vom gleichen widerwärtigen Grauen geschüttelt worden war. Das Empfinden, jemand nähere sich, schicke sich an, zuzuhören, jemand, den man nicht sah, aber dessen Gegenwart man am Pochen des Blutes spürte und am Funkeln der Augen des Nachbars erkannte ...
Beide machten Anstalten, das Gesprächsthema zu wechseln. Egor bemühte sich, etwas zu finden, das ihre Gedanken von diesem Zimmer, von ihrer augenblicklichen Lage ablenken sollte. So sehr er sich jedoch den Kopf zerbrach, es fiel ihm nichts ein. Er war wie erstarrt. Dabei hatte er nicht einmal Angst. Vorhin hatte er etwas empfunden, das sich mit nichts vergleichen ließ, was er je erlebt hatte. Einen ungeheuren Ekel, vermischt mit Entsetzen. Es hielt nur wenige Augenblicke an. Kaum hatte er das Glas zur Hand genommen und einen Finger breit Kognak heruntergekippt, und schon fühlte er sich wieder wohler.

»Waren Sie jemals in Marseille?« fragte er unvermittelt, griff nach der Flasche und schenkte wieder ein.

»Vor langer Zeit«, erwiderte der Archäologe, »gleich nach dem Krieg. Seither wird sich vieles verändert haben ...«

»Es gibt dort eine Bar, gleich beim Hotel ›Savoy‹«, fuhr Egor, in Schwung geratend, fort. »Sie heißt ›L'étoile marine‹. Ich erinnere mich genau, so heißt sie. Dort ist es Brauch: Wenn einem der Kognak schmeckt, fängt man an zu singen ...«

»Ein glänzender Einfall!« sagte der Archäologe. »Leider habe ich keine Stimme.«

Egor sah ihn verächtlich an. Er traut sich nicht zu singen, er schämt sich, dachte er. Darauf führte er das Glas zur Nase, schnupperte daran, tat einen Schluck, neigte leicht den Kopf zurück und fing zu trällern an:

*»Les vielles de notre pays*
*Ne sont pas des vielles moroses,*
*Elles portent des bonnets roses . . .*

## III

Herr Nazarie wurde durch mehrmaliges Klopfen an seiner Tür vollends wach. Schon seit einer guten halben Stunden kämpfte er gegen den Schlaf an, öffnete einen Spaltbreit die Augen, blinzelte ins grelle Tageslicht, das ihn blendete, fühlte sich erfrischt von der kühlen Morgenluft und schlummerte wieder ein. Ein leichter Schlaf mit häufigen Unterbrechungen, doch umso erquickender. Im Bewußtsein, daß ein solches Wohlbefinden nicht alle Tage wiederkehre, hätte er es noch gern eine Weile ausgekostet. Je hartnäckiger der Widerstand war, umso wohltuender empfand er das Hinübergleiten in den Schlaf. Eine Weile und noch eine ... Mitten im Schlaf nagte an ihm die Gewißheit, daß dieses Glück flüchtig und unwiederbringlich sei, daß er bald aus diesem angenehmen Schwebezustand ins Licht hinausgeschleudert werden würde. Das Klopfen an der Tür raubte ihm endgültig den Schlaf.

»Küß die Hand.«

Eine ältliche Frau brachte ihm Milch.

»Es ist spät, es ist wohl schon sehr spät«, sagte Herr Nazarie. Die Frau lächelte und wich seinem Blick aus. Nazarie rieb sich die Stirn. Er hatte ein wenig Kopfweh und einen bitteren Geschmack im Mund. Es tat ihm plötzlich leid, daß er so lange im Bett geblieben war. Das Wonnegefühl, in dem er geschwelgt hatte, erschien ihm nun widerwärtig. Zugleich fühlte er sich abgespannt, war traurig und verzweifelt, und das ohne jeden Grund; so erging es ihm immer, wenn er in einem fremden Zimmer erwachte. Er empfand eine große, unbegreifliche innerliche Leere; alles erschien ihm sinnlos ... Dann erinnerte er sich an die vielen Gläser Kognak, die er in der vergangenen

Nacht geleert hatte und wurde noch aufgebrachter gegen sich selber. Sich so sinnlos zu betrinken, die Zeit totzuschlagen wie ein Taugenichts ...

»Wenn der gnädige Herr warmes Wasser wünschen«, sagte die Frau.

»Nein. Auf keinen Fall warmes Wasser!« Nazarie hatte das Bedürfnis, sich irgendwie zu bestrafen, zu quälen. Am liebsten hätte er sich von Kopf bis Fuß mit kaltem Wasser gewaschen ...

Die Frau schloß die Tür hinter sich, und Nazarie sprang geräuschvoll aus dem Bett. Die Kopfschmerzen und das Schwindelgefühl hielten an. Er füllte die Schüssel mit kaltem Wasser und begann sich zu waschen. Da fiel ihm ein, was er in der letzten Nacht alles erlebt hatte. Er mußte lachen. Welch blödsinnige Wahnvorstellungen, welch sinnlose Angst. Es genügte, sich ein wenig umzusehen, den Blick auf die reine, nicht verwässerte, noch leicht dampfende heiße Milch zu richten, das Licht und die kühle Herbstluft wahrzunehmen, um die Lächerlichkeit all dieser Hirngespinste zu erkennen. Und nicht einmal richtig rauchen habe ich gelernt, sagte sich Herr Nazarie ironisch, während er in die Kleider schlüpfte. Dann setzte er sich an den Tisch, trank die Schale Milch ganz aus, rührte jedoch weder Butter noch Konfitüre an, sondern brach bloß eine Ecke vom gerösteten Brot ab und knabberte daran, während er sich ankleidete. Allzu üppig war das gestrige Abendessen nicht, erinnerte er sich. Hätte ich nicht so viel Kognak getrunken – was ja Gift für mich ist –, ich hätte heute einen Mordshunger. Daß das Essen zu wünschen übrig ließ, haben alle festgestellt. Der Hammelbraten hatte einen starken Stich. Das Gemüse war nicht frisch. Zum Glück gab es einen guten Maisbrei mit Käse und Sauerrahm. Er sah sich im Spiegel an und lächelte. Ich habe vergessen, mich zu rasieren. Vielleicht hat sie mich deswegen gefragt, ob ich warmes Wasser wünsche. Nun ist es zu spät, ich kann mich ebenso gut mit kaltem Wasser rasieren ...

Ohne Eile nahm er seinen Rasierapparat aus dem Koffer. Während er sich einseifte, stieg aus der Tiefe der Erinnerung eine schwermütige, getragene Melodie in ihm auf. An den Text konnte er sich zunächst nicht entsinnen. Das Lied blieb eine Weile gestaltlos in der Schwebe, Wortfetzen flatterten hin und her, gingen unter und tauchten wieder empor.

*Les vieilles de notre pays ...*

Das hat ja Egor heute nacht gesungen, fiel ihm plötzlich ein. Er erinnerte sich auch, was den Maler zu singen veranlaßt hatte. Es war ihm plötzlich ebenso unheimlich zumute wie mir, sagte sich Nazarie lächelnd. Nun, da das nächtliche Erlebnis hinter ihm lag, konnte er darüber lachen. Eifrig verteilte er den Seifenschaum auf seinem Gesicht. Immerhin hatte ich deutlich den Eindruck, daß mich jemand belauscht. Ich erinnere mich ganz genau. Und bei Tisch ... Da war es noch schlimmer, ja das war wirklich arg! Doch ich will lieber an das helle Zimmer, die weißgetünchten Wände denken, an das kleine Stück heiteren Himmel, den ich in meinem Spiegel sehe, an den Seifengeruch, der mir in die Nase steigt.

Herr Nazarie prüfte aufmerksam die Schärfe seiner Klinge, ehe er sie ansetzte, und rasierte sich betulich vor dem Spiegel, wobei er seine Lippen graziös zusammenzog, um nur ja nicht durch eine unbedachte Grimasse die Symmetrie seines Gesichtes zu zerstören. Jeder Handgriff bereitete ihm Vergnügen.

Ziellos durchstreifte Herr Nazarie den ganzen Vormittag die Felder. Seine Gedanken weilten keineswegs bei der Vorgeschichte. Es bestand übrigens wenig Aussicht darauf, in dieser eintönigen, weitgestreckten Ebene bei einer Ausgrabung fündig zu werden. Im Norden des Guthofs, zum Dorf hin, wurde die Landschaft allmählich hügelig, Nazarie aber hatte absichtlich die entgegengesetzte Richtung eingeschlagen. Hier war es vor der Wintersaat noch schön, keine Wolke, kein Schatten, so weit das Auge reichte, und dennoch war die Sonne nicht ermüdend. Ihm unbekannte Vögel schwirrten zum Himmel empor. Man hörte nur Heupferdchen und Grillen. Eine unendliche, lebensvolle, nicht erstarrte Stille. Selbst der menschliche Schritt ging in der Vielfalt der kleinen wohlklingenden Laute unter, die zusammen die Einsamkeit und Ruhe der Ebene erfüllten. Wie großartig diese muntenische Ebene doch ist, dachte Nazarie. Schade, daß die Ferien nur noch zwei – drei Wochen dauern! In Bukarest erwarten mich die Prüfungen der Studenten, mein Arbeitszimmer. Wenn wir wenigstens die Ausgrabungen in Bălănoaia erfolgreich zu Ende führen würden.

Wenige Minuten vor der Essenszeit kehrte er zum Gutshof zurück. Unterwegs traf er Simina, die allein im Park umherschlenderte.

»Guten Morgen, kleines Fräulein!« begrüßte er sie herzlich.

»Guten Morgen, Herr Professor. Haben Sie gut geschlafen?« fragte die Kleine mit einem maliziösen Lächeln. »Auch Mama wird sich bestimmt danach erkundigen, aber ich wollte die erste sein, die Ihnen die Frage stellt.«

Ihr Lächeln verwandelte sich unmerklich in ein kurzes, leises Kichern. Der Archäologe war von ihrem Anblick, ihrer Schönheit ganz gefesselt. Die Vollkommenheit ihrer Züge wirkte geradezu unnatürlich. Sie hatte etwas Puppenhaftes. Selbst ihre Zähne glänzten zu sehr, die Haare waren allzu schwarz, die Lippen von auffälligem Rot. Sie war in der Tat ein Wunderkind.

»Ich habe ausgezeichnet geschlafen, mein Fräulein«, sagte Nazarie und trat näher, um ihr mit den Fingern durch die Locken zu fahren.

Kaum hatte er jedoch den Arm ausgestreckt, als ihm plötzlich Bedenken kamen, sie zu streicheln. Ihr Lächeln schüchterte ihn ein. Linkisch zog er seine Hand zurück. Simina war kein Kind mehr; neun Jahre alt, hatte man ihm gestern gesagt, aber wie weiblich war ihr Gang schon, wie verführerisch waren ihre Gesten, die Rundungen ihres Körpers.

»Haben Sie Herrn Egor nicht heute nacht von seiner Arbeit abgehalten?« fragte Simina hintergründig und mit einem leichten Stirnrunzeln.

Herr Nazarie machte aus seinem Staunen kein Hehl. Im Gegenteil, er freute sich, daß ihm das Mädchen Gelegenheit gab, es zu loben, ihm in die Falle zu gehen; er hoffte, auf diese Weise seine Gunst zu gewinnen.

»Woher weißt du überhaupt, daß ich heute nacht bei Herrn Egor war?« fragte er.

»Ich hab's mir gedacht.« Sie lachte hell auf.

Der Archäologe blieb steif und sichtlich verlegen vor ihr stehen. Simina war nicht auf den Mund gefallen.

»Wenn zwei Gäste einander kennenlernen«, sagte sie, »sucht immer der eine den anderen auf. Und Herr Egor hat das schönste Zimmer. Dort kommen die Gäste am liebsten zusammen . . .«

Sie sprach ihren Gedanken nicht zu Ende, setzte wieder ihr

kindliches, triumphierendes Lächeln auf und trat einen Schritt auf Nazarie zu.
»Aber ich glaube, das ist nicht gut so. Herr Egor hat zu tun und sollte nachts allein gelassen werden . . .«
Sie hatte die letzten Worte in strengem, kühlem, befehlerischem Ton gesprochen. Das Lächeln war von ihrem Gesicht gewichen. Nazarie fühlte sich nun noch mehr eingeschüchtert.
»Gewiß, gewiß«, stammelte er. »Aber einmal ist keinmal, es soll nicht wieder vorkommen . . .«
Simina fixierte ihn eine Weile mit geradezu frechem Blick, wandte sich dann wortlos ab und entfernte sich im Park.
Sie scheint etwas zu wissen, wovon ich keine Ahnung habe, überlegte Nazarie. Vielleicht wird gar ein Komplott gegen Egor geschmiedet? Nächtliche Begegnungen im Park, sentimentale Spaziergänge, so wird es gewöhnlich eingefädelt. Und Simina weiß offenkundig über alles Bescheid.
Er ging auf sein Zimmer, um sich noch vor dem Essen die Hände zu waschen. Dumm genug, ein kleines Mädchen in derlei Dinge einzuweihen, setzte er seine Gedanken fort. Dazu noch ein so aufgewecktes Kind wie Simina . . .
Er ging eilig hinunter und geradewegs zum Speisezimmer, denn er hatte bereits den Gongschlag gehört, und fünf Minuten danach würde das Essen aufgetragen, gleichgültig ob alle versammelt waren oder nicht. So bestimmte es die Hausordnung. Darauf hatte man ihn gleich nach der Ankunft aufmerksam gemacht. Alle außer Simina saßen bereits bei Tisch.
»Wie haben Herr Professor geschlafen?« erkundigte sich Frau Moscu.
Sie sah an diesem Vormittag weniger müde aus, trug ein

rauchgraues Kleid mit einem blaßrosa Kragen und schien irgendwie verjüngt, jedenfalls lebendiger. Sie bewegte graziös ihre bloßen Arme, die sehr zart wirkten.

»Haben Sie wirklich gut geschlafen?« fragte auch Sanda, bemüht, ihr Staunen zu verbergen.

Die Wirtschafterin war aufhorchend an der Tür stehengeblieben. Sie blickte zu Boden, die Hände auf dem Rücken verschränkt, als erwarte sie einen Auftrag, hörte jedoch in Wirklichkeit ebenso neugierig zu.

»Ich habe großartig geschlafen«, erwiderte Nazarie. »Anfangs konnte ich nicht einschlafen, aber Herr Paşchievici war so nett . . .«

Er wandte ihm das Gesicht zu. Egor spielte mit dem Brotmesser und lächelte. Er hat also bereits alles ausgeplaudert, dachte Nazarie. Hat vermutlich erzählt, daß wir uns beide vollgesoffen haben, und hat sich vielleicht sogar über mich lustig gemacht . . .

»Herr Paşchievici dürfte Ihnen erzählt haben . . .«, fügte er hinzu.

»Es gab nicht viel zu erzählen«, fiel Egor ihm ins Wort.

Da erkannte Nazarie erleichtert, daß Egor sich über ihre Erlebnisse von voriger Nacht ausgeschwiegen hatte. Der Maler schämte sich gewiß und kam sich lächerlich vor, weil er geglaubt hatte, von einem Gespenst heimgesucht worden zu sein. Nazarie sah ihn fragend an. Doch Egor tat so, als erinnere er sich an gar nichts und wisse nicht, worauf der Archäologe anspielte. Die Sache ist ihm ebenso peinlich wie mir.

Simina kam spät zu Tisch, warf einen Blick in die Runde und setzte sich geschwind zur Rechten von Frau Moscu.

»Wo war das kleine Fräulein?« fragte Egor.

»Ich wollte nachsehen, ob Post gekommen ist.«

Sanda lächelte. Simina müßte wirklich einmal zurechtgewiesen werden. Natürlich nicht in Anwesenheit der Gäste; aber für die Lügengeschichten, die sie immer auftischt, müßte sie eines Tages tüchtig ausgezankt werden.

Ein wenig erschreckt sah sie vom Teller auf. Jemand entwickelte einen solchen Appetit beim Essen, daß das Klappern der Kiefer den ganzen Raum beherrschte. Im Speisezimmer schien eine geradezu unnatürliche Stille eingetreten zu sein, in der man nur dieses Geräusch vernahm. Frau Moscu ließ sich das Essen gut schmecken. Sanda erbleichte. Frau Moscu vergaß oft bei Tisch die guten Manieren und schmatzte unbekümmert drauflos. So sehr hatte sie sich aber noch nie gehengelassen. Alle verstummten und hörten ihr befremdet zu.

»*Maman*!« ermahnte Sanda sie.

Frau Moscu fuhr jedoch fort, ebenso gierig die Bissen zu verschlingen, das Kinn fast auf die Brust gestützt. Sanda beugte sich über den Tisch und ermahnte ihre Mutter nochmals, manierlicher zu essen. Der Erfolg blieb jedoch aus. Es wird ihr schlecht werden! sagte sie sich geängstigt. Egor tat so, als bemerke er nichts. Nazarie schielte entsetzt zu ihr hinüber. Nur Simina saß seelenruhig da, als wäre nichts Ungebührliches geschehen. Sie tippte leicht auf Frau Moscus Arm und sagte:

»Mama, heute nacht habe ich von Tante Christine geträumt!«

Frau Moscu hörte zu kauen auf und erwiderte überrascht:

»Weißt du, daß sie seit einigen Nächten auch mir im Traum erscheint? Und welch seltsame Träume das sind! . . .«

Sie legte Messer und Gabel, wie es sich gehört, auf den

Rand des Tellers und wandte sich den Gästen zu. Nazarie fuhr zusammen und wagte nicht recht, sie anzusehen. Er sagte sich, daß die Gastgeberin sich ihres Benehmens offenbar nicht bewußt war. Wie sollte er sich sonst ihre barbarische Art zu kauen erklären? Um so angenehmer überrascht war er von ihrem ruhigen, intelligenten Gesichtsausdruck. Sie schien sich an nichts zu erinnern, setzte sich über den peinlichen Zwischenfall hinweg, als ob nichts geschehen wäre.

»Sie werden lachen, Herr Professor«, sprach sie, »aber ich muß Ihnen gestehen, daß die Träume meine zweite Welt sind.«

»Ich lache gar nicht, gnädige Frau«, beeilte sich Nazarie, ihr zu versichern.

»Meine Mutter versteht unter dieser ›zweiten Welt‹ etwas anderes«, griff Sanda ins Gespräch ein, froh, daß man über den peinlichen Zwischenfall so leicht hinweggekommen war. »Sie dürfen das Gesagte jedenfalls nicht wortwörtlich nehmen.«

»Ich finde das hochinteressant«, sagte Nazarie. »Derlei Dinge faszinieren mich immer.«

Frau Moscu nickte.

»Darüber werden wir uns noch unterhalten«, flüsterte sie. »Allerdings nicht jetzt«. Und sich schnell an ihre jüngere Tochter wendend, fragte sie: »Was hast du von ihr geträumt?«

»Sie trat an mein Bett und sagte mir: ›Nur du, Simina, liebst mich!‹ Sie trug das rote Kleid und hatte den kleinen Schirm mit . . .«

»So kommt sie immer«, sprach Frau Moscu erregt.

»Sie sprach über Sanda«, fügte Simina hinzu. »Sie sagte: ›Sanda vergißt mich allmählich. Sie ist nun ein erwachsenes

Mädchen.‹ Und ich hatte den Eindruck, daß sie weinte, als sie das sagte. Dann wollte sie meine Hand küssen.«
»Immer will sie einem die Hand oder den Arm küssen«, sagte Frau Moscu.
Alle hörten schweigend zu. Sanda lächelte spöttisch, warf Simina einen verstohlenen Blick zu und dachte: Von dieser schlechten Gewohnheit muß ich sie wirklich endlich einmal abbringen. Dann fuhr sie ihre Schwester jäh an:
»Warum lügst du, Simina? Ich bin sicher, daß dir niemand im Traum erschienen ist und schon gar nicht Tante Christine.« »Ich lüge gar nicht«, entgegnete Simina unbekümmert. »Das hat sie mir gesagt. Ich erinnere mich ganz genau an das, was sie mir über dich gesagt hat. ›Sanda beginnt mich allmählich zu vergessen.‹ Ich sah ihr in die Augen und hatte den Eindruck, daß sie dabei weinte . . .«
»Du lügst!« wiederholte Sanda noch lauter. »Du hast nichts geträumt!«
Simina sah überrascht auf, blickte ihrer Schwester gerade in die Augen, wie es ihre Art war, und verzog dann ihren strengen Mund zu einem ironischen Lächeln.
»Mag sein, daß ich nicht geträumt habe«, sagte sie leise und wandte sich ihrer Mutter zu.
Sanda biß sich auf die Lippen. Nun ist sie auch noch frech, nimmt nicht einmal auf die Gäste Rücksicht. Ihr Blick fiel auf Egor, und als sähe sie ihn zum ersten Mal, fühlte sie sich auf einer Welle leidenschaftlicher Liebe zu ihm hingezogen. Wie gut, daß sie nicht allein war, daß es jemanden hier gab, mit dessen Zuneigung sie rechnen, der ihr beistehen konnte.
»Aber woher kennt denn unsere kleine Simina ihre Tante Christine?« brach Nazarie das Schweigen. »Ich dachte, diese Tante wäre jung verstorben . . .«

Frau Moscu wandte sich geschwind dem Archäologen zu. So aufgeräumt hatte Nazarie sie noch nie gesehen. Die Gemütsbewegung, die Ungeduld hatten sogar ihr stereotypes Lächeln verdrängt. Egor beobachtete sie erstaunt und etwas ängstlich, denn ihre Augen waren wässrig geworden und ihr Glanz nahm zuweilen die unnatürliche Verdichtung einer Lupe an.

»Weder Sanda noch Simina haben Christine gekannt«, sprach Frau Moscu, nachdem sie tief Atem geholt hatte. »Sanda ist im ersten Kriegsjahr zur Welt gekommen. Neun Jahre nach Christines Tod ... Aber wir besitzen von Christine ein Porträt in Lebensgröße. Es ist von Mirea gemalt. Die Kinder kennen sie nur von diesem Porträt her ...«

Sie senkte die Stirn und hielt jäh inne. Herr Nazarie versuchte, das Schweigen zu brechen, denn das allgemeine Verstummen war wirklich peinlich.

»Wie alt war sie eigentlich, als sie starb?« fragte er.

»Sie war erst zwanzig«, kam Sanda ihrer Mutter zuvor. »Sie war um ungefähr sieben Jahre älter als meine Mutter.«

Frau Moscu schien sie jedoch nicht gehört zu haben. Mit leiser Stimme, als wäre sie wieder von der üblichen Müdigkeit befallen, fuhr sie fort:

»Die Arme ist statt meiner umgekommen. Ich wurde mit meinem Bruder nach Caracal geschickt, während sie auf dem Gut blieb. Das war im Jahre 1907. Und sie haben sie umgebracht.«

»Hier?« erkundigte sich Herr Nazarie, die Frage ängstlich betonend.

»Sie war aus Bălănoaia hierher gekommen«, griff Sanda ins Gespräch ein. »Das Gut war damals sehr ausgedehnt, wissen Sie, es war ja noch vor der Enteignung. Und dennoch ist es unbegreiflich. Denn alle Bauern liebten sie . . .«

Egor wurde ungeduldig. Er hatte die Geschichte bereits einmal gehört, wenn auch nicht im gleichen Wortlaut. Manche Einzelheiten erfuhr er jetzt zum ersten Mal, andere, viel wichtigere, waren bisher nicht erwähnt worden. Er sah Sanda in die Augen und bemerkte den gleichen funkelnden Blick, der voller Unruhe von der Mutter zu Simina schweifte, als fürchtete sie, die beiden könnten noch etwas hinzufügen, was ihr nicht recht war.

»Trinken wir den Kaffe auf der Veranda«, schlug sie plötzlich vor und stand auf.

»Ich kann mir denken, daß dies ein schwerer Schlag für Sie gewesen ist«, fühlte Nazarie sich verpflichtet, der Gastgeberin zu versichern.

Doch Frau Moscu schien des Trostes nicht bedürftig, sie nickte überaus liebenswürdig, als hätte er sich fürs Essen bedankt, wie es alle Gäste zu tun pflegen, wenn sie sich vom Tisch erheben.

Der Kaffee wurde auf der Veranda serviert. Es war ein glasklarer Septembernachmittag; der Himmel war unwahrscheinlich blau, und die Bäume schienen seit Anfang der Zeiten reglos dazustehen.

Jetzt könnte ich einen Annäherungsversuch machen, sagte sich Egor. In der Tat, als er im Speisezimmer Sandas Schenkel gestreift und in aller Freundschaft nach ihrem Arm gegriffen hatte, war das Mädchen vor Erregung erbebt, hatte sich erwartungsvoll und willfährig an ihn geschmiegt, wenn auch nur für wenige Augenblicke, um sich dann mit einer erschrockenen Geste von ihm loszureißen.

Seine Hoffnung, ihr näher zu kommen, war daher berechtigt. Er mußte nur ein wenig mit ihr ins Gespräch kommen, sagte sich Egor. Die Tasse Kaffee in der Hand trat er auf sie zu und fragte sie:

»Was haben Sie heute nachmittag vor, Fräulein Sanda?«

»Wenn Sie nichts dagegen haben, begleite ich Sie in den Park und sehe Ihnen beim Malen zu«, sagte das Mädchen lächelnd.

Egor wollte ihr mit einem Scherzwort antworten, stockte jedoch, als sein Blick auf Simina fiel, die ihn mit strenger Miene aufmerksam maß, als bemühe sie sich, die ihr unbekannten Vorgänge zu verstehen.

»Herr Egor, haben Sie schon Christines Porträt gesehen?« hörte er plötzlich Frau Moscus Stimme. »Man sagte mir, es sei Mireas bestgelungenes Werk.«

»Wenn man bei Mirea überhaupt von gelungenen Werken sprechen kann . . .«, bemerkte der Maler herablassend.

»Wie können Sie über ein Bild urteilen, das Sie gar nicht gesehen haben?« fragte Sanda gereizt. »Ich bin sicher, daß es Ihnen gefallen wird.«

Egor begriff ihre Gereiztheit nicht. Die Tasse Kaffee in der Hand, blieb er verdutzt zwischen den beiden Mädchen stehen und wußte nicht, was er antworten sollte. Ich habe einen Fauxpas begangen, sagte er sich, wenn man eine Bojarentochter erobern will, darf man in seinem Urteil über Kunst nicht so unerbittlich sein. Ästhetische Kriterien sind nicht immer die richtigsten.

»Jeder mittelmäßige Maler kann über sich hinauswachsen und mitunter ein Meisterwerk schaffen«, sagte Nazarie sentenziös.

»Mirea war ein sehr bedeutender Maler«, ereiferte sich Frau Moscu. »Die rumänische Kunst hat durch ihn einen

Höhepunkt erreicht. Unser Land kann stolz auf ihn sein.«
Herr Nazarie errötete verlegen. Besonders, da Frau Moscu sich jäh erhoben hatte und alle Anwesenden mit beherrschter Miene aufforderte, sich das Bild anzusehen. Auch Sanda und Simina waren erregt. Alles, was Fräulein Christine anbelangt, scheint der ganzen Familie heilig zu sein, sagte sich Egor. Im Grunde genommen kein so übler Charakterzug, eine Tote so zu lieben und zu verehren, daß selbst ein mittelmäßiges Bild von ihr einem heilig ist! Er erinnerte sich an Daphne Adeane. Ich werde Sanda von ihr erzählen, nahm er sich, in seiner Zuversicht gestärkt, vor. Sandas Zuneigung zu ihrer verstorbenen Tante, ihr Stolz auf sie sind einfach herrlich. Selbst für die kleine Simina hatte er nun Verständnis. Sie sind eben hypersensibel, sind keine alltäglichen Wesen, und ich habe mich wie ein Esel aufgeführt.
»Entschuldigen Sie die Unordnung«, sagte Sanda, indem sie eine massive, weiße Tür öffnete. »Wir halten uns in diesem Raum kaum je auf . . .«
Das spürte man sofort. Im Zimmer war es dumpf und es roch nach Honigklee. Auch schien es hier kühler zu sein; die Kühle war jedoch nicht erfrischend. Egor sah sich nach dem Archäologen um. Nazarie war leise eingetreten und trachtete, bescheiden wie er war, jedes Geräusch zu vermeiden, um ja nicht die Aufmerksamkeit auf sich zu lenken. Hinter ihm trat Simina ein. Sie kam als letzte, war ganz blaß vor Erregung und trug eine feierliche Miene zur Schau, die so gar nicht zu ihrem Kindergesicht paßte. Diese Mädchen sind tatsächlich überempfindlich, wiederholte Egor in Gedanken.
»Fräulein Christine!« rief Frau Moscu aus. »So nannten sie hier alle . . .«

In Nazaries Brust krallte sich das Grauen fest und drohte, ihn zu erdrücken. Fräulein Christine – ein junges Mädchen in langem Kleid, mit schmaler, hoher Taille und schulterlangen schwarzen Locken – lächelte ihn aus Mireas Porträt an, als hätte sie es auf ihn abgesehen.
»Nun, was sagen Sie zu dem Bild, Herr Maler?« fragte Sanda.
Egor betrachtete das Gemälde aus einigem Abstand. Er bemühte sich zu begreifen, warum ihn solche Schwermut beschlich und eine so tiefe Ermattung befiel angesichts dieses Mädchens, das ihn so zutraulich anlächelte, als hätte sie aus der ganzen Gruppe eigens ihn erkoren, um ihm ihre grenzenlose Einsamkeit zu klagen. Fräulein Christines von Trauer umflorter Blick war so sehnsuchtsvoll. Vergebens lächelte sie ihm vertraulich zu, vergebens umklammerte sie ihren kleinen, blauen Schirm und hob heimlich eine Braue, als fordere sie ihn auf, nur ruhig mit ihr zu lachen über ihren allzu großen und überladenen Hut, den sie selber auch nicht ausstehen konnte und nur auf Geheiß ihrer Mutter aufgesetzt hatte. Für ein Fräulein schicke es sich nicht, anders als in vollem Staat zu posieren, hatte die Mutter behauptet. Fräulein Christine war diese steife Haltung jedoch offenkundig unerträglich. Sollte sie geahnt haben, daß sie bald sterben würde? fragte sich Egor.
»Es gefällt Ihnen also«, fügte Sanda triumphierend hinzu. »Aus Ihrem Schweigen schließe ich, daß es Ihnen gefällt ...«
»Bei einem solchen Modell ist es kein Kunststück, ein Meisterwerk zu schaffen«, sprach Egor gelassen.
Fräulein Christine schien zu frohlocken. Egor griff sich an die Stirn. Welch seltsamer Geruch in diesem Zimmer doch herrschte. Ob es wohl ihr eigenes Zimmer gewesen war?

Er schielte zur gegenüberliegenden Wand hinüber. Frau Moscu hatte von einem Salon gesprochen, aber dort in der Ecke stand ein großes, weißes Himmelbett. Er sah nochmals zum Gemälde auf. Fräulein Christine hatte jede seiner Bewegungen verfolgt. Egor las es in ihren Augen. Sie hatte gemerkt, daß er in Gedanken das Bett aufgedeckt hatte, und war nicht errötet; im Gegenteil, sie fuhr fort, seinem Blick gewissermaßen herausfordernd standzuhalten. Ja, das ist mein Mädchenzimmer, und das Bett dort ist mein jungfräuliches Bett, schien Fräulein Christines Blick ihm zu bedeuten.

»Nun, was sagen Sie dazu, Herr Professor?!« fragte Sanda auch den Archäologen.

Nazarie stand vor dem Gemälde wie versteinert. Der Schreck war ihm in alle Glieder gefahren. Anfangs glaubte er, die Spukgestalt wiederzusehen, die ihn vergangene Nacht heimgesucht hatte; die schemenhafte Gestalt, die bei Tisch hinter Frau Moscus Schultern aufgetaucht war. Doch Simina, die ihn mit erstauntem, argwöhnischem Blick streifte, befreite ihn von der Angst.

»Ich finde das Bild ganz außergewöhnlich«, sagte Nazarie mit Nachdruck.

Er hatte sich beruhigt. Doch es war eine unnatürliche Ruhe, die an Bewußtlosigkeit grenzte. Im Zimmer roch es so merkwürdig, nicht nach einer Toten, auch nicht nach Blumen, die auf einem Grabe welkten; zwischen diesen vier Wänden wurde der Geruch einer menschlichen Blüte aufbewahrt, die allzu früh geknickt worden war, einer Blüte aus längst vergangenen Zeiten. In dieses Zimmer schien die Sonne nicht eingedrungen zu sein, die Zeit schien keine Spuren hinterlassen zu haben. Nichts schien erneurt, nichts verändert, seit Fräulein Christine gestorben war. Dieser Geruch war der Duft ihres jungen Körpers. Überreste des von ihr benützten Parfüms, ihrer Ausdünstung, waren auf wundersame Weise erhalten geblieben. All das wurde Nazarie mit einem Mal ganz klar. Er wunderte sich selbst, wie leicht er dies begriffen hatte und wie schnell er bereit war, dies alles als selbstverständlich anzunehmen.

»Es ist wirklich außergewöhnlich«, wiederholte er, indem er nochmals einen Blick auf das Gemälde warf.

Und doch war dies nicht die Erscheinung, die ihn im Eßzimmer erschreckt hatte. Gewiß, die Ähnlichkeit war groß. Fräulein Christine glich Frau Moscu in hohem Maße, sie sah auch Simina ähnlich. Aber er konnte ihr Gesicht ruhig betrachten. Nur im ersten Augenblick war er entsetzt gewesen, als er geglaubt hatte, das Gespenst wiederzusehen. Aber das war nur eine Vermutung gewesen. Denn die andere verbreitete verzweiflungsvolles Entsetzen, während das Porträt keine Angst einflößte. Die Traurigkeit und Müdigkeit, die ihn in diesem Zimmer überkamen, rührten von woanders her, wirkten anders aufs Gemüt.

»Ich möchte selbst einmal versuchen, Christine zu malen«, sagte Egor, »ich möchte sie auf meine Weise malen und nicht Mireas Gemälde kopieren . . .«

Sanda trat auf ihn zu und packte ihn entsetzt am Arm.

»Ein Glück, daß Mutter Sie nicht hört«, flüsterte sie.

Egor hatte ziemlich laut gesprochen, aber Frau Moscu, die in einem Sessel mit weißem Leinenüberzug saß, hatte wie gewöhnlich nichts gehört. Ihre Blicke schweiften durch den Raum, in dem das Leben anders pulste. Der Maler hatte sie nur flüchtig betrachten müssen, um zu wissen, daß ihre Gedanken immer wieder um dieses Zimmer, um die Geschehnisse von damals kreisten.

»Ein Glück, daß Mama Sie nicht gehört hat, denn es hätte Sie wirklich verletzt«, fügte Sanda wiederum flüsternd hinzu. »Sie läßt fast niemanden diesen Raum betreten. Heute hat sie eine Ausnahme gemacht. Außerdem . . .«
Sie stockte, da Simina sich ihnen genähert hatte und auch Nazarie auf sie zutrat, vermutlich um ihnen mitzuteilen, daß er sich zurückziehen wolle.
»Aber Tante Christine würde doch sehr gerne noch einmal gemalt werden«, sagte Simina. »Woher weißt du, daß es Mama nicht recht wäre?«
»Was du nicht alles weißt, Simina!« rief Sanda ironisch aus und sah sie streng an.
Darauf kehrte sie ihr den Rücken und trat auf Frau Moscu zu.
»*Maman*, wir sind lange genug geblieben, es ist Zeit, daß wir gehen.«
»Möchtet ihr mich nicht noch eine Weile hier lassen?« bat die Mutter.
Aber Sanda verneinte mit einem Kopfschütteln.
»Mit Simina«, beharrte Frau Moscu.
»Sie ist mir die Richtige!« höhnte Sanda und faßte ihre Mutter am Arm.
Egor und Nazarie folgten ihnen. Sie vermieden es zunächst, einander anzusehen, aber auf der Veranda angelangt, tauschten sie immer wieder verständnisvolle Blicke. Egor zündete sich eine Zigarette an, nachdem er zuerst dem Archäologen eine angeboten hatte. Herr Nazarie hatte lächelnd abgelehnt.
»Ich glaube nicht, daß die beiden *identisch* sind, geschätzter Meister«, sagte er.
Im gleichen Augenblick trat Sanda auf sie zu. Härte und Strenge waren aus ihrem Gesicht gewichen. Sie war wieder

das kapriziöse Fräulein, auf das der Maler sich Hoffnungen machen konnte.
»Und nun an die Arbeit, Herr Egor!« sagte sie.
Nazarie war froh, sich unauffällig zurückziehen zu können.

## IV

Egor brachte an jenem Nachmittag nichts zustande. Er trug die Staffelei durch mehrere Alleen und stellte sie an allen Ecken und Enden des Parks auf. Schließlich versteckte er seine Malutensilien am Fuße einer Ulme und ging mit Sanda spazieren.
»An einem solchen Tag zu arbeiten wäre schade«, sagte er ihr.
Dann fragte er sie, wie viele Herbstgedichte sie kenne. Er hatte die Frage gestellt, um sie zu necken, mußte aber dann erstaunt zuhören und nicht immer zu seinem Vergnügen, wie sie ein Gedicht nach dem anderen aufsagte. Dabei stand ihm der Sinn doch eher nach Liebesbezeugungen, nach dem Austausch von Intimitäten. So tastete sich der verliebte Egor vor. An ein Überrumpelungsmanöver war inmitten dieser erhabenen Natur nicht zu denken, aber die vielen Gedichte gingen ihm allmählich auf die Nerven. Die Zeit verstrich, und er mußte mit seiner Eroberung vorankommen. Er beschloß, mit der Sprache herauszurücken.
»Was halten Sie von Nazarie, Sanda?«
»Ich halte ihn für einen Schlaukopf«, antwortete Sanda förmlich, als hätte sie Egors Annäherungsversuche gar nicht bemerkt. »Ist Ihnen aufgefallen, wie schnell er die Farbe wechselt? Er bleibt sich nie gleich . . .«
Egor brach in Gelächter aus. Die Antwort des Mädchens bereitete ihm wirklich Vergnügen. Außerdem hatte Sanda das Gespräch aufgelockert. Man konnte mit ihr lachen, scherzen. Am Ende der Allee faßte er sie um die Taille. Sie nannte ihn gleichwohl noch »Herr Egor«. Vielleicht um ihn zu necken.
Bald jedoch mußten sie umkehren. Es war Teezeit. Simina

erwartete sie vor der Veranda, ging gleichgültig auf und ab über den Kiesweg und starrte zu Boden. Frau Moscu las auf der Veranda einen französischen Roman. Nazarie hatte sich entschuldigen lassen, er würde erst zum Abendessen erscheinen. Er war ins Dorf gegangen, um einige Hügel zu untersuchen.

Sie tranken gemächlich Tee. Nur Sanda und Egor sprachen. Simina schien in Gedanken versunken. Sie stand als erste auf, nachdem sie artig ihre Serviette zusammengefaltet und die Krümchen auf den Teller gesammelt hatte.

»Wohin gehst du, Simina?« fragte Sanda.

»Zur Amme«, antwortete das Mädchen, ohne sich umzuwenden.

Sanda folgte ihr mit den Blicken, bis sie zwischen den Obstbäumen verschwunden war.

»Ich mag diese Freundschaft nicht«, wandte sie sich an Frau Moscu. »Die Amme verwirrt sie nur mit ihren vielen Märchen . . .«

»Das habe ich ihr auch schon so oft gesagt«, verteidigte sich Frau Moscu.

»Was erzählt ihr denn die Amme?« fragte Egor.

»Die absurdesten Geschichten«, sprach Sanda müde und gereizt.

»Wann sonst sollte sie Märchen lauschen? Sie ist ja kaum neun. Das richtige Alter, um die Folklore zu erleben . . .«

Sanda sah ihn verdrossen an, schien ihm mehr sagen zu wollen, begnügte sich jedoch mit wenigen Worten.

»Die Märchen, die diese Amme erzählt, sind schon eine recht seltsame Folklore.«

Wie sonderbar diese Ammenmärchen waren, davon sollte Egor sich noch am selben Abend überzeugen.

Er hatte das Haus verlassen, um im Umkreis des Parks einen Spaziergang zu machen und den Sonnenuntergang über den Feldern zu sehen. An einen Akazienbaum gelehnt, beobachtete er, wie der flammende Ball »fern und doch nicht allzu fern« untertauchte und freute sich, daß ihm dieses Volkslied eingefallen war. Nur ein solcher Vers konnte den Sonnenuntergang auf dem flachen Land treffend beschreiben. Wie reglos doch die ganze Natur einige Augenblicke lang nach dem Sinken der Sonne bleibt! Und wie seltsam die Stille dann zum Leben erwacht! Wenn es hier nur nicht so viele Mücken gäbe! sagte er sich, während er sich, um sie abzuwehren, eine Zigarette anzündete.
Die Zigarette schmeckte nach gar nichts in dieser Kühle, die nach Staub und Gräsern roch. Er warf sie fort und schlenderte heimwärts, betrat den Park durch einen Seiteneingang. Links erstreckten sich die Höfe, die Wirtschaftsgebäude und die Gemüsegärten. Egor fragte sich, wer sich um den Gutshof überhaupt kümmerte, wer die Dienstboten beaufsichtigte und bezahlte, wer die Ernte verkaufte. Frau Moscus Mann war vor einigen Jahren gestorben; ihre Schwägerin besaß ein Gut in einem anderen Teil des Landes. Vielleicht gab es einen Verwalter, einen aus früheren Zeiten ererbten Aufseher . . .
Die Lichter gingen an. Dort sind die Gesindewohnungen und die Küche, überlegte Egor. Eine ganze Reihe von kleinen, weißgetünchten Kammern mit niedriger Holzbank davor. Frauen gingen vorbei; da und dort schielte ein Kind schüchtern zum Bojarenhaus hinüber. Es roch so frisch nach Heu, nach Vieh und Milch. Es wird eine herrliche Nacht geben, sagte sich Egor mit einem Blick zum hohen, klaren Himmelsgewölbe.
»Haben Sie keine Angst vor den Hunden?«

Die Frage kam so unerwartet, daß Egor einen Schritt zurückwich. Wie aus dem Boden gestampft, stand plötzlich Simina an seiner Seite. Wie hat sie sich so leise hinter mir herschleichen können? Auf welchem Weg ist sie gekommen? fragte sich der Maler.

»Und hast du keine Angst, hier allein umherzustreichen?« fragte Egor sie.

»Ich war bei der Amme«, erwiderte Simina gelassen.

»Seitdem du fortgegangen bist?«

»Die Amme hatte zu tun, und ich blieb bei ihr . . .«

»Und sie hat dir Märchen erzählt, nicht wahr?«

Simina lächelte betreten. Sie entfernte eine Distel von ihrem Kleidchen, glättete die Falten und zögerte bedächtig die Antwort hinaus.

»Das wissen Sie von Sanda. Aber es stimmt. Die Amme erzählt mir jeden Tag ein neues Märchen. Sie kennt sehr viele . . .«

»Heute scheint sie dir ein besonders langes Märchen erzählt zu haben, da du bis jetzt fortgeblieben bist«, bemerkte Egor.

Simina lächelte wieder mit der gleichen gespielten Schüchternheit. Egor begegnete ihrem Blick und hatte sogleich das peinliche Gefühl, in eine Falle gelockt zu werden. Da ist ein scharfer Verstand am Werk, sagte er sich.

»Das Märchen war kurz, aber die Amme mußte die Löhne vorbereiten, denn sie zahlt immer die Leute aus . . .«

Sie sprach die letzten Worte gedehnt aus, in der Absicht, Egors Aufmerksamkeit auf sich zu lenken, sie schien seine Bedenken zerstreuen zu wollen. Der Maler war verwirrt. Die Kleine las seine Gedanken, sie tat es ohne sein Wissen. Sie hatte voller Durchtriebenheit bestimmte Worte hervorgehoben, und dann schweigend den Blick gesenkt . . .

»Ein kurzes Märchen, ein ganz kurzes«, fügte sie hinzu.
Es war leicht zu erraten, daß sie damit rechnete, von ihm ausgefragt zu werden; sie wollte sich bitten lassen, ihm das Märchen zu erzählen. Der Maler bemühte sich, ihr zu widerstehen. Wer führte ihn da in Versuchung? Simina schwieg verlegen, wartete ab, verlangsamte absichtlich ihren Schritt.
»Erzähl mir doch auch das Märchen«, bat Egor sie schließlich.
»Es ist das Märchen vom Hirtensohn, der sich in eine tote Kaiserin verliebt hat«, begann sie gelassen.
Die Worte klangen so merkwürdig im Munde dieses Kindes, daß Egor erbebte.
»Was für ein absurdes, häßliches Märchen!« rief er plötzlich in strengem Ton aus. »Sanda hat ganz recht.«
Simina ließ sich von Egors Empörung nicht beirren. Sie wartete, bis sein Zorn verebbte, und fuhr unerschüttert fort:
»So lautet das Märchen. So war's dem Hirtensohn eben vom Schicksal bestimmt . . .«
»Weißt du überhaupt, was das bedeutet: Das Schicksal eines Menschen?« fragte Egor.
»Schicksal ist Vorherbestimmung, das Los des Menschen«, antwortete Simina prompt, als leiere sie eine Lektion herunter. »Des Menschen Glück steht in den Sternen geschrieben, keiner entgeht seinem Geschick«.
»Magst recht haben«, antwortete Egor lächelnd.
»Es war einmal ein Hirtensohn«, fing Simina geschwind zu erzählen an, ohne ihm Zeit zu lassen, sie nochmals zu unterbrechen. »Und als er zur Welt kam, beschlossen die Feen: Du sollst eine tote Kaiserin lieben! Als seine Mutter das hörte, fing sie zu weinen an. Eine der Feen, denn es

waren ihrer drei, hatte Mitleid mit ihr und fügte daher hinzu: ›Und die Kaiserin wird auch dich lieben!‹ . . .«

»Willst du mir unbedingt das Märchen zu Ende erzählen?« fuhr Egor dazwischen. Simina sah ihn erstaunt an. Ein unschuldiger und dennoch kühler, verächtlicher Blick.

»Sie wollten doch, daß ich Ihnen das Märchen erzähle . . .«

Darauf beharrte sie in trotzigem Schweigen. Sie befanden sich mitten auf der Hauptallee. In den hofseitigen Zimmern gingen die Lichter an. Auf der anderen Seite ragte das große Hauptgebäude in den fahlen Abendhimmel empor.

»Kennst du nicht ein anderes, schöneres Märchen?« fragte Egor, um das Schweigen zu brechen. »Erzähl mir doch das Märchen, das du gestern oder vorgestern von der Amme gehört hast.«

Simina lächelte verschmitzt. Sie holte tief Atem und bemühte sich krampfhaft, das Ungetüm zu ihrer Rechten, das große Haus, nicht anzusehen. Ihre Gesichtszüge waren gespannt.

»Das Märchen, das ich gestern hörte, ist sehr lang«, sagte sie, »und vorgestern erzählte die Amme mir gar kein Märchen, sondern berichtete mir von Fräulein Christine . . .«

Egor fuhr erschrocken auf. Nicht weil es plötzlich, besonders hier unter den Obstbäumen, so dunkel geworden war. Simina schien mit Absicht hier stehengeblieben zu sein. Ihre Augen funkelten, ihre Pupillen weiteten sich, und die starre Haltung ihres Kopfe wirkte unnatürlich. Es war der Ton, in dem sie die letzten Worte ausgesprochen hatte, der Egor so sehr entsetzte. Immer wußte sie, die Worte zu unterstreichen, ihnen eine eigene Bedeutung zu verleihen, sie dem anderen wie ein heißes Eisen ins Herz zu stoßen.

»Warum nennst du sie ›Fräulein Christine‹?« fragte Egor erbost. »Bisher nanntest du sie Tante; das war sie ja schließlich auch . . .«
»Sie bat mich, sie ›Fräulein‹ zu nennen, sie wollte nicht, daß ich sie Tante nenne, als wäre sie eine alte Schachtel . . .«
Egor konnte sich nur schwer beherrschen. Er spürte, wie ihn eine furchtbare Wut gegen dieses kleine Geschöpf überkam, das ihn mit solcher Unverfrorenheit, mit so teuflischer List anlog.
»Wann hat sie dich darum gebeten?« fragte er sie wieder. »Wie konnte jemand, der fast dreißig Jahre tot ist, dich um etwas bitten?!«
Er hatte in strengem Ton und finster dreinblickend gefragt, aber Simina lächelte unbeirrt weiter. Daß sie, die noch nicht Zehnjährige, einen so kräftigen erwachsenen Mann gegen sich aufbringen konnte, amüsierte sie köstlich.
»Sie hat mich heute nacht im Traum gebeten . . .«
Egor wurde verlegen und zögerte eine Weile die Antwort hinaus. Er wollte jedoch der Sache auf den Grund gehen, wollte dahinterkommen, was dieses schreckliche Kind sich in den Kopf gesetzt hatte.
»Heute im Salon aber hast du sie Tante Christine genannt.«
»Das ist nicht wahr«, erwiderte Simina gelassen. »Ich habe sie heute nicht ›Tante Christine‹ genannt.«
Tatsächlich konnte sich Egor nun auch nicht mehr erinnern, sie dies sagen gehört zu haben. Doch ihre Selbstsicherheit, ihr triumphierendes Lächeln erschreckten ihn. Er nahm sich vor, mit Sanda, ja sogar mit Frau Moscu zu sprechen. Er kam sich lächerlich vor, wie er so mitten auf der Allee im Dunkeln ein kleines Mädchen in die Enge zu

treiben versuchte. Da Simina wie angewurzelt dastand und keine Anstalten machte, ins Haus zurückzukehren, wollte er das Zeichen zum Aufbruch geben. Da warf die Kleine sich ihm plötzlich mit einem Schrei des Entsetzens in die Arme. Erschreckt hob er sie hoch. Simina klammerte sich an ihn und schmiegte ihr Gesicht an seine Wange.

»Dort kommt wer«, flüsterte sie, zeigte auf die andere Seite des Parks und zwang Egor hinzusehen, lange hinzusehen, um sie zu beschwichtigen.

»Es kommt niemand, Kleine«, beruhigte Egor sie. »Du hast dich grundlos erschreckt. Wie solltest du auch nicht Angst haben, wenn du jeden Tag solch unsinnige Märchen anhörst? . . .«

Er hielt sie in seinen Armen und streichelte sie. Wie merkwürdig: Ihr Herz klopfte keineswegs so, als sei sie bange. Auch ihr Körper war nicht in Angstschweiß gebadet, sondern ruhig, warm und zutraulich; er zuckte nicht wie im Fieber. Ihr Gesicht war heiter und nicht im mindesten verzerrt. Egor wurde mit einem Mal klar, daß er auf sie hereingefallen war, daß sie die Erschrockene nur gespielt und sich ihm in die Arme geworfen hatte, um ihn zu verhindern, den Kopf nach dem Haus zu wenden. Als er das begriff, wurde er von Zorn und zugleich von Grauen erfaßt. An dem beschleunigten Rhythmus seines Pulses und der Verkrampfung seiner Muskeln spürte Simina sogleich Egors Umschwung . . .

»Lassen Sie mich, bitte, hinunter«, flüsterte sie. »Ich habe keine Angst mehr.«

»Warum hast du mich angelogen, Simina?« fragte Egor sie eisig. »Du hast doch nichts gesehen, stimmt's? Hast nichts gesehen, schon gar nicht dort drüben . . .«

Und er wies mit dem Arm auf die Einfriedung des Parks.

Sein Arm zitterte jedoch, und er zog ihn geschwind zurück. Nicht geschwind genug, als daß Simina es nicht bemerkt hätte. Das Mädchen betrachtete ihn lächelnd, ohne zu antworten.

»... Vielleicht hast du etwas auf der *anderen* Seite gesehen«, fuhr Egor fort, blickte jedoch nicht zum Haus. Er hatte die Worte ›die andere Seite‹ gesprochen, ohne sich umzuwenden und wie vorher mit dem ausgestreckten Arm die Richtung anzugeben. Er ärgerte sich um so mehr, als Simina seine geheimsten Ängste und Zweifel erraten zu haben schien.

»Etwas, von dem du nicht wolltest, daß ich es sehe«, fügte er hinzu.

Es graute ihm geradezu, Simina stand vor ihm, die Hände auf dem Rücken verschränkt und biß sich auf die Lippen, um nicht zu lächeln. Ihr Spott vermochte indes nicht das unerklärliche Entsetzen zu verscheuchen, das von ihm Besitz ergriffen hatte.

»Sie brauchen keine Angst zu haben, können ruhig ins Haus zurückgehen«, sagte Simina, indem sie ihn mit einer Handbewegung aufforderte, in die andere Richtung zu blicken.

»Sie sind doch ein Mann und kein Angsthase wie ich«, fügte sie, den Blick zu Boden senkend, hinzu.

Dann machte sie sich auf den Weg. Egor biß die Zähne zusammen und folgte ihr. Sein Atem ging heiß und schnell.

»Ich werde dich verklagen, Simina, daß du's nur weißt!« drohte er ihr.

»Das habe ich erwartet, Herr Egor«, sprach Simina, ohne sich umzudrehen. »Entschuldigen Sie, bitte, daß ich mich Ihnen in die Arme warf, als ich erschrak. Mama wird mir

dieses Benehmen nicht so leicht verzeihen. Ich verstehe, daß Sie sich über mich beklagen wollen.«
Egor packte sie am Arm und riß sie an sich. Das Mädchen gab ohne jeglichen Widerstand nach.
»Du weißt genau, daß es sich um etwas anderes handelt«, flüsterte er, jedes seiner Worte feierlich betonend, und zog sie noch näher an sich.
Aber es wäre ihm schwergefallen zu sagen, um was es sich handelte. Eines war jedoch sicher: Simina hatte sich nicht erschreckt und sie hatte ihn gezwungen, auf die andere Seite des Parks zu schauen, damit er etwas, das sie gesehen hatte, selber nicht sah. Warum aber war sie nicht erschrocken?
»Es stimmt, ich bin grundlos erschrocken«, gab Simina zu.
Sie kamen zur Veranda. Sonst pflegte Egor in sein Zimmer hinaufzugehen, um sich vor dem Essen die Hände zu waschen. Heute schien ihm dies jedoch zu umständlich, und so trat er statt dessen in den kleinen Raum neben dem Speisezimmer, wo die Kinder sich die Hände wuschen. Nazarie stand in der Tür. Er schien auf ihn zu warten.
»Wenn Sie nichts Besseres vorhaben, machen wir nach dem Essen zusammen einen Spaziergang«, schlug er ihm vor. »Ich habe im Dorf interessante Dinge erfahren, die kann ich Ihnen dann erzählen . . .«
»Auch ich habe Ihnen etwas Interessantes mitzuteilen«, entgegnete Egor lächelnd.
Der Schrecken, der ihn im Park erfaßt hatte, war ihm nun freilich vergangen, und auch sein Zorn war verraucht. Er bereute es sogar, einem Kind gegenüber die Fassung verloren zu haben. Simina verheimlicht schlimmere Dinge, überlegte er. Ich muß mich in acht nehmen. Doch nicht

derlei vernünftige Erwägungen beruhigten ihn, sondern das Licht, das er im Haus vorfand, die Gegenwart lebendiger, gesunder Menschen.
Sie setzten sich zu Tisch. Egor warf ab und zu einen Blick auf Simina. Jedesmal fiel ihm ihre Unschuldsmiene und ihre Selbstsicherheit auf. Sie glaubt, ich werde sie nicht verraten, werde nichts sagen, überlegte Egor. Aber sie wird eine Überraschung erleben. Sanda saß neben ihm. Sie sah ein wenig abgespannt aus.
»Ich habe mich heute nicht ganz wohl gefühlt«, entschuldigte sie sich.
Nazarie sprach über Beobachtungen, die er auf den Hügeln gemacht hatte, und über die Schwierigkeit der aufs Geratewohl vorgenommenen Ausgrabungen. Er brachte jedoch nicht die für ihn sonst so kennzeichnende Begeisterung auf, sprach ohne jeden Schwung, mehr um das Tischgespräch nicht ganz einschlafen zu lassen und sich selber vor Augen zu führen, wie er den Tag verbracht hatte.
»Wissen Sie, daß Simina mir das Märchen erzählt hat, das sie heute von der Amme gehört hatte?« begann Egor.
Sanda errötete und wandte sich der Schwester zu.
»Ich habe erst später erfahren, daß die Amme heute nachmittag gar nicht hier, sondern in Giurgiu war, um Einkäufe zu machen«, sprach sie. »Simina, du wirst streng bestraft werden! . . .«
Egor wußte nun nicht mehr, wen er ansehen sollte. Frau Moscu erwachte allmählich aus ihrer Apathie.
»Nun, wie steht es mit unserem heutigen Märchen, Fräulein Simina?« fragte Egor boshaft.
Plötzlich empfand er, welch ein Genuß es sein konnte, sich an einem Kind zu rächen, es zu quälen, wenn man Macht über es hatte.

Simina sah ihn jedoch so voller Verachtung an, daß sie seinen Zorn noch mehr aufstachelte.
»Es ist ein Märchen, das ich schon seit langem kenne«, erwiderte sie höflich.
»Warum hast du dann so sinnlos gelogen?« fragte Sanda.
»Erwidere, meine Kleine«, schaltete Frau Moscu sich ein. »Habe keine Angst vor der Strafe. Wenn du einen Fehler begangen hast, so hab den Mut und gesteh ihn ein.«
»Ich habe keine Angst vor der Strafe«, sagte Simina gelassen, »aber ich kann nicht antworten . . .«
Sie sah Sanda mit der gleichen enervierenden Unverfrorenheit und Selbstsicherheit in die Augen. Die Schwester brauste auf:
»Du verläßt jetzt gleich den Tisch und gehst ohne Dessert zu Bett. Sophie wird dich auf dein Zimmer bringen . . .«
Simina schien einen Augenblick aus der Fassung gebracht; sie erbleichte, preßte die Lippen zusammen und erhoffte sich Hilfe von ihrer Mutter. Frau Moscu zuckte jedoch nur lächelnd mit den Achseln. Da stand Simina auf, gab ihr einen Gute-Nacht-Kuß, empfahl sich von den anderen mit einem verächtlichen Lächeln und ging auf ihr Zimmer.
»Unser Fräuleinchen tut mir leid«, sagte der Archäologe. »Sie ist doch ein gutes Mädchen und noch so klein . . . Hat sie diese Strafe wirklich verdient?«
»Es tut auch mir leid, weil ich weiß, wie empfindlich sie ist«, sprach Sanda, »aber man muß ihr dieses sinnlose Lügen abgewöhnen . . .«
Frau Moscu nickte. Der Auftritt schien sie jedoch verstimmt zu haben, denn sie sprach kein Wort mehr, bis man den Tisch abräumte.
»Nun haben Sie sich davon überzeugt, welche Art für Märchen sie sich anhört«, sagte Sanda zu Egor.

Der Maler schüttelte sich vor Grauen. Dennoch fragte er sich, ob Sanda sich so recht im klaren sei, was in ihrer Schwester vorging.

»Das Schlimme an der Sache ist«, sagte Egor, »daß sie diese Märchen gar nicht alle von der Amme gehört zu haben scheint, sondern viele von ihnen selber erfindet . . .«

Kaum hatte er die Worte ausgesprochen, als er auch schon erkannte, daß er ins Fettnäpfchen getreten war, denn Sanda sah ihn streng und wie versteinert an.

## V

Allein geblieben, gingen Egor und Nazarie aufs Tor zu. Sie schritten lange nebeneinander her, ohne daß einer von ihnen auch nur ein Wort hervorbrachte. Plötzlich entschloß Nazarie sich, das Schweigen zu brechen.
»Werden Sie mir sehr böse sein, wenn ich Ihnen eine allzu vertrauliche Frage stelle? Sind Sie tatsächlich in Sanda verliebt?«
Egor zögerte. Er war weniger über die indiskrete Frage des Archäologen überrascht, als um die Antwort verlegen. Denn ehrlich gesagt, wußte er selber nicht, ob er »tatsächlich« in Sanda verliebt war, wie Nazarie es in seiner Frage betont hatte. Das Mädchen gefiel ihm sehr. Er hätte sich gern in ein Abenteuer, in eine Liebesaffäre mit ihr eingelassen. Sanda hatte Verständnis für seine Kunst, seine uneingestandenen künstlerischen Ambitionen. Aber es fiel ihm schwer, die Frage aufrichtig zu beantworten.
»Ich merke, Sie zögern«, fuhr Nazarie fort. »Wie soll ich Ihr Schweigen deuten? Hoffentlich habe ich Sie durch meine Zudringlichkeit nicht gekränkt. Aber wenn Sie Fräulein Moscu nicht aufrichtig lieben, würde ich Ihnen raten, so schnell wie möglich von hier fortzugehen. Dann würde nämlich auch ich fortgehen, ich würde vielleicht sogar gleich morgen, vor Ihnen abreisen.«
Egor blieb stehen, um über die Worte des Archäologen besser nachdenken zu können.
»Ist etwas so Schlimmes vorgefallen?« fragte er halblaut.
»Vorläufig ist nichts geschehen. Aber das Haus gefällt mir nicht, es gefällt mir ganz und gar nicht. Es geht hier nicht mit rechten Dingen zu. Das habe ich gleich am ersten Abend gespürt. Es herrscht hier eine ungesunde Atmo-

sphäre. Selbst dieser Park – ein künstlicher Baumbestand, von Menschenhand gepflanzte Akazien und Ulmen!«

Egor fing an zu lachen.

»Bisher ist nichts Schlimmes geschehen. Ich kann mir in aller Ruhe eine Zigarette anzünden.«

Nazarie sah ihm erstaunt zu.

»Selbst diese Zigarette sollte Sie wachsam machen«, fuhr er fort. »Haben Sie die unheimliche Begegnung der vergangenen Nacht vergessen?«

»Ich war nahe daran, sie zu vergessen. Aber heute ist etwas geschehen, das sie mir wieder ins Gedächtnis brachte. Ich will es Ihnen gleich erzählen . . .«

»Ich merke, daß Sie verliebt sind und nicht fort wollen. Ich mache es Ihnen nicht zum Vorwurf, aber ich fürchte, daß Sie es schwer haben werden, sehr schwer. Sind Sie wenigstens gläubig? Beten Sie zur Mutter Gottes, bekreuzigen Sie sich abends, ehe Sie zu Bett gehen?«

»Nie.«

»Sehr bedauerlich. Sie sollten es sich schnellstens angewöhnen.«

»Aber was haben Sie denn so Schlimmes in Erfahrung gebracht im Dorf?«

»Fast nichts. Ich spüre jedoch, wie dieses Haus mich bedrückt, und meine Empfindungen haben mich noch nie getäuscht. Ich bin ein erdverbundener Mensch, habe lange Zeit allein auf dem Land gelebt, ehe ich mit Ausgrabungen begann. Ich bin fast ein Bauernsohn. Mein Vater war Gendarmeriewachtmeister in einem Dorf bei Ciulniţa. Das sieht man mir kahlköpfigem Universitätspauker wohl nicht an, wie?

Aber ich habe ein Gespür für übernatürliche Phänomene, bin vielleicht ein verhinderter Poet; habe zwar bloß als

Gymnasiast Gedichte geschrieben, bin aber eine Dichterseele geblieben.«

Egor hörte verblüfft Nazaries nervöses, unzusammenhängendes Gerede. Der Archäologe versenkte sich in ein Meer von Worten, Erinnerungen und Gefühlen, aus dem er nicht mehr heraus fand. Anfangs waren seine Worte noch präzise und wohl überlegt. Unmerklich ereiferte er sich jedoch so, daß er wie in einem Fieberwahn sprach. Seine Stimme klang erstickt, er rang nach Atem. Warum sagt er mir das alles? Weil er plötzlich fort will und eine Ausrede braucht?

»Herr Nazarie, Sie fürchten sich vor *etwas* . . .«, unterbrach Egor ihn gelassen.

Er hatte das Wort unwillkürlich betont, wie er es wenige Stunden zuvor im Gespräch mit Simina getan hatte. Und während er das Wort betonte, spürte er selber, wie ihm ein kalter Schauer über den Rücken lief. War das nicht seltsam, geradezu aberwitzig?

»Ja, ja«, stammelte Nazarie. »Ich habe auch Angst. Aber nicht darauf kommt es an . . .«

»Ich glaube doch«, sprach Egor mehr zu sich selber. »Wir sind erwachsene Männer und verlieren die Fassung . . . Ich will Ihnen reinen Wein einschenken: Ich denke nicht daran abzureisen.«

Der harte und sichere Tonfall, in dem er diesen Satz ausgesprochen hatte, gefiel ihm. Sein Entschluß verlieh ihm Mut und Selbstbewußtsein. Es bereitete ihm Vergnügen, sich sagen zu hören: »Wir sind schließlich keine Kinder . . .«

»Ich weiß nicht, wie sehr ich in Fräulein Moscu verliebt bin«, fügte er mit der gleichen energischen Stimme hinzu, »aber ich bin für einen ganzen Monat hergekommen und werde so lange bleiben, wenn auch nur, um meine Nerven auf die Probe zu stellen ...«

Er versuchte zu lachen; nach dem feierlichen Ton, den er vorher angeschlagen hatte, wollte es ihm jedoch nicht so recht gelingen.

»Bravo, junger Mann«, sagte Nazarie in Schwung geratend. »Ich möchte immerhin nicht, daß Sie glauben, ich hätte vor lauter Angst mein Urteilsvermögen verloren. Ich habe alles reiflich überlegt, ehe ich Ihnen riet, die Zelte hier abzubrechen. Einen besseren Rat könnte ich mir selber auch nicht geben, denn schließlich hocke ja auch ich noch hier.«

»Es wäre aber peinlich, wenn Sie Hals über Kopf abreisten.«

»Ich wäre nicht der erste Gast, der nach zwei Tagen das Weite sucht«, sagte Nazarie, zu Boden blickend. »Ich habe traurige und merkwürdige Dinge im Dorf erfahren, junger Mann ...«

»Nennen Sie mich doch nicht ›junger Mann‹«, fiel ihm der Maler ins Wort, »nennen Sie mich einfach Egor.«

»Einverstanden«, sagte Nazarie lächelnd. (Er lächelte zum ersten Mal an diesem Abend.) »Wissen Sie«, begann er und spähte nochmals nach allen Seiten, um sich zu vergewissern, daß niemand ihn belausche, »es geht hier nicht mit rechten Dingen zu. Mit diesem schönen Fräulein Christine hat es so seine Bewandtnis. Sie hat ihrer Familie nicht gerade Ehre gemacht. Die Leute wissen allerlei über sie zu erzählen ...«

»So sind halt die Bauern«, sagte Egor sententiös.

»Ich kenne sie besser«, fuhr Nazarie fort. »So mir nichts dir nichts kommt ein Gerücht mit so viel Einzelheiten nicht in Umlauf. Denn die Dinge, die man über sie erzählt, sind wirklich haarsträubend. Hätten Sie gedacht, daß diese Bojarentochter die Bauern durch den Gutsverwalter auspeitschen ließ, sie blutig schlagen ließ und dabei ruhig zusah, ihnen sogar das Hemd vom Leibe riß und sich noch weiß Gott was für Ungeheuerlichkeiten erlaubte? Mit dem Gutsverwalter hatte sie übrigens ein Verhältnis. Das wußte das ganze Dorf. Dabei war dieser Mann von unvorstellbarer, geradezu pathologischer Grausamkeit, eine wahre Bestie.«

Nazarie stockte. Er brachte es nicht über sich, alles zu erzählen, was er gehört, was die Leute ihm in der Schenke und dann unterwegs, als sie ihn zum Hof begleiteten, zugeflüstert hatten. Daß dieses Fräulein, zum Beispiel, den lebenden Küken eigenhändig den Hals umdrehte, klang wirklich zu unerhört, als daß man es nacherzählen könnte. Auch wenn er nicht allem, was über sie gemunkelt wurde, Glauben schenkte, so ließ doch allein die Vorstellung von ihrem Sadismus sein Blut in den Adern gefrieren.

»Wer hätte das geahnt!« sagte Egor nachdenklich. »Wenn man ihr Bild betrachtet, würde man nicht vermuten, daß sie eine so schwarze Seele hatte. Aber vielleicht ist das alles gar nicht wahr. Schließlich sind dreißig Jahre seither vergangen, da gerät vieles in Vergessenheit, und die Leute saugen sich so manches aus den Fingern.«

»Mag sein ... Die Erinnerung an Fräulein Christine ist jedenfalls im Dorf wachgeblieben. Wenn ihr Name erwähnt wird, erschrecken die Kinder auch heute noch. Und ihr Tod, ihr Tod gibt einem zu denken. Sie wurde nämlich nicht von den Bauern ermordet, sondern vom Gutsverwalter, mit dem sie seit einigen Jahren lebte. Man fragt sich, welcher Teufel sie geritten hat, daß sie schon als Sechzehn- oder Siebzehnjährige auf die schiefe Bahn geriet und eine solche Grausamkeit entwickelte. Der Gutsverwalter tötete sie aus Eifersucht. Die Bauernaufstände waren ausgebrochen und . . .«

Nazarie stockte verlegen. Er wagte nicht weiterzuerzählen. Das Verhalten des Fräuleins erschien ihm wirklich zu teuflisch, zu unmenschlich.

»Läßt es sich nicht weiter erzählen?« murmelte Egor.

»Doch, aber es ist schauderhaft. Die Leute sagen, daß Bauern von anderen Gütern gekommen sind und Fräulein Christine sie zu zweit in ihr Schlafzimmer rief, um ihnen Land zu geben. Sie beteuerte, sie würde ihr ganzes Vermögen unter ihnen aufteilen, wenn sie nur ihr Leben schonten. Sie ließ sich von allen Bauern der Reihe nach vergewaltigen, forderte sie geradezu heraus, schlief mit zweien zugleich. Bis der Gutsaufseher kam und sie niederknallte. Dann prahlte er im ganzen Dorf mit seiner Tat. Schließlich kam die Armee und legte auch ihn um. Ein Teil der Bauern wurde erschossen, die anderen, wie Sie wissen, ins Salzbergwerk verschickt. Die Sache wurde vertuscht. Aber die Familie, die Verwandten, die Freunde von damals bekamen sehr schnell Wind davon.«

»Unglaublich«, flüsterte Egor.

Nervös zündete er sich eine neue Zigarette an. Der Bericht des Archäologen hatte ihn aufgewühlt.

»Ein solches Weib läßt in einem Haus seine Spuren zurück«, fuhr Nazarie fort. »Deshalb bin ich so unruhig und fühle mich so bedrückt . . . Und man hat nicht einmal ihren Leichnam gefunden, um ihn zu begraben«, fügte Nazarie nach einer kurzen Pause hinzu, in der er sich zu fragen schien, ob er diese Einzelheit nicht lieber verschweigen solle.

»Sie werden ihn in irgendeinen verlassenen Brunnen geworfen haben«, sagte Egor, »oder, wer weiß, vielleicht haben sie ihn verbrannt.«

»Nicht ausgeschlossen ...«, flüsterte Nazarie, in Gedanken versunken. »Allerdings pflegen Bauern Leichen nicht zu verbrennen ...«

Er hielt im Sprechen inne und sah sich mit angespanntem ängstlichem Gesichtsausdruck um. Der Park lag weit hinter ihnen. Sie befanden sich hier auf offenem Feld, das stellenweise von Ackerfurchen durchzogen war und sich in düsterer Ferne verlor. Der Horizont war nirgends zu erspähen; nur ein sonderbares Geflecht von Schatten.

»Das ist wirklich nicht der geeigneteste Ort, um über Leichen zu sprechen«, sagte Egor.

Nazarie steckte seine Hände nervös in die Taschen. Er schien Egors Bemerkung überhört zu haben, hing irgendeinem Gedanken nach oder zögerte vielleicht, seinen Bericht durch weitere Einzelheiten zu ergänzen.

Er atmete, wie es seine Gewohnheit war, mit weit offenem Mund und zurückgelehntem Kopf die Luft ein. Ohne einengende Bäume ringsum fühlte er sich in dieser kühlen, mondlosen Nacht viel wohler.

»Fräulein Christines spurloses Verschwinden ist jedenfalls sonderbar«, fing er wieder zu sprechen an. »Die Leute sagen, sie gehe als Gespenst um.«

Er hatte in natürlichem Ton gesprochen, ohne jedes Zittern in der Stimme. Dabei blickte er immer noch zum Himmel auf. Egor nahm sich zusammen und versuchte zu lächeln.

»Ich hoffe, Sie glauben nicht an Gespenster«, bemerkte er etwas ironisch.

»Solche Probleme haben sich mir bisher nie gestellt«, erwiderte Nazarie. »Ich weiß nicht, was ich von der Schauergeschichte halten soll. Was geht mich das alles übrigens an . . .«

Egor beeilte sich, ihm zu sekundieren:

»Das sage ich mir ja auch.«

Er wußte, daß er log, daß er ganz anderes sagte, als er beabsichtigt hatte, aber er spürte, daß es das Gebot der Stunde war, sich Nazaries Meinung anzuschließen.

»Es darf allerdings nicht übersehen werden, daß all diese Geschehnisse sich auch auf die Stimmung im Haus ausgewirkt und die gesamte Familie Moscu verändert haben«, fuhr Herr Nazarie fort. »Und darum fühle ich mich dort nicht wohl. Mag sein, daß alles, was ich Ihnen erzählte, nur böswillige Erfindungen der Dorfleute sind, aber auch mir kommt das Ganze nicht geheuer vor.« Er wies mit dem Arm auf den Park, glaubte dort so entsetzliche Dinge wahrzunehmen, daß er wieder wie ein Wasserfall zu sprechen anfing, immer schneller, immer hastiger, bis er kaum noch atmen konnte.

Nun hat ihn wieder die Angst gepackt, stellte Egor fest und wunderte sich über seine eigene Klarsicht. Er stand so nahe bei Nazarie, bei einem Menschen, der von Grauen erfaßt wurde, und betrachtete ihn mit so viel Gelassenheit, konnte ihn sogar objektiv beurteilen. Zum Park wagte er allerdings nicht hinüberzuschauen. Nazaries ausgestreckter Arm hatte ihn mehr erschreckt als all dessen ängstliche Bemerkungen. Vielleicht sieht auch er dort etwas, dachte Egor. Vielleicht sieht er dasselbe wie Simina. Und obwohl er diese Überlegungen mit klarem Verstand anstellte, beschlich ihn allmählich ein banges Gefühl der Unruhe.

»Sie brauchen keine Angst zu haben!« unterbrach er plötzlich Nazaries Wortschwall. »Sehen Sie nicht mehr hin, ich meine zum Haus . . .«

Doch Nazarie wollte oder konnte nicht auf ihn hören. Er starrte krampfhaft zum Park, als wartete er auf etwas.
»Dort kommt jemand auf uns zu«, sagte er.
Egor wandte nun auch den Kopf hin. Der Park lag in dichtem Schatten und schien weit weg. Außer einem Lichtschimmer links, wo die Häuser standen, konnte er nichts Besonderes gewahr werden.
»Es kommt niemand«, sprach er Nazarie Mut zu.
Da hörte er plötzlich ein Geheul, das ihm das Blut in den Adern gefrieren ließ. Das unheimliche, höllische Anschlagen eines zu Tode erschreckten Hundes. Das Knurren kam immer näher. Dann folgte das dumpfe Geräusch eines gehetzten, schwerkeuchenden Tieres. Aus dem Dunkel warf sich ihnen ein am ganzen Leibe zitternder großer, grauer Köter zwischen die Beine. Er schmiegte seinen Kopf mit hängenden Ohren an ihre Knöchel, leckte ihnen die Hände und winselte. Von Zeit zu Zeit sprang er auf und begann aus unerklärlichen Gründen entsetzlich zu heulen. »Der Schreck ist auch ihm in die Glieder gefahren«, flüsterte Egor und streichelte den Hund. »Das arme Tier!«
Aber es tat ihm gut, in diesem nach allen Seiten hin offenen und zugleich in der Ferne vom Dunstkreis eingeschlossenen Feld den lebendigen, kräftigen, warmen Hundeleib an seinen Füßen zu spüren. Ja, es tat ihm richtig gut.

## VI

Egor hatte in jener Nacht einen seiner üblichen, uninteressanten und wenig dramatischen Träume. Freunde aus der Studentenzeit, Verwandte, sinnlose Reisen, Dialoge bar jeder Logik. Diesmal befand er sich im Traum irgendwo in Frankreich, in einem fremden Zimmer und folgte, an die Tür gelehnt, dem Gespräch eines seiner Lehrer mit einem anderen jungen Mann. Es ging um eine kürzlich eröffnete Gemäldeausstellung, vorwiegend aber um Kisten.

»Ich habe eine Schwäche für Kisten, die mit seltsamen, exotischen Dingen vollgeladen sind«, sagte der unbekannte junge Mann. »Sooft ich sie in Geschäften oder auf dem Kai geschlossen herumstehen sehe, gerate ich ganz aus dem Häuschen beim Gedanken, sie könnten zwischen ihren Holzwänden weiß Gott welch kostbare Schätze bergen.«

Egor war gleich nach den ersten Worten des jungen Mannes im Bilde. Der Unbekannte, der da sprach, war ja der längst verstorbene Radu Prăjan, sein bei einem unsinnigen Straßenunfall ums Leben gekommener Freund. Er erkannte ihn an der Stimme und der Leidenschaft, mit der er über die Kisten sprach. Das war auch zu Lebzeiten so seine Art gewesen. Er hatte eine Schwäche für Ölfarben, für ihren starken, beißenden Geruch. Die »technischen«, »synthetischen« Düfte erinnerten ihn an Schachteln und Kisten, an alles, was irgendwo aus der Ferne, aus einem exotischen Hafen oder aus einer Fabrik herbeigebracht wurde . . . Wie verändert Radu Prăjan aber jetzt aussah . . . Wäre da nicht seine Stimme, wären da nicht seine Worte gewesen, Egor hätte ihn nicht wiedererkannt. Das Haar war ihm bis auf die Schultern gewachsen und bedeckte nicht bloß seine

Ohren, sondern flatterte ihm bei jeder Kopfbewegung um die Wangen. Er sprach unausgesetzt auf den Lehrer ein, ohne Egor zu beachten. Egor wurde immer ungeduldiger. Prăjan ist doch tot, er ist doch längst gestorben, sagte er sich. Vielleicht scheut er deswegen davor zurück, sich mir zuzuwenden, mich zu erkennen. Und das Haar hat er sich wohl auch so lang wachsen lassen wie eine Frau, damit man ihn nicht erkenne.

Da drehte sich Prăjan plötzlich mit einer jähen, erschrokkenen Geste um und ging auf Egor zu.

»Weil gerade auf dich die Rede kam«, sagte er hastig, »paß gut auf dich auf, denn du schwebst in großer Gefahr . . .«

»Ja, ich begreife«, flüsterte Egor. »Ich weiß, was du damit sagen willst . . .«

Nun waren es Prăjans Augen. Sein Gesicht ähnelte wieder dem früheren, wahren. Nur die Mähne war zu lang, unnatürlich und widerlich lang für einen Mann . . .

»Auch ich bin auf der Hut«, fügte Prăjan, seine Locken schüttelnd, hinzu. »Schau her, dank dieser Pelerine kann niemand mir etwas anhaben . . .«

Prăjan schien in der Tat unantastbar, denn, als Egor die Hand nach ihm ausstreckte, konnte er ihn nicht erreichen. Er sah den Freund nahe vor sich, hatte jedoch das Empfinden, daß Prăjan sich über ihn in unerreichbare Ferne erhoben hatte. Im gleichen Augenblick begriff er, daß Prăjan, von einer unsichtbaren Macht verscheucht, ängstlich die Flucht ergriffen hatte. Der Lehrer und noch einige andere Unbekannte, die mittlerweile hinzugetreten waren, schienen ebenso entsetzt zu sein vor etwas, das sich vor ihren Augen, jedoch hinter Egors Rücken abspielte, denn Egor sah nichts, betrachtete nur sie, erstaunt über ihren Schrecken, ihr plötzliches Zurückweichen. Die Gegenstände rings um Egor wurden dunstig und verschwommen. Der Schreck fuhr auch ihm in die Glieder. Er wandte den Kopf um und gewahrte Fräulein Christine neben sich. Sie lächelte ihm wie auf Mireas Bild zu, schien jedoch anders gekleidet, trug ein blaues Kleid mit Fransen und reichem Spitzenbesatz und hatte lange, schwarze Handschuhe an, von denen sich ihre Arme noch weißer abhoben.

»Schaut, daß ihr weiterkommt!« befahl Fräulein Christine finster und wies mit dem Arm auf Prăjan.

Egor wurde es ganz unbehaglich, als er ihre Stimme vernahm. Sie klang so anders als alle anderen Stimmen, die er im Traum gehört hatte, schien von *außerhalb unseres Bereiches*, aus einer anderen Welt zu kommen. Er versuchte sich wachzurütteln. Fräulein Christine packte ihn jedoch am Arm und flüsterte ihm ins Ohr:

»Sachte, Liebster, erschrick nicht. Du bist ja in deinem Zimmer, bei *uns*, mein Geliebter . . .«

Die Umgebung hatte sich in der Tat jäh gewandelt. Die Schatten hatten sich auf Christines Geheiß verflüchtigt, die Wände des fremden Zimmers aufgelöst, Prăjans verändertes Gesicht war verschwunden. Egor sah sich verdutzt um, suchte mit dem Blick die Tür, an die er sich einige Minuten zuvor gelehnt hatte. Unerklärlicher Weise war alles fort. Er befand sich in seinem Zimmer. Voller Staunen erkannte er jeden Gegenstand wieder. Das Licht war sonderbar, weder Tageslicht noch Lampenlicht.

»Wie lange ich doch schon auf dich warte«, flüsterte Fräulein Christine ihm wieder zu. »Wie lange ich schon auf einen Mann wie dich warte, einen schönen und jungen Mann . . .«

Sie war so nah herangekommen, daß Egor sich von einem unerträglichen Veilchenduft eingehüllt fühlte. Er wich zurück. Sie ergriff jedoch seinen Arm und hielt ihn fest. »Flüchte nicht vor mir, Egor, fürchte nicht, weil ich tot bin . . .«

Egor hatte jedoch nicht Angst, weil eine Tote zu ihm sprach, ihn störte ihre warme Nähe, der zu starke Veilchengeruch, ihr so *weiblicher* Atem. Fräulein Christine war ungeduldig und erregt. Ihr Atem ging schnell wie der einer durch die Anwesenheit eines Mannes verwirrten Frau.

»Wie schön du bist, wie bleich«, sagte Christine.

Sie bedrängte ihn so sehr, daß Egor nicht mehr zurückweichen konnte und nur den Kopf ins Kissen vergrub. Es kam ihm erst jetzt zu Bewußtsein, daß er in seinem Bett lag und Fräulein Christine sich über ihn beugte, um ihn zu küssen. Es graute ihm davor, ihre Lippen auf seinem Mund, seinen Wangen zu spüren. Christine begnügte sich jedoch damit, ihr Gesicht seiner Stirn zu nähern.

»Nein, dich *will ich nicht* . . .«, flüsterte sie, »dich küsse ich nicht so . . . Ich habe Angst vor mir, Egor . . .«

Plötzlich zog sie sich zurück, blieb einige Schritte vor dem Bett stehen und sah ihn lange an. Sie biß sich die Lippen, schien einen Kampf mit sich selbst auszufechten, um ihre starke, blinde Leidenschaft zu zügeln. Egor wunderte sich allmählich, daß er so gelassen blieb in Anwesenheit einer Toten. Wie gut, daß all dies im Traum geschieht, dachte er . . .

»Doch du darfst Nazaries Worten nicht Glauben schenken«, fuhr Fräulein Christine fort und trat wieder ans Bett. »Was die Leute über mich reden, ist nicht wahr. Ich war kein Ungeheuer, Egor. Was die anderen über mich denken, kümmert mich nicht, aber ich möchte nicht, daß auch du diese unsinnigen Dinge glaubst. Denn sie sind nicht wahr,

Begreifst du, Liebster? Sie sind nicht wahr . . .« Wie deutlich ihre Worte im Zimmer klangen. Wenn uns jemand hört, wird er glauben, ich hätte heute nacht mit einer Frau geschlafen, dachte Egor. Dann erinnerte er sich wieder, daß alles nur ein Traumgeschehen war und lächelte beruhigt.

»Wie schön du bist, wenn du lächelst«, sagte Christine und setzte sich auf den Bettrand.

Sie zog langsam einen Handschuh aus und warf ihn über Egors Kopf auf das Nachttischchen. Nun roch sie noch stärker nach Veilchen. Wie geschmacklos, sich so stark zu parfümieren. Plötzlich spürte er eine warme Hand sein Gesicht streicheln. Alles Blut wich aus seinen Adern, denn die Berührung dieser warmen, unnatürlich warmen, unmenschlichen Hand war entsetzlich. Egor hätte vor Grauen aufschreien wollen, brachte jedoch nicht die Kraft auf; die Stimme erlosch in seiner Kehle.

»Erschrick nicht, Liebster!« flüsterte da Christine, »ich tue dir nichts an. *Dir* tue ich nichts an. Dich will ich nur lieben . . .«

Sie sprach leise und langsam. Ihre Stimme hatte zuweilen einen wehmutsvollen Klang. Sie betrachtete ihn gierig, liebeshungrig. Und dennoch huschte über ihre leuchtenden Augen ein Schatten von unendlicher Trauer.

». . . Ich werde dich lieben, wie ein Sterblicher noch nie geliebt worden ist«, fügte Christine hinzu.

Eine Weile betrachtete sie ihn lächelnd. Dann klang ihre Stimme wieder melodiöser, rhythmischer:

*»Wenn wild mich Deine Liebe herzt,*
*will es die Brust mir sprengen;*
*Dein Auge, groß und dunkel, schmerzt,*
*Dein Blick will mich versengen!«*

Egor geriet gleich nach dem ersten Satz in heftige Gemütsbewegung. Hatte er diese Worte doch schon so oft gehört. Nun erinnerte er sich genau. Sie waren aus Eminescus »Abendstern«. Auch vorher schon hatte Fräulein Christine aus Eminescu zitiert. Er war damals wohl ihr Lieblingsdichter gewesen, sagte sich Egor.
»Du brauchst dich nicht zu fürchten, Liebster«, wiederholte Christine, indem sie vom Bett aufstand. »Was immer auch geschehe, vor mir brauchst du keine Angst zu haben. Dir gegenüber werde ich mich anders verhalten, ganz anders ... Dein Blut ist mir zu kostbar, Liebster. Ich werde dich von hier aus, aus meiner Welt, jede Nacht aufsuchen, zuerst *im Schlaf*, Egor, und danach werde ich in deinen Armen liegen, Geliebter ... Hab keine Angst, Egor, vertraue mir ...«
Da wurde Egor wach, erinnerte sich jedoch mit ungewöhnlicher Genauigkeit an jede Einzelheit seines Traumes. Er war nicht mehr erschrocken, nur aufgewühlt und müde wie nach einer schweren Anstrengung. Was ihn zunächst in Erstaunen setzte, war der starke Veilchengeruch. Er rieb sich die Augen, fuhr sich mehrmals mit der Hand über die Stirn, aber der betäubende Duft verharrte. Plötzlich gewahrte er neben sich Fräulein Christines schwarzen Handschuh. Ich bin noch nicht aus dem Traum erwacht, sagte er sich entsetzt. Ich muß etwas unternehmen, um wach zu werden. Ich werde wahnsinnig, wenn ich nicht erwache. Er staunte über die Klarheit seiner Gedanken. Hoffnungsvoll wartete er darauf, daß er wach werde. Doch er spürte seine Hand, die seine Stirn betastete. Also schlief er nicht, träumte er nicht. Er biß sich die Unterlippe und spürte den Schmerz. Er hätte aus dem Bett springen und das Licht anmachen wollen, erblickte jedoch zwei Schritte vor sich

Fräulein Christine, die regungslos dastand. Das Gespenst fesselte ihn ans Bett. Egor ballte die Fäuste und preßte sie an seinen Körper. Er spürte den Druck. Kein Zweifel; er schlief nicht mehr. Er wagte nicht, die Augen zu schließen, blickte eine Weile zu Boden und sah dann wieder zu Fräulein Christine auf. Sie war immer noch da, betrachtete ihn strahlend, lächelte ihm zu, hüllte ihn in Veilchenduft ein. Nun bewegte sie sich auf ihn zu. »Vater unser, der du bist im Himmel, Herrgott im Himmel!« wiederholte Egor mit zugeschnürter Kehle. Gebetet hatte er seit seiner Kindheit nicht mehr. Doch nun drängten sich ihm die Worte förmlich auf. Fräulein Christine blieb stehen, und ihr Lächeln schien nun noch trauriger, noch hoffnungsloser zu werden. Egor erkannte: Sie hatte erraten, daß er betete. Sie wußte alles. *Sie weiß, daß ich erwacht bin*, und geht nicht fort . . .
Christine tat noch einen Schritt und trat in der Stille des Zimmers mit vollendeter Sicherheit vor Egor hin. Er hörte ganz deutlich das Knistern ihres Seidenkleides. Keine Einzelheit entging ihm. Frauenschritte, weiche, lebendige, erregte Schritte, dachte er. Als sie sich dem Bett näherte, spürte er wieder ihren Körper. Die unnatürliche Wärme, die dieser Körper ausstrahlte, widerte ihn an. Eine Gänsehaut überlief ihn. Fräulein Christine ließ ihn nicht aus den Augen, als wollte sie seine Zweifel, daß sie ein lebendes Wesen sei, beheben und ihn von ihrer konkreten Anwesenheit überzeugen. Sie ging an ihm vorüber und holte sich den Handschuh vom kleinen Tisch. Ihr nackter Arm strömte wieder den Veilchenduft aus. Der Handschuh straffte sich um ihre Hand. Während sie ihn mit eleganter Geste bis zum Ellenbogen hochzog, fuhr sie fort, Egor anzusehen. Darauf trat sie mit dem gleichen frauenhaften

graziösen Schritt ans Fenster. Egor brachte nicht den Mut auf, ihr zu folgen. Die geballten Fäuste an den Körper gepreßt und von kaltem Schweiß bedeckt, blieb er wie erstarrt allein im Dunkel. Zum erstenmal im Leben fühlte er sich furchtbar einsam, verdammt. Nichts und niemand aus der anderen Welt konnte ihn erreichen, ihm helfen, ihn retten ...

Lange hörte er nichts mehr. Er wußte auf den Augenblick genau, wann Fräulein Christine das Zimmer verlassen hatte, wußte, daß kein Grund zur Ängstigung mehr bestand, da sie nun weder im Zimmer noch auf dem Balkon war. Er hatte ihr Verschwinden aus dem Raum am Pulsen seines Blutes, am Rhythmus seines Atems gemerkt. Es war ihm klar, daß er sich selber zu täuschen versuchte, indem er immer noch mit ihrer schreckeinjagenden Gegenwart rechnete. Die Balkontür stand offen. Vielleicht war Christine noch dort, vielleicht war sie nicht fortgegangen, sondern hatte sich bloß versteckt. So fuhr er denn fort, zu warten, ohne den Mut aufzubringen, den Kopf nach dem Fenster zu wenden.

Plötzlich faßte er einen Entschluß, sprang aus dem Bett und knipste seine elektrische Taschenlampe an. Fieberhaft suchte er nach den Streichhölzern und zündete die große Lampe an. Das grelle Licht schreckte einen Nachtfalter auf, der verzweifelt umherzuflattern begann und sich an den Wänden die Flügel wundschlug. Egor nahm seine Taschenlampe und trat auf den Balkon hinaus. Die Nacht ging zur Neige, der Morgen dämmerte bereits. Zum starren Himmelsgewölbe stieg kalter Dunst auf. Kein Baum regte sich. Kein Geräusch drang an sein Ohr. Es wurde ihm unheimlich, so allein zu sein, er erschauerte. Da erst spürte er, wie kalt ihm war. Er knipste die Lampe aus und

kehrte ins Zimmer zurück. Ein starker Veilchengeruch strömte ihm entgegen.
Der Falter flatterte immer noch umher, schlug mit dumpfem Geräusch an die Wände, berührte zuweilen das Glas der Lampe. Egor zündete sich eine Zigarette an, rauchte sie gedankenlos und gierig zu Ende. Dann stand er wieder auf und schloß die Balkontür. Die Lider fielen ihm erst zu, als es richtig Tag wurde und die Hähne zu krähen aufhörten.

## VII

Die Frau klopfte vergeblich an der Tür. Die war abgeschlossen, und der Gast erwachte nicht, um sie zu öffnen. Er schläft so fest, als hätte er die Nacht durchzecht, dachte die Frau und lächelte scheu. Aber die Milch wurde kalt. Die Frau warf einen Blick auf das vollbeladene Tablett, das sie auf ein Tischchen abgestellt hatte. Vielleicht wird es dem Herrn Professor gelingen, ihn zu wecken ...

Sie fand Nazarie fertig angezogen und aufbruchbereit. Verschämt blieb sie auf der Schwelle stehen; es fiel ihr schwer, ihm den Grund ihres Kommens zu nennen, ihn zu bitten, Herrn Egor zu wecken.

»Sind Sie hier aus dem Dorf?« fragte Herr Nazarie sie, als er sie verschüchtert warten sah.

»Ich bin aus Siebenbürgen«, sagte die Frau stolz. Herr Egor will nicht aufstehen. Ich habe an seiner Tür geklopft, und er hört nicht ...«

»So sind halt die Künstler, sie schlafen wie die Murmeltiere«, sprach Herr Nazarie mehr zu sich selber.

Aber er war beunruhigt. Im Laufschritt eilte er zu Egors Zimmer und klopfte so fest an die Tür, daß Egor entsetzt aus dem Schlaf fuhr. »Ich bin's«, entschuldigte sich der Archäologe. »Ich, Nazarie ...«

Er hörte, wie Egor den Schlüssel im Schloß umdrehte, und dann zum Bett zurücklief. Er wartete eine Weile und trat ein. Die Frau folgte ihm mit dem Tablett.

»Sie scheinen sehr fest geschlafen zu haben«, sagte Herr Nazarie.

»Von nun an werde ich morgens immer fest schlafen«, sprach Egor lächelnd.

Dann schwieg er und sah der Frau zu, die das Tablett

behutsam auf den kleinen Tisch stellte. Er wartete, bis sie fortgegangen war und fragte Nazarie unvermittelt:
»Sagen Sie, bitte, wonach riecht es hier im Zimmer?«
»Nach Veilchen«, erwiderte der Archäologe ruhig.
Er hatte den Eindruck, daß Egor zusammenfuhr und plötzlich erbleichte.
»Es ist also wahr«, sagte er und zwang sich zu lächeln.
Herr Nazarie trat näher ans Bett.
». . . es ist wahr«, fuhr Egor fort. »Es war kein Traum. Fräulein Christine war wirklich hier . . .« Ohne Eile und gelassen erzählte er darauf Nazarie, was sich in der vergangenen Nacht zugetragen hatte. Er wunderte sich selbst, wie genau er sich an alle Einzelheiten erinnerte. Er sprach mit feierlichem Ernst und hielt oft inne, um zu schlucken. Die Kehle war ihm ausgedorrt. Er hatte Durst.

Vor dem Mittag erfuhr Egor, daß Sanda sich nicht wohlfühlte und heute nicht zu Tisch käme. Er bat, sie wenigstens für ein paar Augenblicke sehen zu dürfen. Bei dieser Gelegenheit wollte er ihr seine vorzeitige Abreise mitteilen und sich entschuldigen. Als Grund würde er Frau Moscus Krankheit und ihr Unwohlsein angeben.
»Was ist los?« fragte er, als er in Sandas Zimmer trat, und versuchte, sich ungezwungen zu benehmen.
Das Mädchen sah ihn traurig an, vergeblich um ein Lächeln bemüht. Sie bedeutete ihm mit dem Blick, er möge sich setzen. Sie war allein, und Egor fühlte sich ein wenig eingeschüchtert. Im Zimmer herrschte ein zu intimer, schwüler Frauengeruch. Es roch nach Blut.
»Ich fühle mich gar nicht wohl«, flüsterte Sanda. »Gestern Abend hatte ich Schwindel, Kopfweh, und nun kann ich kaum aufstehen . . .«

Liebevoll und zugleich ängstlich sah sie ihm tief in die Augen. Ihre Nasenflügel bebten. Ihre Schläfen waren sehr blaß.
»Ich bin wie ausgelaugt«, fügte sie hinzu. »Schon das bloße Sprechen ermüdet mich . . .«
Egor trat beunruhigt an ihr Bett und griff nach ihrer Hand.
»Aber Sie sollen sich auch gar nicht anstrengen«, versuchte er, sie in fröhlichem Ton aufzumuntern. »Sie werden sich erkältet haben. Vielleicht ist es eine Migräne, die Sie so matt macht . . . Ich überlegte gerade . . .«
Er wollte sagen: Ich überlegte gerade, daß wir, die Gäste, sie allzu sehr ermüden und wegfahren sollten. Aber das Mädchen fing zu weinen an, neigte den Kopf und flüsterte fieberhaft:
»Verlaß mich nicht, laß mich nicht allein. In diesem Haus kannst nur du mich retten.«
Es war das erste Mal, daß sie ihn duzte. Egor spürte, wie ihm das Blut in die Wangen schoß. War es innere Unruhe, Glück oder Scham wegen der eigenen Feigheit?
»Hab keine Angst, Sanda«, flüsterte er, indem er sich zu ihr hinabbeugte. »Es wird dir nichts passieren. Ich bin doch hier, bei dir. Da kann dir doch nichts zustoßen . . .«
»Ach, wenn ich dir doch sagen könnte . . .«
Egor war nahe daran, ihr alles zu erzählen, was er erfahren und was auch ihn so in Schrecken versetzt hatte, hörte jedoch Schritte auf dem Flur und zog sich in die Mitte des Zimmers zurück. Er war unruhig, aufgewühlt. Sandas Worte hatten ihm aber ein ungeheures Selbstvertrauen eingeflößt. Er mußte Sanda beschützen, verteidigen.
Frau Moscu kam wie zufällig ins Zimmer. Es schien sie nicht zu wundern, daß Sanda krank zu Bett lag und daß sie Egor bei ihr vorfand.

»Stehst du nicht auf?« fragte sie.
»Ich werde heute gar nicht aufstehen«, sagte Sanda, wobei sie sich bemühte, ruhig und lächelnd zu sprechen. »Ich möchte mich ausruhen.«
»Die vielen Gäste haben sie ermüdet«, sagte Egor mehr im Scherz.
»Ach, wo«, wehrte Frau Moscu ab. »Wir freuen uns immer sehr, bedeutende Leute an unserem Tisch zu haben. Aber wo steckt denn Simina?« fragte sie nach einer kurzen Pause.
Egor und Sanda wechselten schnell einen Blick und erröteten beide, als hätten sie sich unwillkürlich an etwas Peinliches erinnert, das sie lieber geheimhalten wollten.
»Ich habe sie nicht gesehen«, sprach Sanda.
»Ich gehe sie suchen.«
Egor war froh, sich unter diesem Vorwand zurückziehen zu können. Sobald Frau Moscu fort war, würde er wiederkommen. Entschlossenen Schrittes verließ er das Zimmer. Sein Blick war streng, seine Stirn gedankenschwer. Er schämte sich seiner Feigheit. Er hatte Reißaus nehmen wollen und nicht einmal den Mut aufgebracht, es Nazarie einzugestehen. Er hatte sogar erwogen, sich durch ein falsches Telegramm abrufen zu lassen, wie er vor langer Zeit in einem Buch gelesen hatte. Doch Sandas Stimme, ihre Worte hatten seinen Ehrgeiz aufgestachelt, der Gefahr entgegenzutreten, jedes Risiko einzugehen. Er hatte das Gefühl, sich in eine verzwickte Angelegenheit, in ein teuflisches Abenteuer einzulassen, das ihn ängstigte, doch zugleich wie eine unbekannte, giftige Frucht anzog.
Er fragte im Speisezimmer nach Simina. Niemand hatte sie gesehen. Er stieg über die Treppe der Veranda hinab und ging zu den hinten gelegenen Gesindestuben. Dort würde

er vielleicht auch die düstere Amme zu Gesicht bekommen. Er traf die Haushälterin und fragte sie nach der Kleinen.

»Das Fräulein ist zum alten Stall gegangen«, sagte sie und wies auf einen abgelegenen, halb verfallenen Schuppen.

Die Hände in den Taschen und eine Zigarette im Mund, machte Egor sich gelassen zum Stall auf. Er wollte der Begegnung mit Simina nicht allzu große Bedeutung beimessen.

Welch ein Hexennest, schoß es ihm durch den Kopf, als er den Stall betrat. Es war ein langgestreckter, alter, verwahrloster Raum mit stellenweise rissiger Decke, der fast völlig im Dunkeln lag. Egor erblickte Simina am anderen Ende in einer altmodischen Kutsche. Als sie seiner gewahr wurde, warf das Mädchen einen Fetzen, den sie bis dahin in der Hand gehalten hatte, fort, stand auf und wartete. Egor erkannte an ihrem Blick, daß er es mit ihr nicht leicht haben würde.

»Warum hast du dich hier versteckt, Simina?« fragte er und tat so, als wäre er bei bester Laune und zu Scherzen aufgelegt.

»Ich habe hier gespielt, Herr Egor«, erwiderte das Mädchen, ohne mit der Wimper zu zucken.

»Welch sonderbares Spiel!« staunte Egor und trat näher. »Und dazu hast du dir diesen uralten, verstaubten Wagen ausgesucht?«

Er nahm eine Laterne zur Hand und stellte fest, daß auf der Kutsche kein Staub lag. Da erinnerte er sich an Siminas Geste. Sie hatte ein Staubtuch fortgeworfen, als er eintrat.

»Der Wagen ist alt, aber ganz sauber«, fügte er hinzu. »Du scheinst an ihm zu hängen, da du ihn so reinlich und in Ordnung hältst . . .«

»Ach, nein«, wehrte Simina ab. »Ich spiele nur gern hier und möchte mich nicht schmutzig machen.«
»Warum bist du dann zurückgewichen und hast das Staubtuch fortgeworfen, als ich eintrat?« fragte Egor geschwind, um sie in Verlegenheit zu bringen.
»Mit dem Tuch konnte ich Ihnen ja nicht die Hand reichen«, erwiderte Simina ruhig, hielt einen Augenblick inne und lächelte. »Ich nahm an, Sie würden mir die Hand reichen«, fügte sie kokett hinzu und sah ihm fest in die Augen.
Egor errötete. Er hatte von vornherein einen Fehler begangen.
»Wem hat diese Kutsche gehört?« fragte er.
»Fräulein Christine«, erwiderte Simina.
Sie blickten einander unerbittlich in die Augen. *Sie weiß*, begriff Egor, sie weiß, was heute Nacht vorgefallen ist.
»Tante Christine«, berichtigte Egor, »die arme Alte! Welch komische, altmodische Kutsche, genau wie die arme Tante ... Auf diesen Kissen ruhte sie ihre müden Knochen aus, wenn sie spazieren fuhr, um ein wenig frische Luft zu atmen ...«
Er fing an zu lachen.
»... in diesem herrschaftlichen Wagen fuhr sie zitternd vor Kälte auf dem Gut spazieren«, fuhr er fort. »Und ihr schlohweißes Haar flatterte im Wind ... Oder war es nur grau?« fügte er unvermittelt hinzu.
Das Mädchen betrachtete ihn mit einem ironischen, mitleidigen Lächeln. Als Egor sich ihr zuwandte, hielt sie seinem Blick stand und bemühte sich, ihr Lächeln zu unterdrükken, als wolle sie ihn nicht bloßstellen.
»Sie wissen ganz gut, daß Fräulein Christine nie alt gewesen ist«, sagte sie, jedes ihrer Worte betonend.

»Weder du noch ich wissen über sie Bescheid«, unterbrach Egor sie brutal.
»Warum behaupten Sie das, Herr Egor?« staunte Simina und setzte eine Unschuldsmiene auf. »Sie haben sie doch gesehen . . .«
Ihre Augen funkelten dämonisch, und sie strahlte triumphierend übers ganze Gesicht.
Sie stellt mir eine Falle, dachte Egor. Aber wenn sie noch ein weiteres Wort spricht, drücke ich ihr die Kehle zu und drohe ihr, sie umzubringen, bis sie mir alles gesteht, was sie weiß.
»Sie haben doch ihr Porträt gesehen«, fügte Simina, nach einer wohlüberlegten Pause hinzu. »Fräulein Christine ist sehr jung gestorben. Sie war jünger als Sanda. Jünger und schöner«, fuhr sie fort.
Egor war eine Weile um die Antwort verlegen. Er überlegte, wie er Simina dazu bringen könnte, sich zu verraten, denn er wollte sie ja *ausfragen.*
»Sanda gefällt Ihnen, nicht wahr?« fragte Simina unvermittelt.
»Ja, und ich werde sie heiraten«, erwiderte Egor. »Und du wirst als meine kleine Schwägerin nach Bukarest mitkommen, ich werde dich dort großziehen und dir alle Flausen austreiben.«
»Ich weiß nicht, was Sie gegen mich haben«, schmollte Simina.
Seine Drohung oder vielleicht auch nur sein energischer Ton hatten sie eingeschüchtert. Ängstlich blickte sie wie hilfesuchend um sich, beruhigte sich jedoch bald, fing wieder zu lächeln an und starrte wie geistesabwesend mit glasigen Augen in einen Winkel des Schuppens.
»Du spähst umsonst dorthin«, sprach Egor weich. »War-

test umsonst . . . Deine Tante ist längst tot, von Würmern zerfressen und mit Erde vermengt. Hörst du, Simina?«
Er faßte sie an den Schultern, schrie ihr die Worte beinahe ins Ohr. Seine Stimme klang indes so brüchig, daß die überlauten Worte ihm selbst Furcht einjagten. Das Mädchen erbebte. Sie erbleichte und preßte die Lippen zusammen. Kaum hatte er jedoch seinen Griff gelockert, als sie ihre Fassung zurückerlangte. Glücklich und fasziniert starrte sie über Egors Schulter hinweg wieder in jenen Winkel.
»Sie haben mich so durchgebeutelt, daß ich Kopfweh bekommen habe«, klagte sie und faßte sich an die Stirne. »Bei Kindern ist es leicht, sich als starker Mann aufzuspielen«, fügte sie leise hinzu, als spreche sie zu sich selber.
»Ich möchte dich wachrütteln, kleine Hexe«, ereiferte sich Egor wieder. »Ich möchte dir die Grillen austreiben, will nur dein Gutes, will dich retten . . .«
»Sie wissen ganz gut, daß es keine Grillen sind«, sagte Simina, diesmal in herausforderndem Ton; sprang aus der Kutsche und ging würdevoll an Egor vorbei.
»Nicht so eilig, wir gehen zusammen fort«, sagte Egor. »Deine Mutter bat mich, dich zu suchen. Ich ahnte allerdings nicht, daß ich dich beim Abstauben einer hundert Jahre alten Kutsche finden würde . . .«
»Sie stammt aus dem Jahre 1900 und ist aus Wien«, sagte Simina ruhig und ging, ohne sich umzuwenden, weiter. »Von 1900 bis 1935 sind es genau fünfunddreißig Jahre . . .«
Sie waren am Tor angelangt. Er öffnete es weit und ließ das Mädchen vorgehen.
»Sie bat mich, dich zu holen, weil Sanda sich nicht wohl fühlt. Weißt du, daß deine Schwester krank ist?«

Ein genugtuerisches Lächeln huschte über Siminas Gesicht. »Es ist nichts Ernstes«, fügte er geschwind hinzu. »Sie hat bloß Kopfweh und blieb daher im Bett ...«
Die Kleine erwiderte nichts. Sie schritten nebeneinander durch den großen Hof unter der kühlen Herbstsonne.
»Übrigens wollte ich dir etwas sagen, das dich interessieren wird«, brach Egor das Schweigen, ehe sie zum Haus gelangten.
Er griff nach ihrem Arm und beugte sich tief zu ihr hinunter, um ihr ganz nah ins Ohr flüstern zu können: »... ich wollte dir sagen: Wenn Sanda etwas zustößt ... Begreifst du? Dann ist es auch um dich geschehen. Das wirst du freilich nicht für dich behalten. Kannst es ruhig weitersagen, allerdings nicht deiner Mutter. Die Arme kann ja nichts dafür ...«
»Ich werde es Sanda und nicht Mama sagen«, sprach Simina verärgert. »Ich werde ihr sagen, daß ich nicht weiß, was Sie eigentlich von mir wollen!«
Sie versuchte, sich loszureißen, aber Egor lockerte seinen Griff nicht. Es bereitete ihm ausgesprochen Vergnügen, sich in ihrem weichen, unreifen, teuflischen Fleisch festzukrallen. Das Mädchen biß vor Schmerz die Lippen zusammen, aber sie vergoß keine Träne; ihre kalten, metallenen Augen blieben trocken. Dieser Widerstand brachte Egor aus der Fassung.
»Und ich werde dich quälen, Simina, ich werde dich nicht so schnell umbringen«, zischte er. »Ehe ich dich erwürge, werde ich dir die Augen ausstechen, werde dir die Zähne einen nach dem anderen ausreißen ... Ich werde dich mit einem glühenden Eisen foltern. Erzähl das ruhig weiter, sag es, wem du willst ... Wir wollen sehen, ob ...«
Da spürte er plötzlich einen so heftigen Schmerz in seinem

rechten Arm, daß er das Mädchen losließ. Sein ganzer Körper wurde kraftlos. Die Arme hingen schlaff neben seinen Hüften herab, als wüßte er nicht recht, wo, auf welcher Welt er sich befand ...

Er sah, daß Simina sich schüttelte, die Falten ihres Kleidchens glättete und ihren Arm rieb, auf dem seine Finger deutliche Spuren hinterlassen hatten. Er sah ferner, wie sie mit der Hand durch ihr Haar strich, ihre Locken zurechtzupfte und ein unsichtbares Haftel befestigte, daß sich unterwegs geöffnet hatte. Sie tat das alles, ohne ihn eines Blickes zu würdigen, beeilte sich auch gar nicht, behandelte ihn wie Luft. Leichten Schrittes ging sie schließlich unbekümmert und voll edler Grazie ins Haus. Egor blickte ihr verblüfft nach, bis ihre kleine Gestalt im Schatten der Veranda verschwand.

Am Nachmittag wurden Egor und Herr Nazarie in Sandas Zimmer gebeten. Sie trafen sie noch matter an. Die Lider des Mädchens waren bläulich, und ihre Arme, die schlaff auf einem warmen Wollschal ruhten, sahen sehr weiß aus. Sie lächelte und winkte ihnen, sich zu setzen. Aber Frau Moscu, die mit einem Buch in der Hand an ihrem Bett stand, fuhr fort, laut vorzulesen:

*»Viens donc, ange du mal, dont la voix me convie,*
*Car il est des instants, où si je te voyais,*
*Je pourrais pour ton sang t' abandonner ma vie*
*Et mon âme . . . si j' y croyais!«*

Sie hatte die letzten Verse sehr schön, mit Tränen in der Stimme vorgelesen, und schloß das Buch mit einem Seufzer.

»Was war das?« fragte Herr Nazarie stutzig.

»Die Einleitung zu *Antony*, dem unsterblichen Drama von Alexandre Dumas-Père«, erklärte Frau Moscu feierlich.

Ich finde jedenfalls diese Lektüre *jetzt* keineswegs angebracht, hätte Egor sagen wollen. Der Vers: *»Je pourrai pour ton sang t' abandonner ma vie . . .«* gefiel ihm ganz und gar nicht. Die Ironie war zu augenfällig, geradezu brutal. Was hatte Frau Moscu mit ihrem Stoßseufzer nur ausdrücken wollen? Ihr Bedauern? Ihre Resignation? Ihre Ohnmacht?

»Ich lese ihr seit einer halben Stunde pausenlos vor«, erzählte Frau Moscu stolz. »Ich lese gern laut, wie ich es seinerzeit zu tun pflegte . . . Damals kannte ich Tausende von Versen auswendig . . .«

Sie lächelte. Egor betrachtete sie verblüfft. Er erkannte sie nicht wieder; ihre Gesten waren selbstsicher, energisch. Sie

stand nun schon so lange an Sandas Bett und war noch nicht müde geworden ... Sie schien im Gegenteil wie neu belebt. Wie war dieses Wunder zu erklären? Hatte Sandas Jugend sich auf sie übertragen?
»... ich kannte auch Verse von Eminescu«, fügte Frau Moscu voller Eifer hinzu, »ich konnte eine Menge aus dem Werk von Mihail Eminescu, dem größten rumänischen Dichter, aus dem Gedächtnis hersagen ...«
Egor versuchte, einen Blick von Sanda zu erhaschen. Ihre Augen brannten vor unterdrücktem Entsetzen. Sie streifte ihn nur mit dem Blick und flüsterte dann, als fürchtete sie, sich zu verraten:
»*Maman*, du hast genug gelesen ... Ermüde dich nicht ... setz dich doch endlich hin ...«
Frau Moscu hörte jedoch nicht auf sie. Sie preßte ihre Hände an die Schläfen, kämpfte gegen ihr schlechtes Gedächtnis an, wollte sich unbedingt Eminescus berühmte Verse in Erinnerung rufen. Es war wie ein Zwang ...
»... die berühmten Verse«, sprach sie mehr zu sich selber, »die unsterblichen Verse ...«
Sanda gab sich nicht geschlagen. Eminescus Werke standen neben denen ihrer anderen Lieblingsdichter auf dem Bücherregal, aber sie wollte sie um keinen Preis den Händen ihrer Mutter überlassen. Deren krankhafte Schwäche für bestimmte Gedichte von Eminescu ängstigte sie. Die Mutter hatte ihr gestanden, daß sie Gedichte von Eminescu bereits als kleines Mädchen von acht, neun Jahren gekannt hatte. Ihre Schwester Christine pflegte sie ihr in Sommernächten aufzusagen. Nun wird sie sich wieder daran erinnern, dachte Sanda voller Grauen.

*»... Oh sanfter Stern, an einem Strahl*
*laß dich herniederschweben*
*dring in mein Haus und Herz zumal ...*
*erleuchte mir mein Leben!«*

Gleich bei der ersten Verszeile senkte Sanda niedergeschlagen die Stirn. Eine unermeßliche Müdigkeit beschlich plötzlich ihren ganzen Körper. Alles Blut schien ihr aus den Adern zu weichen. Sie fühlte sich völlig ausgelaugt, es schwindelte ihr und sie hatte Angst, jeden Augenblick das Bewußtsein zu verlieren.

*»... Ich bin der helle Abendstern*
*und dich wähl ich zur Braut mir!«*

sprach Frau Moscu triumphierend.

Woher hat sie plötzlich die physische Kraft, die Ausstrahlung, die melodiöse Stimme? fragte sich Herr Nazarie betroffen. Frau Moscu schaltete zuweilen kleine Pausen ein, tastete sich mit verzückter Miene weiter, schien sich jedoch an alle Strophen zu erinnern. Manche überspringt sie dennoch, sagte sich Egor, der ihr stumm und widerstandslos zuhörte. Den Blick auf Sanda gerichtet, verfolgte er die Zuckungen ihres Körpers unter dem Schal, der sie zudeckte. Ich müßte etwas unternehmen, überlegte er. Ich müßte aufstehen, an ihr Bett gehen und sie streicheln – was immer auch ihre Mutter darüber dächte! Frau Moscu hatte sich beim Sprechen der Verse allerdings in eine solche Ekstase hineingesteigert, daß sie vermutlich überhaupt niemanden ringsum mehr sah oder hörte.

*»... Denn du bist tot – ich aber lebe!«*

sprach sie mit erstickter Stimme, hielt in der Mitte des Zimmers, wohin sie im Taumel ihres Überschwangs gelangt war, jäh inne und griff sich, diesmal niedergeschlagen und verzweifelt an die Stirn.

»Ich weiß nicht, was mit mir los ist«, flüsterte sie. »Ich bin so müde . . .«

Herr Nazarie setzte sie auf einen Stuhl. Ihre Beschwingtheit, die volle, robuste Stimme einer heißblütigen Frau war also nur eine Illusion gewesen?

»Das kommt davon, wenn du nicht auf mich hörst, *Maman*«, flüsterte Sanda mit erloschener Stimme.

Egor war ans Bett getreten. Die Blässe des Mädchens, die unnatürlich tief in den Höhlen liegenden Augen, ihre unheimlich kalte Haut, die ihn über die schwelende Glut in ihrem Innern nicht hinwegtäuschen konnte, ängstigten ihn allmählich.

»Ich werde unverzüglich einen Arzt holen«, sagte er besorgt. »Sie scheinen sich gar nicht gut zu fühlen . . .«

Sanda dankte ihm mit einem Lächeln und versuchte, es möglichst lang beizubehalten. Egor durfte auf keinen Fall einen Arzt holen. Auf keinen Fall *jetzt*, da altes Unheil wieder hereinbrach und eine so unerwartete Wendung eingetreten war.

»Beeil dich nicht, von mir fortzugehen«, sagte Sanda, »ich brauche keinen Arzt, in wenigen Stunden bin ich wieder munter, und morgen gehen wir im Park spazieren . . .«

Da stand Frau Moscu auf und geriet von neuem in Schwung.

»Nun erinnere ich mich, nun sind mir die schönsten Verse aus dem ›Abendstern‹ wieder eingefallen«, erklärte sie:

*»Wenn wild mich deine Liebe herzt,*
*will es die Brust mir sprengen;*
*dein Auge, groß und dunkel schmerzt,*
*dein Blick will mich versengen!«*

Sanda faßte Egor an der Hand. Sie zitterte und starrte entsetzt in seine Augen. Sie weiß ebenfalls Bescheid, schoß es ihm durch den Kopf. Gleich darauf staunte er selber, wie gefaßt und heiter er war. Nun hatte er an Sandas Seite keine Angst mehr. Krampfhaft hielt er in seiner heißen Faust ihre eiskalte Hand umklammert, hörte ihr Herz schlagen und wandte den Kopf nicht um, als sie wie gelähmt vor Schreck über seine Schulter hinweg ins Leere starrte. Er hatte für das Mädchen volles Verständnis, konnte ihm den Schrekken nachfühlen. Frau Moscu war verstummt, und ihr Schweigen steigerte die unheimliche Stille, die plötzlich im Raum eingetreten war. Egor hörte Herrn Nazarie schwer atmen und dachte: Er *spürt* es auch, sieht es vielleicht sogar. Ich brauche ihm fortan nichts vorzumachen.

*»Maman!«* raffte Sanda sich zu einer Ermahnung auf.

Egor erriet, was sie mit diesem verzweifelten Aufschrei hatte sagen wollen. Es war ein Versuch, ihre Mutter diesem so gräßlichen, unhörbaren, unerlaubten, unmenschlichen Gespräch zu entreißen. Mutter, die Leute sehen uns zu! schien ihr Blick zu besagen. Frau Moscu wandte sich an Herrn Nazarie:

»Warum sind Sie plötzlich so schweigsam, Herr Professor?« fragte sie erstaunt.

»War ich denn heute bisher gesprächig, gnädige Frau?« entschuldigte sich Herr Nazarie. »Ich hörte Ihnen zu, als Sie rezitierten, und war erstaunt über Ihr Gedächtnis . . .«

Frau Moscu sah ihn forschend an, als wollte sie sich überzeugen, daß er nicht scherzte.

»Sehen Sie nicht, daß ich immer eine Gedächtnisstütze brauche?« sagte sie resigniert und stellte den Band, den sie in der Hand hielt, zurück zu den anderen aufs Bücherregal. »Ein Glück, daß ich noch genügend Bücher habe . . . Sehen Sie nur her, ich habe Sanda für Tage mit Lektüre versorgt . . .«

Dabei wies sie auf einen ganzen Stoß Bücher. Herr Nazarie warf einen Blick auf die Titel: *Jean Sbogar, René, Ivanhoe, Les fleurs du mal, Là-bas.*

»Aus Christines Bibliothek«, fügte sie hinzu. »Es waren ihre Lieblingsbücher. Und auch meine natürlich ...«

Sie lächelte abgespannt und trat an Sandas Bett.

»Und warum seid ihr verstummt?« fragte sie noch erstaunter. »Warum schweigt auch ihr?«

Sanda warf ihr einen tadelnden Blick zu. Frau Moscu setzte sich zu ihr aufs Bett und nahm ihre Hand, die Egor wenige Augenblicke zuvor losgelassen hatte.

»Wie eiskalt doch deine Hand ist!« rief sie erschauernd aus. »Ich muß dir einen Tee zu trinken geben ... Übrigens ist es Zeit, daß du aufstehst. Die Sonne geht bald unter. Dann kommen die Mücken ...«

Sie redet irre, dachte Egor etwas beunruhigt. Er blickte zu Sanda, in der Hoffnung, bei ihr Rat zu finden. Die geistige Verwirrung der Dame faszinierte ihn dermaßen, daß er sich nicht vom Fleck rühren konnte.

»Es wäre wohl am vernünftigsten, sich nun zurückzuziehen«, hörte er plötzlich die trockene Stimme des Archäologen sagen.

»Machen Sie sich keine Sorgen, ich bin ja bei Ihnen«, beruhigte Frau Moscu ihn. »Die werden Ihnen nichts antun, sie schwirren herum, das ist alles ...«

»Sie sollten Chinin schlucken«, flüsterte Sanda. »Mutter spricht von den Mücken. Sie sind äußerst gefährlich, jetzt, bei Sonnenuntergang ...«

»Sie kommen tatsächlich in ganzen Schwärmen herangeflogen«, hörte man wieder Herrn Nazaries trockene Stimme. »Wie seltsam sie vor dem Fenster herumschwirren! Hören Sie ihr Gesumme, Egor?«

Auch der Maler hörte die Mücken, sie flogen in so dichten Schwärmen herbei, wie er es noch nie erlebt hatte. Wo kam eine solche Unzahl nur her?

»Das ist ein Zeichen von Dürre«, erklärte Herr Nazarie. »Ich sollte das Fenster schließen . . .«

Doch er rührte sich nicht vom Fleck, sondern blieb mitten im Zimmer stehen und blickte wie gebannt auf die Mükkenschwärme draußen.

»Das ist nicht nötig«, sprach Frau Moscu. »Die Sonne geht noch nicht unter. Außerdem brauchen Sie keine Angst zu haben, so lange ich bei Ihnen bin . . .«

Egor spürte, wie ihm ein Schauer über den Rücken lief. Frau Moscus Stimme war nicht wiederzuerkennen; sie schien aus einer Traumwelt, aus anderen Bereichen zu kommen, klang unbeteiligt, hohl und flößte ihm Entsetzen ein.

»Sie sollten dennoch Chinin einnehmen, wenigstens eine halbe Tablette«, flüsterte Sanda diesmal ganz leise.

Auch ihre Stimme bebte. Wenigstens aber *sieht sie* jetzt nichts, spürt niemanden, erkannte Egor. Er suchte mit dem Blick den Archäologen. Der hatte sich nicht von der Mitte des Zimmers fortgerührt. Er schien einen unsichtbaren Flug zu verfolgen, denn seine Blicke schweiften hoch über den Mückenschwärmen in die Ferne. Und er wehrte die Mücken, die allmählich ins Zimmer eindrangen, gar nicht ab. Irgendein Geruch hier zieht sie an, sagte sich Egor. Denn es sind ihrer gar zu viele, und sie stürzen sich förmlich hierher. Vielleicht ist es der Geruch, der auch mir heute morgen auffiel, erinnerte sich Egor, der Blutgeruch.

Frau Moscu umfing sie alle mit einem warmen, beschützenden und zugleich vertraulichen Blick.

»Kommt Kinder«, sprach sie, »die Sonne geht bald unter, wir müssen sie wecken.«
Ihre Stimme klang fröhlich und doch geistesabwesend. Sie kam von weit her, es war eine befremdende, kalte Freude.
»Steh auf, Sanda«, forderte sie ihre Tochter wieder auf. »Es wird bald Abend, und du bist ja ganz erfroren . . .«
Egor ballte die Fäuste und krallte hartnäckig seine Nägel ins eigene Fleisch. Ich muß wachsam sein und darf den Kopf nicht verlieren. Er versuchte, Sanda zu bewegen, im Bett zu bleiben.
Aber das Mädchen stieß ihn sachte und liebevoll beiseite und stand auf. Sie zitterte jetzt nicht mehr.
Ihre Pantoffel suchend, fragte sie gehorsam ihre Mutter: »Muß ich unbedingt auch mitkommen, *Maman*?«
»Siehst du das nicht ein? Es ist höchste Zeit!« sprach Frau Moscu.
Egor umarmte Sanda und flüsterte ihr ins Ohr:
»Bleib doch hier. Was willst du tun?«
»Es wird schon gehen, Egor«, flüsterte sie. »Weißt du, ich tue es Mama zuliebe . . .«
Im selben Augenblick spürte Egor einen Stich in seinem Handgelenk wie von einer Nadelspitze. Unwillkürlich schlug er mit der Hand zu. Die zerquetschte Mücke hinterließ einen Blutfleck auf seiner Haut. Welch ein gieriges Biest, sagte sich Egor. Als Sanda aufsah und den Blutfleck erblickte, griff sie geschwind nach Egors Hand. »Geh fort und versteck dich«, drängte sie ihn, »Mama darf dich nicht so sehen . . . Das würde sie angreifen . . .«
Egor rieb sich das Handgelenk am Anzug ab, bis das Blut völlig verschwunden war.
»Geh, bitte, fort!« wiederholte Sanda. »Geh und schluck eine Chinintablette . . .«

Ihre flehende Stimme brachte ihn noch mehr auf. Er verstand nicht, warum sie ihn unbedingt forthaben wollte. Waren sie alle in diesem Haus wahnsinnig geworden?
»Ich verlasse diesen Raum nicht, ehe du mir sagst, wohin du gehen willst«, drohte Egor.
»Hab keine Angst, Liebling«, sprach Sanda.
Egor erschauerte. Die Vorfälle in der vergangenen Nacht kamen ihm in allen Einzelheiten wieder in den Sinn.
»Freut es dich nicht, daß ich dich so nenne?« fragte Sanda betrübt.
Egor blickte ihr starr in die Augen. Er setzte seinen ganzen Willen daran, sie zu bezwingen, sie für sich zu behalten, spürte jedoch, daß sie ihm entglitt, daß er dieses warme anziehende Lebewesen nicht mit seinen Armen festhalten konnte.
»Das bist nicht du, die mir das sagt, Sanda, das bist nicht du!« rief Egor vorwurfsvoll aus.
Sanda fing leise zu weinen an. Es ist also wahr, dachte Egor ...
Frau Moscu trat auf die beiden zu und schien das Weinen ihrer Tochter und die allzu vertraulichen Worte, die diese im Flüsterton mit dem Maler tauschte, nicht zu begreifen.
»Wenn ihr noch länger weilt, werden die Mücken auch Euch das Blut aussaugen, wie sie es mit unseren Hühnern, Gänsen und unserem ganzen Vieh getan haben ... Sie haben uns kaum noch etwas übrig gelassen. Es ist so kalt geworden ... Ja, sie werden euch den letzten Blutstropfen aussaugen.«
Egor wandte den Kopf und sagte ihr unmißverständlich:
»Ich bedaure, gnädige Frau, aber Sanda muß hier, im Bett, bleiben, bis ich den Arzt geholt habe.«

Seine Stimme klang so unerbittlich, daß Frau Moscu unschlüssig wurde und bald zu Egor, bald zu Nazarie blickte. Sie begriff offenbar nicht, was die beiden am Bett ihrer Tochter zu suchen hatten.

»Vielleicht haben Sie recht«, sprach sie nach einer Weile. »Sie beide sind doch gebildete Männer, wissen besser Bescheid als ich. Aber schließen Sie geschwind die Fenster. Das duldet keinen Aufschub, die Fenster müssen alle geschlossen werden . . .«

Egor war selbst erstaunt, daß er Frau Moscu so mutig und entschlossen entgegengetreten war. Mit beiden Händen versuchte er, Sanda festzuhalten. Aber das Mädchen widersetzte sich ihm, warf sich hin und her.

»Ich muß unbedingt fort«, verteidigte sie sich schlaftrunken. »Ich habe dir doch gesagt, daß ich es meiner Mutter zuliebe tun muß. Im Hof ist nichts mehr übrig geblieben . . . Die Hühner, das Vieh, die Hunde, alles ist hin!« . . .

Auch Herr Nazarie war händeringend und bleich hinzugetreten. Die Mücken umschwirrten ihn. Sie flochten einen barbarischen Reigen um ihn, und ihr Summen war so unerträglich wie hohes Fieber.

»Laß mich los, Egor«, flehte Sanda ihn wieder an. Sie fühlte sich verloren. »Sonst wird es schlimmer werden . . . Sonst werde ich nicht wieder gesund . . .«

Egor fröstelte es. Mein Gott, warum ist es plötzlich so kalt geworden? dachte er. Er hörte den Archäologen mit den Zähnen klappern, sah ihn neben sich stehen, starr, kreidebleich und zitternd. Nazarie schützte sich nicht gegen die Mücken, schüttelte nur von Zeit zu Zeit den Kopf, um sie zu vertreiben.

»Schließen Sie doch das Fenster!« befahl ihm Egor.

Der Archäologe näherte sich ängstlich dem Vorhang,

wagte sich jedoch nicht bis ans Fenster heran. Er benahm sich unnatürlich, wie ein Schlafwandler. Und dennoch erfaßte er alles, was rings um ihn vorging, ganz genau. Nun machte er sich ein klares Bild von all den merkwürdigen Vorgängen: Das ekelerregende Hammelfleisch, das man ihnen am ersten Abend vorgesetzt hatte, die mysteriösen Anspielungen der Wirtschafterin, das Federvieh, das krepierte, der Hund, der sich winselnd an ihre Füße geschmiegt hatte, sein markerschütterndes Geheul, der keuchende Atem dieses von etwas Unsichtbarem gehetzten Tieres, all das reimte sich mit einem Mal zusammen.

»Warum schließen Sie nicht das Fenster?!« hörte er wieder Egors befehlende Stimme.

Welch ungewöhnliche, unnatürliche Kälte. Welche Luftleere in diesem Raum, in dem eben noch der Blutgeruch des Mädchens vorgeherrscht hatte.

Herr Nazarie trat näher ans Fenster. Er hatte Angst hinauszuschauen. Es war eine blödsinnige, nervöse Angst, der er nicht Herr werden konnte. Als er den Griff des Fensters anfaßte, fing sein Arm zu zittern an. Zunächst hatte er den Eindruck, daß ihn von draußen eine Frau aufmerksam musterte und jede seiner Gesten verfolgte, als wartete sie, daß ein gewichtiger Schritt getan werde, daß etwas Bedeutsames, Entscheidendes geschehe. Draußen war es noch ziemlich hell.

Auf dieser Seite aber war der Himmel leicht verhüllt und düster. Als Nazarie einen Augenblick lang die Augen schloß und sie dann jäh öffnete, gewahrte er voller Staunen wenige Meter vom Fenster entfernt Simina. Sie stand zwischen den Blumen und starrte ihn an. Er lächelte ihr zu. Das kleine Mädchen verneigte sich voller Grazie, verriet sich jedoch sogleich, denn sie hatte ihren Blick weit über das Fenster erhoben. Sie war nicht darauf gefaßt, mich zu sehen, sagte sich Nazarie. Sie wartete auf *jemand anderen*, der nicht hier am Fenster steht, sondern anderswo. Simina begriff gleich, daß sie sich verraten hatte. Sie errötete plötzlich, machte einige Schritte aufs Haus zu und winkte Herrn Nazarie. Aber der Archäologe blickte zu Boden und schloß wortlos und mit ernster Miene das Fenster. Die Kälte im Zimmer wurde noch unerträglicher. Lange Zeit blieb er vollkommen erschöpft und unschlüssig am Fenster stehen. Das Summen der Mücken, die immer engere Kreise um ihn zogen, ermüdete ihn entsetzlich. Er glaubte zu träumen und erschrak. Wie, wenn er aus diesem seltsamen Traum, aus diesem Fieberwahn nie mehr erwachte? . . .

# IX

Als Egor abends vom Bahnhof zurückkehrte, war es schon beinahe zehn Uhr. Er hatte den Arzt in Giurgiu telefonisch nur schwer erreichen können, und der Kreisarzt, der in einem benachbarten Dorf wohnte, flößte ihm wenig Vertrauen ein.

Der Gutshof war jetzt nur noch schwach erleuchtet. Frau Moscu, Herr Nazarie und Simina warteten im Speisezimmer auf ihn. Der Tisch war gedeckt. Eine vor der Zeit gealterte Frau mit einem weichselroten Kopftuch wirtschaftete im Zimmer herum. Niemand sprach ein Wort. Herr Nazarie starrte bleich ins Leere, wie ein Gefangener, dem man gerade eine Atempause gegönnt hat.

»Entschuldigen Sie, aber ich kann Ihnen heute abend nichts Besonderes vorsetzen«, sagte Frau Moscu. »Die Köchin ist ins Dorf gegangen und nicht zurückgekehrt. Sie wird auch nicht wiederkehren . . . So wird denn die Amme heute abend das Essen auftragen . . .«

Das ist also die Amme, sagte sich Egor. Er betrachtete sie aufmerksam.

Das Alter der Frau war schwer zu bestimmen; sie hatte einen sonderbaren Gang: als hätte sie sich ein Leben lang bemüht, herumzuhumpeln und versuche jetzt, normal zu gehen. Sie stieß sich zuweilen an den Möbeln an, machte sich jedoch nichts daraus. Ihr Kopf war fast völlig vom Tuch bedeckt. Sie hatte eine weiße, breite, platte Nase, wie von Frost aufgesprungene, bläuliche Lippen, und sie blickte ständig zu Boden.

»Maisbrei mit Milch und Käse wird es immerhin geben«, fügte Frau Moscu hinzu.

Sie gingen zu Tisch. Herr Nazarie war ungeduldig und

verwirrt, wie jemand, der plötzlich aus dem Schlaf gerissen wurde.

»Wie geht es Sanda?« fragte Egor. Niemand antwortete ihm. Frau Moscu hatte zu essen begonnen und seine Frage offenbar überhört. Simina hielt nach dem Salzfaß Ausschau und spielte das brave Kind. Auch Herr Nazarie schien sich aufs Essen zu konzentrieren.

»Fühlt sie sich schlechter?« fragte Egor ihn, als er das allgemeine Schweigen nicht mehr ertragen konnte.

»Nein. Als wir fortgingen, schlief sie«, erwiderte der Archäologe. Ich hoffe es jedenfalls. Vielleicht war sie aber auch ohnmächtig geworden.«

Er blickte vom Teller auf und warf Egor einen vorwurfsvollen Blick zu.

»Es wäre jedenfalls besser gewesen, einen Arzt mitzubringen«, fügte er hinzu.

»Der kommt morgen früh mit dem ersten Zug«, beruhigte ihn Egor. »Wir müssen jedenfalls gleich dem Kutscher Bescheid sagen, damit er im Morgengrauen losfährt . . .«

Frau Moscu hörte ihm beunruhigt zu, als verstände sie nicht, wovon er redete.

»Ich fürchte, wir werden bald auch keinen Kutscher mehr haben«, murmelte sie ziemlich gelassen. »Der Mann hat heute seinen Lohn verlangt . . . Amme, Sie sollen ihn nicht eher ausbezahlen, bis er morgen die Gäste vom Bahnhof gebracht hat . . .«

»Es kommt nur der Arzt«, sagte Egor.

»Vielleicht kommt noch jemand«, ereiferte sich Frau Moscu. »Wir haben doch Hochsaison. Es ist September. In anderen Jahren hatten wir um diese Zeit so zahlreiche Gäste, daß die Betten nicht ausreichten. Es kam viel Jugend, Mädchen und junge Herren in Sandas Alter . . .« Ihre mit einem Unterton von Wehmut geflüsterten Worte unterstrichen noch das Gefühl verzweifelter Einsamkeit, das in diesem Raum herrschte.

»Es waren ja auch in diesem Jahr nicht wenige Gäste da«, versuchte Egor, das Schweigen zu brechen.

»Sie sind so schnell wieder abgereist«, fuhr Frau Moscu fort. »Aber es wird gewiß noch jemand kommen ... Vielleicht jemand von unseren Verwandten.«

Simina lächelte heimlich. Sie wußte, daß seit langem kein Verwandter mehr aufs Gut kam.

»Das ist wirklich nicht der geeignete Moment für Besuche«, sagte Egor. »Sanda ist ernstlich krank ...«

Frau Moscu schien sich erst jetzt darauf zu besinnen, daß ihre Tochter nicht mit ihnen bei Tisch war, sondern erschöpft im Bett lag. Sie blickte um sich, wie um sich zu überzeugen, daß sie sich nicht geirrt hatte. Sanda war tatsächlich nicht da.

»Ich muß nach ihr schauen«, sagte sie und stand plötzlich auf.

Simina blieb ruhig sitzen. Sie schien sich nicht darum zu kümmern, daß noch Gäste bei Tisch waren, sondern begann mit dem Messer zu spielen und den Maisfladen auf ihrem Teller in dünne Scheiben zu schneiden.

»Warum erzählen Sie ihr so viele gräßliche Märchen, Amme?« fragte Egor, sich umwendend.

Die Amme blieb in der Mitte des Zimmers stehen, erstaunt, daß ein Fremder sie so unerwartet angesprochen hatte und zugleich geschmeichelt, daß ein hübscher junger Herr das Wort an sie richtete. Sie hatte seit langem nur mit Dienstboten gesprochen. Sie betrat die herrschaftlichen Räume nie, wenn Gäste zugegen waren.

»Ich habe ihr nichts erzählt, junger Herr, kein einziges

Märchen«, sprach sie ohne jede Scheu, »ich kenne selber keine. Das kleine Fräulein erzählt die Märchen mir . . .«
Sie hatte eine matte, brüchige Stimme. Egor erinnerte sich plötzlich an die Stimme einer alten Hühnerverkäuferin in einem berühmten Theaterstück, das er vor fünfzehn Jahren gehört hatte. Aber die Stimme der Amme ließ sich mit nichts vergleichen, und auch ihre starren feuchten Augen von verwaschenem Blau, die sie ständig auf den Boden heftete, waren unvergleichbar. Man hätte sie für die Augen einer Blinden gehalten, doch dann hätte die Amme ihren Kopf steif und aufrecht getragen.
»Unser kleines Fräulein, das alle Bücher kennt«, fügte die Amme grinsend hinzu.
Das soll ein Lächeln sein, sagte sich Egor erschauernd. Es graute ihm auch vor diesen Augen, von denen man andere Blicke hätte erwarten sollen, nicht ihren heimlichen, faulen Glanz, der eine widerliche weibliche Wollust verriet. Egor fühlte sich von den schmachtenden Blicken der Amme umschmeichelt und entblößt. Er errötete plötzlich und wandte den Kopf ab. Vor Ekel und Scham vergaß er beinahe die Frage, die er der Alten gestellt hatte. Siminas Lachen rüttelte ihn jedoch wach. Das Mädchen hatte ihren Nacken an die Lehne des Sessels gestützt und erstickte schier vor Lachen, wobei ihre Zähne im allzu grellen Lampenlicht blitzten.
»Sie ist eine Lügnerin!« stieß sie zwischen Lachsalven hervor.
Die beiden Männer starrten sie betreten an. Auch die Amme, die hinter den Stühlen stand, lächelte. Sie machen sich über uns lustig, dachte Egor. Besonders Simina. Sie hat den Blick ihrer Amme verstanden. Sie weiß auch das, versteht auch das! . . .

Simina tat so, als kämpfte sie gegen ihren Lachkrampf an, sie hielt sich die Serviette vor den Mund, zwickte sich, schielte jedoch heimlich dauernd zur Amme hinüber und brach immer wieder in Lachen aus, bis ihr die Tränen kamen und sie zu ersticken drohte. Schließlich nahm sie das Messer vom Tisch und begann mit kurzen, hastigen Gesten die Luft damit zu schneiden, als wollte sie sich durch diese Ablenkung beruhigen.

»Fuchtle nicht so mit dem Messer herum«, sprach Herr Nazarie, »sonst verläßt dich dein Schutzengel! . . .«

Er hatte unerwartet gesprochen, doch seine Stimme klang streng, feierlich, als hätte er das Gesagte wohl überlegt. Simina verging im Nu der Übermut. Sie zog die Schultern zusammen, als fröstelte es sie, und wurde ungewöhnlich bleich. Doch ihre Augen funkelten vor ohnmächtigem Zorn und Haß. Nazarie hat ihren wunden Punkt getroffen, sagte sich Egor. Die kleine Hexe würde uns jetzt bei lebendigem Leib verbrennen lassen, stünde es in ihrer Macht . . . Er starrte sie an und konnte sich der Faszination, die von diesem kleinen, gedemütigten Wesen ausging, nicht entziehen.

Der Archäologe bemerkte, daß die Amme erstaunt zur Tür blickte. Er wandte den Kopf und sah Frau Moscu, in Gedanken versunken und besorgt dreinblickend. Sie zögerte eine Weile und rief dann aus:

»Sonderbar! Sanda ist nicht mehr auf ihrem Zimmer . . . Ich frage mich, wohin sie wohl gegangen sein mag! . . .«

Egor und Herr Nazarie sprangen gleichzeitig auf und liefen wortlos zu Sandas Zimmer.

»Hätten wir doch nur eine gute Lampe, eine elektrische Taschenlampe«, flüsterte Egor im Laufen.

Er konnte in diesem Augenblick an nichts anderes denken

als an diese so praktische elektrische Taschenlampe, die er nicht bei sich hatte.

In Sandas Zimmer war es dunkel. Egor riß ein Streichholz an und suchte die Lampe. Der Docht war trocken, kalt. Seine Hände zitterten ein wenig. Auch die gelbliche, rauchumhüllte Flamme zitterte.

»Wir hätten sie nicht allein lassen dürfen«, sagte Herr Nazarie. »Ich weiß nicht mehr, was ich davon halten soll! . . .«

Der Archäologe hatte dies durchaus aufrichtig gemeint, aber Egor gab ihm keine Antwort. Er setzte den Glaszylinder wieder auf und drehte vorsichtig den Docht zurecht. Als die Flamme hoch genug brannte, nahm Egor die Lampe und wollte das Zimmer verlassen. Doch er hatte den Eindruck, daß auf dem Bett jemand lag. Er trat näher und senkte die Lampe. Auf dem Bett lag Sanda. Sie war fast angezogen und starrte ihn mit weitoffenen Augen an.

»Was ist geschehen?« fragte sie mühsam.

Ihre Wangen waren gerötet, und ihr Atem ging so schnell, als sei sie lange gerannt oder habe einen großen Schrecken gehabt.

»Wo bist du gewesen?!« fragte Egor sie seinerseits.

»Hier!«

Es lag auf der Hand, daß sie log. Sie war unter dem Sprechen noch mehr errötet.

»Das ist nicht wahr«, fuhr Egor sie an. »Deine Mutter war vor wenigen Minuten hier und hat dich nicht vorgefunden.«

»Ich habe geschlafen«, sprach Sanda, »Ihr habt mich aufgeweckt . . .«

Ihre Stimme bebte. Und ihre Blicke waren feucht, flehend. Sie baten Egor um Nachsicht. Einmal schweiften sie jedoch auch zu Herrn Nazarie hinüber, der diskret dem Bett ferngeblieben war und finster dreinblickte.

»Siehst du nicht, daß du noch angezogen bist«, sprach Egor wieder, »du hast nicht einmal Zeit gehabt, die Schuhe abzustreifen! . . .«

Er riß die Decke vom Bett. Es stand außer Zweifel, daß Sanda sich kurz zuvor in ihren Kleidern aufs Bett geworfen hatte. Aber wie war sie hereingekommen und woher kam sie? Irgend etwas bedrückt mich, so oft ich dieses Zimmer betrete, sagte sich Egor.

»Wo bist du gewesen, Sanda?« fragte er sie wieder, indem er sich tief über sie hinabbeugte. »Sag mir doch, wo du gewesen bist, sag es mir, Liebling! Ich will dich doch retten! Begreifst du nicht, daß ich dich retten will?«

Er hatte die letzten Worte voller Verzweiflung gesprochen. Die Lampe zitterte in seiner rechten Hand. Sanda wich entsetzt zurück, preßte sich an die Wand und hielt ihre Finger vor den Mund.

»Komm mir nicht nah, Egor!« schrie sie. »Ich habe Angst vor dir! . . . Was willst du?«

Auch den Archäologen erfaßte Angst vor Egor, dessen Augen im schrägen Lampenlicht wutentbrannt funkelten.

»Was wollt ihr von mir?« rief Sanda noch einmal.

Egor stellte die Lampe behutsam auf den Nachttisch, beugte sich dann noch mehr zum jungen Mädchen hinunter, faßte sie an den Schultern und begann sie zu rütteln. Er stieß auf den gleichen Widerstand wie beim Sonnenuntergang.

Sie raubt auch Sanda, behext auch sie, schoß es Egor durch den Kopf.

»Wach auf, Sanda«, sprach er zärtlich »bald wird der Arzt

kommen. Warum willst du mir nicht sagen, wo du gewesen bist?«
Sanda zitterte noch; vor Kälte, vor Fieber? Sie biß sich die Lippen, rang die Hände.
»Liebst du mich, Sanda, sage mir, liebst du mich?« fragte Egor sie wieder.
Das Mädchen wand sich hin und her. Sie wollte ihren Kopf in die Kissen vergraben, aber Egor nahm ihn in seine Hände und zwang ihre Augen auf sich, während er immer wieder jene Frage wiederholte, die Sanda zur Verzweiflung brachte.
»Ich habe Angst! Schließ die Tür!« schrie plötzlich Sanda erbebend.
»Es ist niemand an der Tür«, beruhigte Egor sie. »Siehst du nicht, daß die Tür geschlossen ist ...«
Er trat zur Seite, um dem Mädchen den Blick zur Tür nicht zu verstellen. Sanda hob kurz den Blick, und vergrub dann ihr Gesicht in den Händen. Dann fing sie bitterlich zu weinen und zu schluchzen an. Egor setzte sich ganz nah zu ihr aufs Bett.
Sie sah ihm einen Augenblick in die Augen, als wäre sie bereit, ihm ein Geheimnis zu enthüllen, faßte sich jedoch dann wieder erschöpft an den Kopf.
»Wo bist du gewesen?« fragte Egor sie im Flüsterton.
»Das kann ich dir nicht sagen«, sagte das Mädchen weinend, »ich kann es dir nicht sagen! ...«
Wahnsinnig vor Angst schmiegte sie sich an Egor, suchte Schutz an seinem warmen Körper, an seinen straffen Muskeln. Plötzlich riß sie sich jedoch von ihm los, als hätte ihr jemand ein Messer in den Rücken gestoßen und zog sich entsetzt zur Wand zurück.
»Ich will nicht sterben, Egor!« schrie sie mit unvermuteter

Kraft. »Ich will nicht, daß sie auch mich umbringt! . . .« Sie fiel in Ohnmacht. Beide Männer streckten die Arme aus, um sie aufzufangen.

# X

Sie gingen zur Tür. Ehe er sich von Egor trennte, sagte Nazarie ihm:
»Seit heute morgen habe ich den Eindruck, unaufhörlich zu träumen ...«
»Ich wollte, Sie hätten recht«, sprach Egor. »Aber ich bin *fast* sicher, daß wir nicht träumen ... Leider«, fügte er ernst hinzu.
Sie wünschten einander gute Nacht und gingen auseinander. Egor sperrte die Tür mit dem Schlüssel ab, trat dann ans Fenster und schloß auch dieses. Er bewegte sich vorsichtig im Zimmer, überwachte jede seiner Gesten, als bereite er sich darauf vor, unter dem unsichtbaren Auge eines sich verborgenhaltenden Wesens schlafen zu gehen. Angst hatte er nun nicht mehr. Aber er fühlte sich zermürbt und fiebermatt. Er nahm sich vor, noch eine Weile wach zu bleiben. Die Uhr würde bald zwei schlagen; noch eine Stunde und er würde ruhig schlafen können. Denn in den Morgenstunden fürchtete er keinerlei Traum mehr.
Sobald er jedoch seinen Schlafanzug angezogen hatte, konnte er sich der Schlaftrunkenheit nicht erwehren. Er schüttelte mehrmals den Kopf, schlug sich mit den Handflächen auf den Körper, ohne die bleierne Müdigkeit, die ihn plötzlich überfiel, verscheuchen zu können. Er ließ die Lampe brennen und schlief, die Hände auf der Decke, den Kopf schräg auf dem weißen Kissen, ein. Aus irgendeinem Winkel ließen sich von der Zimmerdecke einige unsichtbare Mücken im Flug herab. Er erwachte plötzlich in einem großen Salon mit vergoldeten Wänden und riesigen Kronleuchtern, von denen spitze Kristallpfeile baumelten. Ach ja, jetzt fange ich zu träumen an, sagte sich Egor, und

versuchte, den Traum abzuschütteln, sich von ihm loszureißen. Die vielen elegant gekleideten unbekannten Leute versetzten ihn jedoch in Staunen. Besonders die Frauen mit den langen und in der Taille engen Kleidern.
»*Vous êtes à croquer*! ...« hörte er eine Männerstimme neben sich.
Und dann Frauenlachen. Wo habe ich diese Worte schon einmal gehört? fragte Egor sich verwirrt. Oder vielleicht habe ich sie irgendwo vor langer Zeit gelesen ... Dann erinnerte er sich, daß er alles nur im Traum sah, und beruhigte sich. Wenn ich nur schnell erwachen könnte ...
Eine seltsame und dennoch vertraute Musik drang plötzlich an sein Ohr. Es war eine alte, halb wemütige, halb fröhliche Melodie, die unbestimmte vage Kindheitserinnerungen in ihm wachrief. Vorsichtig schritt er zwischen den eleganten Paaren einher. Er erkannte, daß die Leute ringsum tanzten, wich ihnen aus, und schlich sich an den Wänden vorbei. Ja, wir sind im Jahre 1900, sagte er sich. Wie sehr müssen diese Leute sich über meinen Aufzug wundern. Er betrachtete sich mit einer gewissen Scheu. Es fiel ihm schwer, sich wiederzuerkennen; seine Kleider muteten ihn fremd an, er hatte sie noch nie an sich gesehen. Zu gleicher Zeit aber schien ihm sein Staunen unverständlich. Nebenan sprach man französisch, es war die melodiöse Stimme einer jungen Frau, die wußte, daß auch Männer, die sie nicht sah, ihr zuhörten. *Sie weiß*, daß ich hier bin, dachte Egor begeistert. Er trat auf den Spiegel zu, um das Gesicht der Frau sehen zu können. Auch sie betrachtete ihn. Ihre Lippen waren sehr rot und ihr Mund von einem leichten Flaum überschattet. Er kannte sie nicht. Die Frau wünschte vielleicht, daß man ihn ihr vorstellte, denn sie lächelte ihm zu. Aber die Gruppe musterte ihn sonderbar.

Er kannte niemanden in diesem Salon, in den er ohne sein Dazutun geraten war. Er ging weiter, in ein anderes Zimmer. Mit grünem Tuch bezogene Tische. Hier wird Karten gespielt, sagte sich geschwind Egor. Das interessiert mich nicht. Er wunderte sich dennoch, fast keines der Worte zu vernehmen, das diese Spieler miteinander wechselten.
Er kehrte wieder in den Tanzsaal zurück. Es schien nun wärmer geworden zu sein. Die Frauen fächelten sich mit großen seidigen Fächern Wind zu. Er spürte, daß jemand ihn aus einem Winkel mit forschendem Blick betrachtete. Er wandte sich um. Der Mann kam ihm bekannt vor. Er konnte sich jedoch nicht an seinen Namen erinnern. Dann plötzlich ging ihm ein Licht auf. Es war Radu Prăjan. Was suchte der wohl hier? Wie verändert er aussah, wie albern er sich verkleidet hatte ... Der Freund betrachtete ihn aufmerksam, ohne mit der Wimper zu zucken. Man merkte es ihm an, daß er sich inmitten dieser reichen Leute, deren Fest in vollem Gange war, nicht wohl fühlte. Niemand richtete das Wort an ihn.
Egor ging auf den Diwan zu, neben dem Prăjan angelehnt stand. Prăjan hatte ihn mit dem Blick zu verstehen gegeben, er möchte doch sofort zu ihm kommen, möglichst nahe zu ihm ...
In dem Ballsaal kam man jedoch nur schwer vorwärts. Immer andere Pärchen verstellten Egor den Weg. Er machte sich mit den Ellenbogen Platz, entschuldigte sich anfangs höflich, dann – durch die vielen Hindernisse zur Verzweiflung gebracht – schlug er wie wild mit den Armen um sich und trat Damen auf die Füße. Die wenigen Meter, die ihn von Prăjan trennten, schienen ihm nun unendlich lang. Er kämpfte immer wieder, um zu ihm zu gelangen, doch Prăjan blieb in gleicher Entfernung, starrte ihn un-

ausgesetzt an, wartete auf ihn. Dabei war es ihm doch ganz klar, warum Prăjan ihn rief . . .
Plötzlich spürte er, daß eine Frau ihren Arm um seine Mitte schlang. Ein Dunst legte sich um die Pärchen ringsum. Er wandte den Kopf zu Prăjan, gewahrte nur dessen Augen. Der Freund hatte sich ganz hoch erhoben, und seine Verkleidung erschien Egor nun noch lächerlicher, noch geschmackloser.
»Komm, sieh mich doch an, Liebling!«
Fräulein Christine hatte ihm die Worte ganz nah ins Ohr geflüstert. Er hatte ihren warmen, verlockenden Atem gespürt und ihren durchdringenden Veilchendurft wiedererkannt. Auch das Grauen und der Ekel vor ihr stellten sich unverzüglich ein.
»Du scheinst an unseren Festen keinen Gefallen zu finden, Egor«, fügte Fräulein Christine hinzu.
Jedes ihrer Worte betäubte ihn. Mit jedem Ton fühlte er sich in einen anderen Raum, in eine andere Luft versetzt.
»Wir sind doch bei uns zu Hause, Liebling!« sprach Christine wieder.
Sie hatte ihn bei der Hand genommen und wies mit dem anderen Arm auf die Wände des Zimmers, durch das sie kamen. Egor erkannte das Speisezimmer wieder, nichts war verändert; die Möbel schienen vielleicht weniger abgenützt, weniger düster, das war alles.
»Willst du nicht zu mir kommen?« fragte Christine ihn plötzlich.
Sie versuchte, ihn die Treppe hinaufzuzerren, aber Egor weigerte sich, ihr zu folgen. Er zog sich zum Fenster zurück und stieß mühsam hervor:
»Du bist ja tot . . . Du *weißt*, daß du tot bist . . .«
Fräulein Christine lächelte traurig und trat wieder auf Egor

zu. Sie war nun blasser. Vielleicht lag es am Mondschein. (Der Mond war so plötzlich, so unerwartet aufgegangen, überlegte Egor.)
»Aber ich liebe dich doch, Egor«, flüsterte sie, »und komme deinetwegen von so weit her . . .«
Egor sah sie haßerfüllt an. Hätte er doch nur die Kraft aufgebracht zu schreien, sich wachzurütteln . . . Christine schien seine Gedanken zu erraten, denn sie lächelte noch trauriger, noch verzweifelter.
»Du bist stets hier«, sprach Egor wieder, »du kommst von nirgends her . . .«
»Du wirst es nie begreifen, Liebling!« flüsterte Christine. »Dich will ich ja nicht zugrunde richten, ich brauche dein Blut nicht . . . Laß mich dich nur manchmal lieben! Das ist alles, was ich will . . .«
Sie hatte so liebeshungrig, so leidenschaftlich gesprochen, daß es Egor graute. Er versuchte zu fliehen. Er lief durch einen unbekannten, düsteren, endlosen Korridor und glaubte sich nach wenigen Minuten allein. Erschöpft und erschrocken atmete er tief aus und ging wie betäubt aufs Geratewohl weiter, ohne zu wissen, wo er sich befand. Er konnte sich nicht sammeln, war willenlos. Der Korridor war langgestreckt, wie ein Stollen. Plötzlich schlug ihm ein schwacher Veilchenduft entgegen. Egor zögerte eine Weile, dann entschloß er sich plötzlich und öffnete die erste Tür, die er gerade sah. Das Blut pochte heftig in seinen Schläfen. Er lehnte den Kopf an die Tür und horchte; würde er wieder Fräulein Christines Schritte hören? Das Schweigen zog sich unerträglich lange hin. Müde wandte Egor sich um. Er war in seinem Zimmer. Ohne es zu wissen, hatte er sein Zimmer betreten. All seine Sachen waren an Ort und Stelle; auf dem kleinen Tisch lag das

Paket Zigaretten und im Glas verdampften die letzten Tropfen Kognak. Doch auf all diese im Zimmer verstreuten Sachen fiel ein so seltsames Licht ... Er sah sie wie in einem Spiegel.

Egor warf sich aufs Bett. Könnte ich nur rasch einschlafen, sagte er sich. Aber auch hier strömte ihm der Veilchenduft entgegen. Diesmal brachte er die Kraft nicht mehr auf, sich zu widersetzen, zu fliehen. Fräulein Christine war dicht bei ihm, als erwartete sie ihn seit langem, auf dem Rand des Bettes sitzend.

»Warum fliehst du vor mir, Egor?« fragte sie ihn und sah ihm tief in die Augen. »Warum willst du dich nicht von mir lieben lassen? Liebst du wirklich Sanda?« ...

Sie schwieg und blickte ihn weiter unverwandt an – traurig, ungeduldig, drohend? Egor fiel es schwer, sie zu begreifen. Es fiel ihm schwer, in ihren Gesichtszügen zu lesen, die zugleich lebhaft und eisig waren. Auch ihre Augen waren zu groß, zu starr, wie zwei Ringe aus Kristall.

»Solltest du Sanda lieben«, fügte Christine hinzu, »so wirst du es nicht mehr lange tun ... Die Arme wird nicht mehr lange leben ...«

Egor richtete sich im Bett auf. Er hätte sich auf sie stürzen, sie bedrohen wollen, brachte aber kaum die Kraft auf, ihrem Blick standzuhalten.

»Aber du bist doch tot, Christine!« schrie er. »Du kannst nicht mehr lieben! ...«

Christine fing an zu lachen. Er hörte sie zum erstenmal lachen. Es war ein mädchenhaftes Lachen, aufrichtig, rein, wie er es sich vor wenigen Tagen vorgestellt hatte, als er ihr Porträt betrachtete.

»Brich nicht so schnell den Stab über mich, Liebling!« rief Christine aus. »Ich komme aus einem anderen Bereich ...

Aber ich bin noch eine Frau, Egor! Und wenn es Mädchen gab, die sich in Abendsterne verliebt haben, warum solltest nicht auch du dich in mich verlieben? . . .«
Sie wartete eine Weile, wartete, daß Egor ihr antwortete.
»Ich kann nicht«, sagte er schließlich. »Ich fürchte mich vor dir! . . .«
Er schämte sich seines feigen Eingeständnisses. Er hätte standhaft bleiben und ihr unausgesetzt vorhalten müssen, daß sie tot, er aber lebendig war . . . Christine streckte ihren Arm aus, um ihn zu streicheln . . . Egor spürte wieder, wie ihm bei dieser unvergleichlichen Berührung das Blut in den Adern gefror.
»Einmal wirst du mich doch in deine warmen Arme nehmen«, sprach Christine leise.
Ihre Stimme klang vertraulich, wispernd. Sie rückte näher an ihn heran.
»Dann wirst du mich lieben, Egor«, fügte sie hinzu. »Denk nicht mehr an Sanda, du wirst sie nie mehr sehen . . .«
Sie hielt inne, um ihn wieder zu streicheln.
»Wie schön du bist! Wie warm und groß du bist! . . . Ich fürchte dich nicht; wohin immer diese Liebe mich auch treiben sollte, ich habe keine Angst . . . Warum zögerst gerade du, Egor, der du doch ein Mann bist? . . .«
Egor versuchte abermals, sich aus Christines Bann zu lösen, den Traum zu zerreißen. Der Veilchenduft machte ihn benommen, Christines Körpernähe ermüdete ihn. Es gelang ihm nur, ein wenig beiseite zu rücken, zur Wand hin.
»Ich liebe Sanda«, flüsterte er, »und flehe den lieben Herrgott und die Mutter Gottes an . . .«
Er hatte leise zum Sprechen angesetzt, betonte aber die Worte immer stärker. Christine sprang vom Rand des

Bettes auf und bedeckte ihre Augen mit den Händen. So blieb sie eine Weile, eine geraume Weile in einigem Abstand von ihm stehen.

»Ich hätte deinen Gedanken erstarren und deine Zunge verdorren lassen können«, sagte sie. »Ich könnte dich jederzeit meine Macht fühlen lassen, Egor! . . . Es wäre mir ein Leichtes, dich in meinen Bann zu schlagen, mit dir zu machen, was ich will . . . Du würdest mir folgen wie alle übrigen . . . Und es waren ihrer nicht wenige, Egor . . . Ich fürchte deine Gebete nicht . . . Du bist bloß ein Sterblicher. Ich aber komme aus einem anderen Bereich. Das begreifst du nicht, das begreift niemand . . . Dich aber wollte ich nicht umbringen, Liebling, dich wollte ich zum Bräutigam . . . Bald wirst du mich auch *anders* sehen, und dann wirst du mich lieben, Egor . . . Heute nacht hattest du nicht so große Angst vor mir und selbst *jetzt* wirst du keine Angst haben, Liebling. Du wirst jetzt erwachen, wirst erwachen, sobald ich es will . . .«

Erst nach einer Weile kam es Egor zu Bewußtsein, daß er schon lange gedankenlos mit offenen Augen dalag. Pötzlich erinnerte er sich an Christine. Ich bin auf ihr Geheiß erwacht, begriff er. Er wußte, wo er sie im Traum zurückgelassen hatte: mitten im Zimmer, aufrecht stehend, die funkelnden Augen auf ihn gerichtet. Er wandte jäh den Kopf. Fräulein Christine war nicht mehr dort. Ich habe also geträumt, habe bloß geträumt . . . Das Blut strömte von allen Seiten zu seinem Herzen. Eine wohlige Müdigkeit überkam ihn, als hätte er in einem schweren Kampf gesiegt, und seine Muskeln entspannten sich nun allmählich.

Im Zimmer roch es indes immer noch nach Veilchen. Und nach einer Weile spürte Egor etwas Unsichtbares und

Unbekanntes in seiner Nähe. Es war nicht Fräulein Christines Anwesenheit. Er hatte den Eindruck, von *jemand anderem* angesehen zu werden. Und es graute ihm, wie nie zuvor. Es war eine ganz andere Art von Angst, so als wäre er in einem fremden Körper erwacht, angewidert vom Fleisch, vom Blut und vom kalten Schweiß, den er spürte und der nicht mehr *der seinige* war. Der Druck dieses fremden Körpers war ihm unerträglich. Er würgte ihn, raubte ihm den Atem, erschöpfte ihn. Jemand sah ihn von der Seite, aus nächster Nähe an, und dieser Blick war nicht der von Fräulein Christine ...

Nie würde er sich erinnern, wie lange dieses langsame Würgen, der Widerwille, der sein ganzes Wesen aufwühlte, gedauert hatte. Zugleich mit dem Entsetzen vor dem *anderen*, mit jener unbestimmten Anwesenheit, spürte er zuweilen, wie ihm der Veilchenduft tief in die Nase drang. Die Erinnerung an Fräulein Christine schien ihm nun viel weniger entsetzlich. Gemessen an der *anderen* Erscheinung, die ihm das Blut in den Adern gefrieren ließ, war Fräulein Christines Anwesenheit unendlich viel sanfter, tröstlicher.

Völlig unverhofft, fühlte er sich plötzlich befreit. Endlich konnte er aufatmen. Wer immer *der andere* gewesen sein mochte, er war spurlos verschwunden. Der Veilchenduft steigerte sich, umfing ihn warm und frauenhaft. Aber er erschreckte ihn nicht mehr. Egor öffnete weit die Augen und sah sich im Dunkeln um. Wann, auf welch leisen Sohlen war Christine so nahe ans Bett herangeschlichten? Sie lächelte ihm nun zu, betrachtete ihn wie vorher im Traum und lächelte ihm zu. Ihr Gesicht schien wie von innen angestrahlt, denn Egor sah die gebrochene Linie ihres Lächelns, ihre schmalen Nasenflügel, ihre gesenkten

Wimpern. »Siehst du, daß du keine Angst mehr vor mir hast?!« schienen Christines Augen zu besagen. »Es gibt viel schrecklichere Dinge als meine Annäherung, Egor. Ich habe dir das Grauen vor dem *anderen* beigebracht, der böser, teuflischer ist als ich . . .«

Sie zwingt mich, ihre Gedanken zu lesen, befiehlt mir, was ich denken soll, begriff Egor. Aber warum spricht sie nicht, warum kommt sie nicht näher zu mir? Nun könnte ich sie nicht mehr abweisen . . .

Wessen Gedanke war es, der ihm, fast ohne sein Zutun, plötzlich in den Sinn gekommen war? Hatte er tatsächlich selber geglaubt, er würde sich ihrer nicht erwehren können, oder hatte Fräulein Christine ihm befohlen, so zu denken, um ihn auf neue Überraschungen vorzubereiten? . . .

Christine fuhr fort, ihn anzulächeln. Siehst du, daß du keine Angst mehr vor mir hast? schienen ihre Augen zu sagen. Das Entsetzen kennt Steigerungen, mein Geliebter. Du wirst dich an mich klammern, wirst mich in deine Arme schließen, wirst an meinem Busen die einzige Hoffnung, die einzige Erlösung finden, Egor! . . . Wie deutlich doch Egor all diese Worte hörte, die Christines Lippen nicht aussprachen, die ihre Blicke jedoch übermittelten . . .

Du wirst mich lieben, schienen ihre Augen zu sagen. Du hast ja nun gesehen, wie leicht es mir fiel, dir vor Schrecken die Kehle zuzuschnüren. *Jemand* stand neben dir, und schon hast du deine Fassung verloren. *Jemand*, den du nicht kennst, den du jedoch nie vergessen wirst. Und es gibt hunderttausende seinesgleichen, und alle hören auf meinen Befehl, liebster Egor . . . Wie du dich doch in meine Arme werfen wirst! Wie warm dir meine Schenkel vorkommen werden, Geliebter! . . .«

So kam ihm Gedanke über Gedanke, ohne jede Eile,

deutlich und auf die natürlichste Weise. Egor hörte sich denken. Fräulein Christine wußte zweifellos, was in seiner Seele vorging, denn, als sie ihn so kraftlos und gefügig vor sich sah, machte sie einen Schritt auf ihn zu. Dann noch einen, bis sie ihm ganz nah gekommen war. *Und das war kein Traum mehr.* Egor spürte ganz genau, wie sich dieser unwirkliche Körper im Raum bewegte, die Luft ringsum verdrängte, sie erwärmte. Einmal werde ich nackt zu dir ins Bett kommen, schoß es Egor durch den Kopf. Und ich werde dich bitten, mich in deine Arme zu schließen, Liebling! . . . Gewöhne dich an mich, Egor. Sieh her, dies ist meine Hand, und sie streichelt dich, ohne daß du erschrickst; diese Hand bereitet dir Vergnügen; du spürst sie nun, spürst sie, an deine Wange geschmiegt.«

Doch Egor spürte nichts mehr. Als Fräulein Christines Hand sein Gesicht berührte, wich alles Blut aus seinen Adern, sein Atem stockte. Kreidebleich und mit kalter Stirn lag er schlaff im Bett.

# XI

Der Doktor wurde zum Essen dabehalten. Als Herr Nazarie das Speisezimmer betrat, stand Frau Moscu auf und stellte ihm feierlich den kahlköpfigen jungen Mann vor, der einen Jägeranzug trug.

»Herr Dr. Panaitescu, ein hervorragender Wissenschaftler und unermüdlicher Gesundheitsapostel«, sagte sie. Dann wandte sie sich an den Arzt und fügte, den Arm ausstrekkend, hinzu: »Herr Universitätsprofessor Nazarie, eine Leuchte der rumänischen Wissenschaft . . .«

Herr Nazarie senkte den Blick. Er war abgespannt, nervös, glaubte zu träumen. Er reichte dem Arzt die Hand und setzte sich. Ihm fiel auf, daß Egor blaß war und dunkle Augenringe hatte. Er machte sich Vorwürfe, weil er in aller Herrgottsfrühe aufs Feld hinausgegangen war zu den Hügeln, die im Norden des Dorfes lagen, ohne sich um den Gefährten zu kümmern. Er fand ihn verändert, völlig erschöpft. Um zu begreifen, was vorgefallen war, suchte er seinen Blick. Aber Egor neigte die Stirn, gedankenvoll oder nur traurig?

»Der Herr Professor macht archäologische Ausgrabungen in unserem Dorf«, fuhr Frau Moscu fort. »Es bereitet uns eine große Ehre, daß er unser Gast ist . . .«

»Haben Sie bereits etwas Interessantes gefunden, Herr Professor?« fragte der Arzt.

»Ach, wir stehen erst am Anfang«, flüsterte Herr Nazarie.

Simina erwartete, der Archäologe werde die Gelegenheit beim Schopf fassen, um wieder des langen und des breiten zu fachsimpeln. Aber Herr Nazarie hatte gar keine Lust zu schwatzen. Er sah den Arzt prüfend an und fragte:

»Wie haben Sie Fräulein Sanda gefunden?«
Der Doktor zuckte die Achseln, nahm sich jedoch wieder zusammen. Er strich sich mit der Hand leicht über die Stirn und dann über den Kopf, und schien selber über den glänzenden, kahlen Schädel zu erschauern, den seine Finger betasteten.
»Schwer zu sagen«, sprach er zögernd. »Jedenfalls ist es nichts Schlimmes. Sie ist sehr blutarm und bekommt vielleicht eine Grippe; übrigens eine recht seltsame Grippe ... Zunächst fürchtete ich, sie könnte das Sumpffieber erwischt haben ...«
Er sprach stockend, als überlege er jedes seiner Worte. Vielleicht sind seine Gedanken gar nicht mit der Kranken beschäftigt, überlegte Herr Nazarie unwillkürlich, als sein Blick auf die Kleidung des Arztes fiel. Der Doktor bemerkte es und errötete plötzlich.
»Sie scheinen sich über meine Jacke zu wundern«, sagte er, indem er einen Knopf zwischen seinen Fingern drehte. »Ein Jägeranzug ist sehr bequem ... Außerdem habe ich mir angesichts dieses schönen Wetters gedacht, es wäre nicht schlecht ... Wissen Sie, ich bin kein leidenschaftlicher Jäger, aber gelegentlich gehe ich ganz gern auf die Jagd ... Wir Intellektuellen sind ja zum Stubenhocken verdammt, kommen kaum an die Luft, wie Sie sich denken können ... Aber ich habe keinen Jagdhund, und allein ist es natürlich schwer, etwas zu unternehmen ...«
Dann begann er verlegen zu essen. Herr Nazarie hatte seinen Blick längst an den Teller geheftet.
»Und wann werden Sie auf die Jagd gehen, Herr Doktor?« fragte Simina anmutig.
Der Doktor machte eine vage Geste mit der Hand. Er war jedoch überaus froh, daß jemand die Rede auf die Jagd

brachte. Auf diese Weise fühlte er sich nicht mehr isoliert, lächerlich, kompromittiert an diesem Tisch mit so vielen sonderbaren Menschen.

»Wollen Sie mich mitnehmen?« fragte Simina aufgeregt. »Ich war noch nie auf der Jagd . . . Und ich möchte so gern auch einmal jagen oder zumindest dabei zuschauen . . .«

»Gern, sehr gern, warum auch nicht?« versprach ihr der Arzt.

Egor hob den Blick und richtete ihn langsam zuerst auf Frau Moscu, dann auf Simina.

»Es schickt sich nicht für ein kleines Mädchen, auf die Jagd zu gehen«, sagte er streng. »Zuzusehen, wie unschuldige Tiere verenden, ihr Blut vergießen . . .«

Er blickte ihr fest in die Augen, während er die letzten Worte sprach, aber Simina schien sich nichts daraus zu machen. Sie senkte nur die Lider wie ein wohlerzogenes Kind, das von einer älteren Person getadelt wird, ließ Egor jedoch keinen Augenblick im Glauben, sie hätte seinen Worten auch etwas anderes entnommen, etwas, was die anderen nicht verstehen konnten.

»Sie mögen recht haben, es ist vielleicht tatsächlich kein Anblick für ein Kind«, gab auch der Doktor zu. »Später einmal, wenn du größer bist . . .«

Simina lächelte, Es war das ihr übliche, triumphierende, verächtliche und dennoch diskrete Lächeln. Herr Nazarie kannte es bereits zur Genüge. Die Kleine flößte ihm nun Angst ein. Ihr ernster, vernichtender Blick schüchterte ihn ein, lähmte ihn geradezu. Wie war diese kalte Ironie mit dem engelhaften Oval ihres Gesichtes vereinbar? Dieser Widerspruch gab ihm Rätsel auf.

»Ich freue mich, daß Fräulein Sanda bald wieder wohlauf sein und Egor zum Malen anspornen wird«, sagte Herr

Nazarie plötzlich, um dem Gespräch eine andere Wendung zu geben.

Egor wandte ihm das Gesicht zu. Seine Miene hatte sich aufgehellt, aber seine Lippen zitterten ein wenig, und er war ungewöhnlich blaß. Wie kommt es, daß niemand diese Veränderung an ihm wahrnimmt? wunderte sich Herr Nazarie. Da traf ihn Siminas kalter, harter Blick, und er errötete. Sie schien seine Gedanken gelesen zu haben. Simina entgeht nichts, sie allein begreift alles, sagte sich Nazarie verwirrt.

»In einigen Tagen wird sie ja sicherlich wieder gesund sein, nicht wahr, Herr Doktor?« sagte Egor.

Der Doktor nickte unbestimmt, jedoch wohlwollend.

»Und die Jagd?« fragte Frau Moscu, die sich plötzlich wieder daran zu erinnern schien. »Über Ihre Jagdpläne haben Sie noch nichts verlauten lassen. Ich brenne schon darauf, Wild zu essen. Welch köstliches Fleisch, einmal eine Abwechslung! . . .«

Ihre Augen leuchteten eine Weile auf und der Arm, den sie über den Tisch ausstreckte, erschauerte, als hätte er als erster den ganzen Saft jenes unbekannten Wildes aufgesammelt.

Egor bemerkte erst jetzt, daß die Amme das Speisezimmer betreten hatte und aufmerksam an der Tür wartete. Die Frau, die bei Tisch servierte, war neu. Vielleicht überwacht die Amme sie, sagte sich Egor, um sich zu beruhigen. Die Nähe der Amme war ihm ganz und gar nicht angenehm. Er hatte den peinlichen und bestimmten Eindruck, sie mache sich über ihn lustig, tausche verständnisvolle Blicke mit Simina, wisse über seine Traumerlebnisse genau Bescheid wie die Kleine . . .

»Hochverehrte Gastgeberin«, setzte der Doktor würdevoll

zum Sprechen an. »Das Jagen ist zweifelsohne nicht meine starke Seite, dennoch hoffe ich ...«
Da trat die Amme auf Frau Moscu zu und sagte ihr: »Das ältere Fräulein ruft sie ...«
»Warum haben Sie das nicht gleich gesagt?« fragte Egor zornig und stand auf.
Die Amme blieb die Antwort schuldig. Sie begnügte sich damit, einen Blick mit Simina zu wechseln, und preßte die Lippen zusammen. Frau Moscu stand verwirrt auf. Ehe sie noch ein Wort hervorbringen konnte, hatte Egor das Speisezimmer verlassen.

Sanda erwartete sie im Bett, den Kopf auf die Kissen gestützt. Als sie Egor als ersten eintreten sah, fuhr sie zusammen.
»Was ist geschehen?« fragte er beunruhigt. Das Mädchen sah ihn lang und überaus liebevoll an. Sie schien dieses allzu große Glück jedoch zu fürchten, mit dem sie nichts mehr anfangen konnte, das zu spät kam.
»Es ist nichts geschehen, Egor«, flüsterte sie. »Ich wollte nur meine Mutter sehen ... wollte, daß sie mir etwas vorliest«, fügte sie geschwind hinzu.
Egor war verärgert. Wie absurd sie doch lügt, wie unüberlegt sie sich selber widerspricht ... Heute morgen ermüdete sie das Vorlesen. Und jetzt läßt sie ihre Mutter vom Tisch fortrufen, damit sie ihr Verse vorlese ...
»Deine Mutter hat hier nichts zu suchen«, sagte Egor streng, »zumindest in diesem Augenblick hat sie hier nichts zu suchen ...«
Darauf trat er zur Tür und drehte den Schlüssel um. Das Blut schoß ihm in die Wangen, doch sein Entschluß stand fest. Er mußte um jeden Preis erfahren ...

»Ich flehe dich an, es mir jetzt zu sagen«, fügte er sanft hinzu.
Sanda sah ihn entsetzt an. Es schossen ihr so viele Gedanken durch den Kopf und sie war von so vielen Empfindungen überwältigt, daß sie nicht mehr wußte, was mit ihr vorging. Sie vergrub ihr Gesicht in den Händen. Nach einer Weile spürte sie Egors Hand auf ihrer Stirn.
»Sag es mir doch, Liebling«, flüsterte er.
Dann wartete er. Doch Sanda fuhr fort, ihr Gesicht in den Händen vergraben zu halten. Ihr Busen hob sich, ihre Schultern zuckten.
». . . Denn auch ich habe dir vieles zu sagen«, fügte Egor hinzu. »Der Arzt hat mir das Geheimnis deiner Krankheit verraten . . .«
Sanda fuhr wieder zusammen. Sie hob die Stirn und blickte Egor in die Augen, bemüht, ihn zu verstehen.
»Vorher möchte ich dich jedoch etwas fragen«, fuhr er fort. »*Siehst du häufig Christine*? Ich frage dich, weil ich sie sehe . . .«
Sie war nahe daran, das Bewußtsein zu verlieren, doch Egor eilte auf sie zu, ergriff ihre Hände und drückte sie. Seine Finger taten ihr weh, entsetzlich weh.
». . . Auch ich sehe sie«, sprach Egor weiter, »wie ihr alle sie seht. Aber diese Verblendung wird nicht mehr lange dauern, Sanda. Ich werde das Gespenst vernichten, werde ihm mit einem Holzspieß das Herz durchbohren! . . .«
Er hatte so laut gesprochen, daß er selbst erschauerte, als er sich hörte. Die Worte waren ihm unwillkürlich entschlüpft. Der Gedanke war ihm unvermittelt gekommen, der Gedanke, Sanda einmal klar und deutlich die Wahrheit zu sagen.
»Ich hatte deinetwegen Bedenken, Liebling«, sprach sie

plötzlich mit erloschener Stimme. »Ich sagte mir, daß dich ja gar keine Schuld trifft, daß du entkommen mußt, daß du so rasch wie möglich fort mußt ...«

»Gestern batest du mich zu bleiben«, sagte ihr Egor.

»Das war ein Fehler von mir«, fuhr Sanda fort. »Hätte ich geahnt ... Aber ich liebe dich ja, Egor, ich liebe dich! ...«

Sie fing an zu weinen. Egor befreite seine Hände, um ihr Haar, ihr Gesicht streicheln zu können.

»Auch ich liebe dich, Sanda, und habe es deinetwegen getan ...«

»Du darfst nichts unternehmen, Egor«, unterbrach ihn Sanda. »Es würde noch schlimmer für uns sein ... Vor allem für dich ... Es geht mir ja um dich. Wenn du doch von hier fort könntest, weit fort! Deswegen habe ich Mama gerufen: um ihr zu sagen, daß du in ihrer Abwesenheit zudringlich geworden seist ... Ich wollte ihr sagen, daß ich dich nicht mehr empfangen kann, und wollte sie bitten, *dich hinauszuwerfen* ...«

Sie schluchzte noch heftiger. Egor hatte ihr ruhig zugehört und streichelte sie mit immer der gleichen brüderlichen Geste. Er war auf schlimmere, verstiegenere Dinge gefaßt gewesen. Christine hat ihr zweifellos befohlen, mich zu verjagen. Und sie glaubt, es zu meinem Wohle zu tun, um mich zu retten ...

Da rüttelte jemand an der Türklinke. Sanda fuhr zusammen. Ihr Gesicht wurde hochrot. Vor Scham, dachte Egor. Das bedeutet, daß sie noch nicht verloren ist, daß Christine sie noch nicht ganz behext hat.

»Warum habt ihr die Tür abgesperrt?« hörte man Frau Moscus Stimme.

Egor trat an die Tür. Er wählte mit Bedacht seine Worte.

»Sanda bat mich, die Tür abzusperren, gnädige Frau, Sie wollte eine Weile allein bleiben ... Sie fürchtet alle Familienmitglieder ... Sie war eingenickt und glaubte, ihre Tante Christine, ihre *tote* Tante gesehen zu haben ...«
Frau Moscu sagte kein Wort. Sie blieb weiter an der Tür stehen, bemüht zu verstehen, was hier vorging. Egor ging zum Bett zurück, ergriff Sandas Hand und flüsterte ihr ins Ohr:
»Die werden sich vorstellen, daß wir uns hier für ein Schäferstündchen eingesperrt haben. Mögen sie denken, was sie wollen. Das kompromittiert dich jedenfalls und zwingt dich, mich als Bräutigam zu akzeptieren ... *Wir müssen* uns jetzt verloben, Sanda ...«
Frau Moscu rüttelte wieder an der Klinke.
»Aber das geht doch nicht!« hörte man ihre leicht verändert klingende Stimme. »Was treibt ihr dort?«
Sanda wollte aufstehen und öffnen gehen, aber Egor hielt sie mit beiden Armen zurück.
»Herr Paşchievici« ließ sich Siminas Stimme vernehmen.
Egor trat wieder an die Tür.
»Sanda ist nun meine Braut«, sagte er ruhig. »Sie bat mich, sie zu verteidigen! ... Und sie gestattet mir nicht, Ihnen zu öffnen. Sie will mit mir allein bleiben ...«
»Was ist das für eine Verlobung, hinter Schloß und Riegel, im Schlafzimmer!« sagte Simina laut.
Sanda fing wieder an zu weinen und vergrub den Kopf im Kissen. Egor konnte sich nur schwer beherrschen.
»Wir sind bereit, auf der Stelle fortzugehen, Frau Moscu«, sagte er. »Denn Sanda fehlt jetzt nichts mehr ...«
Er hörte, wie sich die Schritte auf dem Flur entfernten. Egor kehrte zum Bett zurück und griff sich mit beiden Händen an den Kopf. Was habe ich getan?! Was habe ich

nur getan?! Es war doch der reine Wahnsinn! Woher hatte er plötzlich die Entschlußkraft?

»Tut es dir leid?« fragte er sie und streichelte ihr die Stirn. »Tut es dir leid, daß du ungefragt meine Braut geworden bist?«

Das Mädchen hörte zu weinen auf, sah ihn erschrocken an und schlang dann ihre Arme um seinen Hals. Es war ihre erste Liebesbezeugung. Egor fühlte sich wieder stark und glücklich.

»Tut es dir wirklich leid?!« fragte er sie wieder, diesmal mit zitternder Stimme.

»Wenn ich nur nicht vorher stürbe! ... flüsterte Sanda erschauernd.

## XII

Einige Stunden später traf Egor im Speisezimmer Herrn Nazarie. Der Archäologe schien verstört, hatte einen verwirrten Blick und ungeduldige, hastige Gesten.
»Was ist geschehen?« fragte er den Maler im Flüsterton.
»Frau Moscu hat sich in ihrem Zimmer eingeschlossen, Sie haben sich in Sandas Zimmer eingesperrt und das kleine Mädchen ist verschwunden ... Was ist geschehen?«
»Das weiß ich selber nicht so recht«, erwiderte Egor müde.
»Ich weiß bloß, daß ich mich mit Sanda verlobt habe. Ich liebe sie und möchte so schnell wie möglich mit ihr fort von hier ...«
Er hatte erregt und besorgt gesprochen. Herr Nazarie rang die Hände. »Ich habe Angst um sie, mir bangt um ihr Leben«, fügte Egor leise hinzu. »Diese Verrückten hier sind imstande, sie zu erwürgen ...«
Herr Nazarie wußte nur allzu gut, daß Egor log, daß er nicht Frau Moscus Wahnsinn fürchtete. Dennoch nickte er verständnisvoll.
»Sie haben gut daran getan, sich mit ihr zu verloben«, sagte er. »Damit sind alle Mißverständnisse behoben. Nun wird niemand mehr etwas einwenden können ...«
Egor konnte seine Ungeduld und Angst nicht verbergen.
»Ich habe mich mit ihr verlobt, und sie ist in Ohnmacht gefallen«, sprach er mit erstickter Stimme. »Sanda liegt seit einer halben Stunde ohnmächtig da ... Und ich weiß nicht, was ich anfangen soll. Was soll ich nur tun?! ...«
Er zündete sich eine Zigarette an.
»Wir müßten schnellsten von hier fort, so lang es noch Zeit ist. Aber der Doktor muß vorher nach ihr sehen ... Wo steckt er denn? ...«

»Er ist auf die Jagd gegangen«, antwortete Herr Nazarie betreten. »Er ist gleich nach Tisch fort. Ich wußte es ja auch nicht, habe es von der Wirtschafterin erfahren ... Aber er sagte, er würde gegen Abend wieder zurück sein ...«

Egor setzte sich auf einen Stuhl und rauchte gedankenverloren seine Zigarette zu Ende.

»Ich habe sie in ihrem Zimmer eingesperrt«, sagte er plötzlich und suchte den Schlüssel in seiner Tasche. »Sehen Sie, hier ist der Schlüssel zu ihrem Zimmer ...«

Triumphierend zeigte er dem Archäologen den Schlüssel. Auch seine Augen funkeln so merkwürdig, dachte Herr Nazarie. Wer weiß, was für Blödsinn er angerichtet hat ...

»Daß nur nicht jemand durchs Fenster hineinsteigt«, fügte Egor, ins Leere starrend, hinzu. »Besonders jetzt, da die Sonne bald untergeht ...«

»Und was wollen Sie tun?« fragte Herr Nazarie.

Egor lächelte sich gleichsam selber zu. Er schien Bedenken zu haben, Nazarie alle seine Überlegungen anzuvertrauen.

»Ich gehe Simina suchen«, sprach er schließlich. »Ich glaube zu wissen, wo sich die kleine Hexe aufhält ...«

»Ich hoffe, Sie werden nicht gegen ein Kind Krieg führen«, sagte Herr Nazarie, »ich meine, Sie werden ihr nichts antun ...«

Egor sprang auf, faßte den Archäologen am Arm und reichte ihm ernst und feierlich den Schlüssel zu Sandas Zimmer.

»Sie wissen doch, wo ihr Zimmer liegt?« fragte er. »Ich bitte Sie, bis zu meiner Rückkehr auf Sanda aufzupassen. Sperren Sie die Tür von innen ab ... Ich habe Angst vor *ihnen*«, fügte Egor hinzu. »Wenn ich daran denke, daß ich sie so lange Zeit allein gelassen habe . . .«

Sie verließen das Speisezimmer und gingen zu Sandas Zimmer. Das Haus schien wie ausgestorben. Niemand kam ihnen entgegen, nirgends hörte man auch nur das kleinste Geräusch. An einem Fenster waren die Rolläden noch heruntergezogen wie an einem heißen Sommertag um die Mittagszeit. Dort, im Schatten, war die Stille noch bedrückender.

»Warten Sie hier auf mich und öffnen Sie niemandem außer mir, was immer auch geschehe«, flüsterte Egor, als er die Tür aufsperrte.

Ganz aufgeregt trat Herr Nazarie ein. Er sah sich nach allen Seiten um und gewann den Eindruck, es sei in diesem Zimmer nichts Schlimmes geschehen. Sanda schien tief zu schlafen, ihr Atem war kaum zu hören.

Egor lief direkt zum alten Stall. Drinnen wurde es bereits dunkel. Die Fensterscheiben waren nun matter. Egor hielt in allen Winkeln nach Simina Ausschau, entdeckte sie aber nicht. Sie wird sich wohl versteckt haben, überlegte er und begann den Wagenschlag zu untersuchen; Fräulein Christines alte Kutsche war von Wind und Wetter gezeichnet, die Polster waren verschlissen. In Gedanken mit Simina beschäftigt, blieb er eine Weile unschlüssig stehen und fragte sich, wo er sie noch suchen sollte.

Als er aus dem Stall trat, ging in der Ferne, am Rande der Felder, die Sonne unter. Es wird bald dunkel, und dann kommen die Mücken angeschwirrt, sagte sich Egor ängstlich.

Er wußte nicht, wohin er sich wenden sollte. So machte er sich denn nachdenklich mit zögernden Schritten zu den

Gesindewohnungen auf. Er sah niemanden. Der Hof sah verödet aus, und zwischen den vielen Mauern und dem vielen Gerät wirkte die Verlassenheit noch beängstigender. Er sah erloschene Feuer, Asche und halb verbranntes Reisig; er sah auch trockene Lumpen, vergessene irdene Töpfe, Dünger und Getreidekörner. Also mußten eben erst Menschen dagewesen sein. Und dennoch war es hier so still, daß der Ort verlassen schien. Man sah kein Geflügel, hörte keinen Hund bellen.

Egor gelangte zur Kellertür. Er war am ersten Tag seines hiesigen Aufenthaltes dort gewesen, war mit einer ganzen Gruppe von Gästen hinabgestiegen. Sanda hatte ihnen die steinernen Stufen aus der Zeit Tudor Vladimirescus gezeigt und den zugemauerten Raum hinten, wo ein Ahne von ihnen drei Wochen unter der Erde verbracht hatte; ein treuer Knecht pflegte ihm nachts einen Krug Milch und ein Weißbrot zu bringen. Sanda hatte ihnen die Mauerspalte gezeigt, durch die der Knecht sich zu seinem Herrn hereinzuschleichen pflegte. Wie lange es doch her war seit jenem warmen, heiteren Herbsttag, als Sandas Augen übermütig glänzten und die Kellertreppe von den vielen jungen Stimmen widerhallte ... Er hatte den Eindruck, seit jener glücklichen Zeit seien Wochen verstrichen. Dennoch waren es nur wenige Tage.

Er zündete sich eine Zigarette an und ging weiter zu den Küchenräumen. Er glaubte, zaghafte Schritte hinter sich zu hören, wandte den Kopf um, sah jedoch niemanden. Gleichwohl hatte er das Geräusch deutlich vernommen. Es ähnelte nicht dem Geräusch, das er heute nacht gehört hatte, es waren die Schritte eines lebendigen Menschen. Er wartete eine Weile. Da erblickte er vor dem Kellereingang Siminas Gestalt. Sie sah sich vorsichtig um, bemüht, jedes

Geräusch zu vermeiden. Als sie Egor erblickte, fuhr sie zusammen, legte jedoch ihre Hände auf den Rücken und kam wie ein braves kleines Mädchen auf Egor zu.

»Ich kenne mich bei den Etiketten nicht aus«, sprach sie, während sie ihm in die Augen sah. »Mama hat mich in den Keller geschickt, damit ich ihr Mineralwasser hole, aber ich finde mich nicht zurecht. Es gibt so viele etikettierte Flaschen ... und ich ahnte nicht, daß es dort so dunkel ist ...«

»Seit wann schickt deine Mutter dich um Mineralwasser?« fragte Egor. »Sie hat doch genug Dienstboten ...«

Simina zuckte mit den Achseln und lächelte.

»Ich weiß nicht, was los ist, aber es ist nur noch die Amme dageblieben ... Die anderen sollen alle bei der Weinlese sein ...«

Darauf wies sie mit dem nackten Arm über die Akazienbäume nach Norden hin.

»Es war eben eine neue Wirtschafterin gekommen«, fügte sie hinzu, »Aber sie ist erkrankt ... Es ist so schwer, allein mit allem fertig zu werden ...«

Egor trat auf sie zu und streichelte ihr Haar. Es war weich, warm und duftete. Simina senkte die Augen. Sie ließ sich gern liebkosen.

»Es tut mir sehr leid, Simina, daß wir dich hier mit der Arbeit allein lassen müssen«, sagte Egor. »Aber morgen früh fahren Sanda und ich fort ...«

Die Kleine verlor nicht die Fassung. Sie entwand sich nur sachte Egors Liebkosung und sah ihn erstaunt an.

»Sanda ist krank, und der Arzt wird sie nicht fortlassen«, sagte sie.

»Sie ist nicht eigentlich krank gewesen«, fiel Egor ihr ins Wort, »sie war bloß erschrocken, glaubte, ihre tote Tante zu sehen ...«

»Das ist nicht wahr!« sagte Simina rasch.
Egor fing an zu lachen. Er warf seine Zigarette weit fort und strich sich das Haar aus der Stirn, als wollte er mit diesen vielen hastigen Gesten Simina beweisen, wie absurd ihre Behauptung war.
»Übrigens ist das auch ohne jede Bedeutung«, fügte Egor hinzu. »Morgen reisen wir ab . . .«
Simina lächelte.
»Mama wartet sicher auf ihre Flasche Mineralwasser«, sagte sie nachdenklich. »Würden Sie mir, bitte, helfen, die Flasche zu holen?«
Sie stellt mir eine Falle, überlegte Egor. Ein Schauder durchfuhr ihn, als Simina auf den Kellereingang wies. Aber die Kleine warf ihm einen so verächtlichen Blick zu, daß er sich schämte, seine Angst einzugestehen.
»Gern«, sagte Egor und schickte sich an, in den Keller hinunterzugehen.
Siminas Aufforderung brachte ihn in Verlegenheit. War sein Argwohn berechtigt? Sie gibt ja unumwunden zu, wo sie gewesen ist. Vielleicht ist sie wirklich, um eine Flasche Mineralwasser zu holen, im Keller . . .
»Weißt du, wo die Flaschen stehen?« fragte er sie, während er die Steintreppe hinunterstieg.
Hinter sich hörte er Siminas fliegenden Atem. Wenn sie so aufgeregt ist, bin ich ihr in die Falle gegangen, überlegte Egor.
»Sie stehen weiter hinten, ganz hinten«, erwiderte Simina.
Egor war alle Stufen hinuntergegangen und spürte bereits unter seinen Sohlen den feuchten Sandboden des Kellers.
»Warte, ich zünde ein Streichholz an«, sagte er.
Simina faßte ihn am Arm. Es war eine befehlerische Geste.

»Man sieht noch ganz gut«, sagte sie. »Oder haben Sie vielleicht Angst?!«
Sie lachte. Egor spürte einen ähnlichen Schauder wie in der vorigen Nacht über seinen Rücken laufen. Das war nicht Siminas übliches Lachen. Auch ihre Stimme klang verändert, befehlerisch, sinnlich, frauenhaft. Egor ballte die Fäuste. Ich war ein Dummkopf, dachte er. Dennoch zündete er das Streichholz an und warf Simina einen strengen, drohenden Blick zu. Das Mädchen begann wieder zu lachen.
»Unser tapferer Egor!« sagte sie voller Hohn. Darauf blies sie das Streichholz aus und ging voran, um ihm den Weg zu zeigen.
»Simina, wenn wir wieder draußen sind, ziehe ich dich bei den Ohren!«
»Warum tun Sie es nicht jetzt?« erwiderte Simina und blieb, die Hände auf dem Rücken verschränkt, stehen.
»Wagen Sie es doch! . . .«
Egor begann zu zittern. Ein seltsames Fieber schüttelte ihn. So fängt es vermutlich an, so bricht jeder Wahnsinn aus . . .
»Wenn Sie Angst haben, können Sie ja umkehren!« sagte Simina.
Ihre Stimme war nicht wiederzuerkennen, die Worte klangen fremd von ihren kleinen, roten Lippen. Egor spürte, wie sie Gift in sein Blut träufelte; eine wahnsinnige, bestialische Begierde übermannte ihn. Er schloß die Augen und bemühte sich, an Sanda zu denken, sah jedoch nichts als rote Dunstwolken um sich, hörte nichts als Siminas Zauberstimme.
»Komm, hab doch keine Angst«, sprach die Kleine wieder.

Egor folgte ihr. Sie betraten den dritten Raum. Entlang den Wänden konnte er alte, modrige Kästen unterscheiden. Durch ein schmutziges, vergittertes Fenster drang fahles Licht ein. In einer Ecke lagen Säcke und zerbrochene Körbe.

»Was hast du?« fragte Simina nähertretend.

Sie faßte ihn an der Hand. Schweratmend ließ Egor es geschehen. Sein Blick verschleierte sich. Er erwachte plötzlich mitten in einem vor langer Zeit geträumten Traum, versuchte vergeblich sich zu erinnern, wann er aus sich hinaus in ein anderes Leben eingestiegen war. Wie wohl mir ist, wie wohl ich mich doch an Siminas Seite fühle! . . . sagte er sich.

»Setz dich!« befahl die Kleine.

Das hätte er von Anfang an tun sollen, er hätte sich auf die Säcke werfen sollen, um auszuruhen. Die Glieder taten ihm weh, seine Hände zitterten. Er spürte Siminas Körper neben sich.

»Ist sie *hier*?« fragte Egor unwillkürlich.

»Nein. Es ist noch zu früh«, flüsterte das Mädchen.

»Aber *sie* hält sich doch hier auf?« fragte Egor wie im Traum.

Simina zögerte eine Weile. Dann lächelte sie; sie brauchte keine Angst mehr zu haben. Egor konnte keinen Widerstand mehr leisten. Auch seine Sinne waren nun verwirrt.

»Sie ist hier, bei uns!« flüsterte ihm Simina ins Ohr.

Egor begann noch stärker zu zittern, wie von Fieber geschüttelt.

»Hast du denn gar keine Angst?« fragte er wieder.

Simina lachte und reckte sich, um sein Haar zu streicheln.

»Bei ihr fühle ich mich wohl, habe gar keine Angst. Auch du wirst keine Angst mehr haben! . . .«

»Simina, laß mich nicht allein«, rief Egor und schloß sie in seine Arme. Er drückte sie wie besessen.

»Beruhige dich!« flüsterte Simina. Dann hauchte sie ihm ins Ohr: »Sperr nachts die Tür nicht zu; dann wird sie zu dir kommen! Sie wird ganz nackt zu dir kommen . . .« Darauf fing sie zu kichern an. Aber Egor hörte ihr erregtes Lachen nicht mehr. Alles verschwamm vor seinen Augen, seine Sinne umnebelten sich. Er konnte sich an nichts mehr erinnern.

»Was bist du doch für ein Dummkopf, Egor!« sprach Simina wieder. »Und was für ein Schwächling! . . . Du würdest ja sterben vor Angst, wenn ich jetzt fortginge! . . .«

»Laß mich nicht allein, Simina!« röchelte Egor mit erloschener Stimme. »Verzeih mir, Simina! Laß mich nicht allein! . . .« Er küßte ihr die Hände. Kalter Schweiß trat ihm auf die Stirn. Sein heißer Atem stockte.

»Nicht so, Egor, nicht so!« flüsterte Simina. »Küß mich, wo ich will! . . .«

Sie saugte sich an seinen Lippen fest und biß ihn. Egor empfand in seinem ganzen Körper eine alle Vorstellungen übertreffende himmlische Wollust. Er lehnte sich zurück, um den honigsüßen Kuß möglichst lange auszukosten. Das blutdurstige kleine Mädchen hatte seine Lippen ganz wund gebissen. Ihr schlanker, unreifer Körper blieb kühl. Als sie sein Blut spürte, schlürfte sie es gierig, sprang jedoch gleich wieder auf und bemerkte verächtlich:

»Es schmeckt mir nicht, Egor. Du verstehst nicht zu küssen! . . . Du bist ein Dummkopf! . . .«

»Ja, Simina«, stimmte Egor ihr verwirrt bei.

»Küß meinen Schuh!« befahl sie und streckte ihm den Fuß entgegen. Egor umklammerte die Wade des Mädchens und bedeckte sie mit Küssen.
»Den Schuh, habe ich gesagt!«
Welche Wonne lag in dieser unvorstellbaren Demütigung, diesem warmen Gift. Egor küßte den Schuh.
»Du bist ein Esel! Ich würde dich am liebsten schlagen ... Aber ich habe nichts womit. Warum habe ich nur die Peitsche nicht mitgenommen?! ...«
Egor lehnte den Kopf an den Sack und fing an zu weinen.
»Plärr nicht so, du gehst mir auf die Nerven!« schrie Simina. »Zieh die Jacke aus!«
Egor entkleidete sich langsam und gedankenlos. Sein Gesicht war von Staub und Tränen verklebt, sein Mund blutbefleckt. Der Blutgeruch machte Simina rasend. Sie stürzte sich auf die nackte Brust des Mannes und begann sie zu zerkratzen, zu beißen. Je mehr sie ihm weh tat, desto mehr genoß er ihre Bisse, ihre Kratzer. Und trotzdem muß ich endlich erwachen, sagte sich Egor noch einmal. Es ist Zeit, daß ich erwache, sonst verliere ich den Verstand. Ich kann es nicht mehr ertragen, ich halte es nicht mehr aus! ...
»Warum stöhnst du nicht?« fragte ihn Simina. »Warum wehrst du dich nicht?«
Sie schlug ihre Nägel noch wütender in sein Fleisch. Aber Egor hatte keinen Grund zu stöhnen. Er empfand bei dieser Demütigung eine Wollust, von der er nie geahnt hatte, daß ein Sterblicher ihrer je fähig wäre.
»Du bist ein Angsthase und ebenso dumm wie alle anderen!« sagte Simina wieder. »Ich begreife nicht, wie *sie* sich in dich verlieben konnte ...«

Plötzlich hielt sie inne, als hätte sie auch Angst bekommen und horchte.
»Kommt *jemand*, Simina?« fragte Egor schlaftrunken.
»Nein, aber wir müssen zurück. Vielleicht ist Sanda gestorben . . .«
Egor erwachte und griff sich entsetzt an die Schläfen. Ein fürchterlicher Schmerz durchbohrte ihm das Hirn. Er erkannte, wo er sich befand, erinnerte sich genau an alles Vorgefallene, wußte aber nicht, wie er hierher gelangt, wie er darauf eingegangen war und wie er sich das hatte gefallen lassen . . .
Ein Gefühl des Ekels vor sich selber, vor Siminas Körper, vor dem Leben überkam ihn. Er war jedoch völlig entkräftet, vermochte nicht einmal, ihr in die Augen zu sehen.
»Vergiß nicht, was ich dir gesagt habe«, fügte Simina hinzu und zupfte sich ihr Kleidchen zurecht. »Schließe die Tür nicht ab . . .«
Sie nimmt sich nicht einmal die Mühe, mich mit Drohungen einzuschüchtern, dachte Egor. Sie weiß genau, daß ich nicht den Mut haben werde, darüber zu sprechen, sie zu verraten . . .
Simina wartete, bis er sich von den Säcken erhob und sich anzog. Sie half ihm nicht dabei, sondern betrachtete ihn wie aus weiter Ferne verächtlich, mit einem müden, bitteren Lächeln.

## XIII

Herr Nazarie zählte ungeduldig die Minuten. In Sandas Zimmer dunkelte es allmählich. Er trat ans Fenster und staunte nun selber über seine Anwesenheit hier bei einer Kranken in lethargischem Zustand. Er war ans Fenster getreten, um noch ein wenig im Tageslicht zu bleiben; denn von hier aus sah man den opalfarbenen Himmel und einige noch rötlich angestrahlte Wipfel. Draußen versammelten sich wie immer um diese Zeit die Mücken und versuchten vergebens, durch die Fensterscheibe einzudringen. Herr Nazarie betrachtete sie mit einer unerklärlichen Scheu. Sie schwirrten in dichten Schwärmen herbei, die ihn wie Staubwolken anmuteten, stoben mit lautlosem Gesumme wieder auseinander und schienen noch dreister zu werden, als ihr Ansturm aufs Glas sich als vergeblich erwies. Wie, wenn sie plötzlich alle ins Zimmer hereinflögen? ... Herr Nazarie führte seinen Gedanken nicht zu Ende. Er wandte plötzlich den Kopf zu Sandas Bett. Die Stille bedrückte ihn, beunruhigte ihn. Wie endlos lange sie doch schläft, sagte er sich, sie scheint ja kaum zu atmen. Am Ende ist sie gestorben, und ich habe es gar nicht bemerkt!«

Er preßte die Hände aneinander und spürte, wie sie feucht wurden; seine Finger waren kalt und die Handflächen heiß. Fieberte er vor Angst? Sie wird doch nicht gestorben sein, während ich hier war. Ich hätte es doch gehört ... Menschen sterben doch nicht so plötzlich im Schlaf. Sie stöhnen, kämpfen gegen den Tod an, ringen mit ihm. Der Tod kommt schwarzgekleidet mit seiner hohen Silbersense ... Das kann doch nicht so plötzlich geschehen sein ...

Herr Nazarie stützte den Kopf in die Hände. Sanda lag

reglos da. Im Zimmer war es noch nicht so dunkel, als daß er ihr Gesicht nicht hätte sehen können. Wenn ich doch nur den Mut aufbrächte, ans Bett zu treten und meine Hand auf ihr Gesicht zu legen, damit ich mich überzeuge ... Hoffentlich kommt der Doktor bald zurück, versuchte Herr Nazarie sich zu trösten. Doch wie, wenn er feststellen sollte, daß ihr Gesicht bereits kalt war? Auch wenn es nur ein Trugschluß wäre ... Er könnte ja noch weglaufen. Dazu würde er die Kraft noch aufbringen ...

Er tat einen Schritt auf die Tür zu. Welch seltsamer, traumloser Schlaf! Hätte sie Schmerzen, würde sie doch stöhnen; doch sie bewegte keinen Finger, und auch ihre Brust hebt sich nicht. Oder hatten sich ihre Lippen vielleicht bewegt, hatten ihn mehrmals gerufen, ohne daß er es hörte? ... Wenn ich jetzt fortgehe, wird es auf dem Flur noch dunkler sein. Und vielleicht steht dort *jemand*, wartet auf mich gleich an der Tür. So geschieht es immer; sie stehen an der Tür mit angehaltenem Atem, das Ohr ans Holz gepreßt und horchen, Stunde um Stunde, lauern einem auf, um zu sehen, was man tut ... So geschieht es immer. Jemand steht neben dir, ohne daß du ihn siehst oder spürst, und schaut dich an, liest deine Gedanken, wartet, *will sehen, was du tun wirst.*

Egor ist gewiß längst abgereist. Er hat mich hier mit Sanda eingesperrt und ist weggefahren ... Herr Nazarie kniete an der Tür nieder und preßte sein Ohr an die Holztäfelung. Er hörte gar nichts. Aber die Stille, diese eisige Stille ließ ihn noch mehr erschauern. Warum kommt niemand auf dem Flur. Warum fällt im Haus nichts herunter? Warum hört man auf dem Feld keinen Hund bellen? Das ganze Haus schien verödet zu sein oder in tiefem Schlaf zu liegen. Auch der Himmel sah befremdlich aus. Egor muß ir-

gendwo draußen geblieben sein, oder vielleicht ist er wirklich abgereist . . .
Das Dunkel hatte sich verdichtet. Herr Nazarie sah mit staunenden Augen, wie die Dunkelheit Woge um Woge hereinbrach, durchs Fenster eindrang, die Scheiben matter werden ließ, die Durchsichtigkeit auslöschte. Ich sollte die Lampe anzünden. Licht belebt jedoch auch die Schatten. Die Flamme des Streichholzes zittert. Ich bleibe lieber ganz ruhig und still, rühre mich nicht vom Fleck, spitze die Ohren.
Plötzlich glaubte er jemanden irgendwo tief atmen zu hören. Es war ein einziger, endloser Atemzug. Herr Nazarie verstopfte sich die Ohren. Ich darf den Kopf nicht verlieren, darf den Kopf nicht verlieren . . . Eins, zwei, drei, vier . . . Heilige Mutter Gottes! . . . Aber die Atemzüge wurden immer lauter. Waren es seine eigenen? Waren es seine eigenen Herzschläge, pochte das eigene Blut gegen seine Schläfen, auf die er die Finger preßte? Er wagte nicht, zu Sanda hinüber zu blicken. Er zog sich zur Wand zurück. Vielleicht sieht sie mich nicht, wenn ich hier stehe. Wenn sie mich plötzlich an ihrem Bett sieht, könnte sie erschrecken.
Plötzlich hörte er, wie jemand ihn rief:
»Herr Professor!«
Die Stimme kam von anderswo. Jemand stand keuchend draußen und schlug mit schweren Fäusten gegen die Tür.
»Öffnen Sie, Herr Professor! . . .«
Die Stimme kam von sehr weit her. Sie klang dumpf, wie tief aus der Erde kommend. Er nahm die Finger aus den Ohren. Die Schläge an der Tür wurden heftiger.
»Herr Professor! . . .« rief jemand ganz in seiner Nähe.

Er betastete die Tür und stieß auf den Schlüssel. Sonderbar! Wer hatte ohne sein Wissen den Schlüssel hier von innen ins Schloß gesteckt? . . .
Simina trat ein. Er sah sie vor sich als weißgekleideten Schatten. Sie blieb an der Schwelle wartend stehen.
»Ist sie gestorben?« fragte sie.
»Ich weiß es nicht . . .«
Die Kleine trat ans Bett, legte ihr Ohr auf Sandas Brust und lauschte eine Weile aufmerksam.
»Wo sind Sie?« fragte sie.
»Hier, bei der Tür«, antwortete Herr Nazarie. »Siehst du mich nicht? . . .«
Simina antwortete ihm nicht. Sie trat ans Fenster, als erwarte sie, daß dort draußen eine vertraute Gestalt die Stirn an die Scheibe preßte, um ins Zimmer hineinzusehen . . .
Herr Nazarie sah, wie Siminas weiße Silhouette sich ans Fenster schmiegte, und begann zu zittern.
»Wo ist Egor?« fragte er geängstigt.
»Ich weiß nicht. Er ist im Hof geblieben. Er wartet auf den Doktor . . . Warum haben Sie die Tür abgesperrt? Haben Sie sich etwa auch mit Sanda verlobt? . . .«
Herr Nazarie blickte verschämt zu Boden. Er wagte nicht, das Zimmer zu verlassen. Auf dem Flur war es noch zu dunkel, und Egor war weit, im Hof.
»Was macht *sie*?« fragte Herr Nazarie wieder.
»Sie lebt . . . Ihr Herz schlägt . . .«
Simina hatte im Flüsterton gesprochen. Dann fing sie jedoch zu kichern an und machte einige Schritte auf Nazarie zu. »Haben Sie Angst?!«
»Nein, kleines Fräulein«, sprach Nazarie mit trockener Kehle.

»Aber an ihr Bett haben Sie sich nicht herangewagt, Sie hatten Angst ... Wo sind Sie?« fragte sie wieder streng.
»Ich finde Sie nicht ...«
»Ich bin hier, neben der Tür ...«
»Kommen Sie zu mir ...«
Herr Nazarie gehorchte ihrem Befehl. Das Mädchen griff nach seinem Arm und drückte seine Hand in ihren kleinen, kalten Fäusten.
»Herr Professor«, flüsterte sie, »ich weiß nicht, was mit Mama los ist ... Wir müssen auf sie aufpassen ... Ich bitte Sie, suchen Sie Egor und gehen Sie mit ihm in ihr Zimmer hinauf ...«
Herr Nazarie begann zu zittern. Die Stimme des Mädchens war verändert, nicht wiederzuerkennen; woran erinnerte sie ihn? Hatte er sie im Traum gehört? ...
»Ich werde ihn suchen«, flüsterte er und zog seine Hand zurück. »Aber ich traue mich nicht auf den Flur hinaus, ich könnte mich an den Möbeln stoßen. Gibt es kein Streichholz in diesem Zimmer?«
»Nein«, erwiderte Simina kurz angebunden.
Herr Nazarie trat zögernd auf den Flur hinaus. Simina wartete, bis seine Schritte verhallten, schloß dann die Tür, drehte den Schlüssel im Schloß um und trat ans Fenster. Dort blieb sie eine Weile in Gedanken versunken stehen, stieg auf einen Stuhl, um den Griff zu erreichen und öffnete das Fenster. Draußen, hoch am fernen Himmel, über dem Wipfel einer Ulme spaltete eine fahle Mondsichel das Dunkel. Der Mond stand im ersten Viertel.

Herr Nazarie fand Egor vor der Veranda; ans Geländer des Balkons gelehnt. Er starrte ins Leere, dicht über dem Boden, wagte nicht, seinen Blick höher zu heben.

»Sanda ist noch immer nicht erwacht!« flüsterte Herr Nazarie.
»Simina ist in ihr Zimmer gekommen. Sie ist dort ...«
Er hatte den Eindruck, daß Egor nicht hörte und faßte ihn am Arm.
»Was ist mit Ihnen? Wo waren Sie bis jetzt ...«
»Ich habe sie gesucht«, erwiderte Egor ausweichend. »Ich habe sie überall gesucht ...«
Er seufzte und wischte sich das Gesicht ab. Im schrägen Licht der Veranda bemerkte Herr Nazarie die Blutflecken auf Egors Lippen. Nun fiel ihm auch auf, daß Egors Anzug zerknittert war und daß sein Haar ihm feucht in die Stirn hing.
»Was ist mit Ihnen?« fragte er noch einmal beunruhigt.
»Was haben Sie am Mund?« ...
»Ich habe mich geritzt ... Ein Akazienzweig hat mich zerkratzt«, antwortete Egor wie geistesabwesend und wies mit schlaffem Arm zum Park. »Dort! ...«
Herr Nazarie betrachtete ihn voller Entsetzen. Wer hatte in diesem verödeten Haus auf der Veranda die Petroleumlampe angezündet? Man hörte keine Schritte, keine Stimme drang zu ihnen.
»Wer hat die Lampe angezündet?« fragte er leise.
»Ich weiß nicht. Ich habe sie so vorgefunden ... Vielleicht die Amme ...«
»Wir sollten fort«, flüsterte wieder Herr Nazarie. »Sobald der Doktor kommt, reisen wir mit ihm ab ...«
»Nun ist es zu spät«, erwiderte Egor, nachdem er eine lange Pause eingeschaltet hatte. »Nun hat es keinen Sinn mehr ...«
Er stützte die Stirn in die Hände.
»Wenn ich nur wüßte, was vorgefallen ist, wenn ich begrei-

fen könnte, was geschehen ist«, flüsterte auch er ...«
Dann sah er zur Mondsichel auf, die über dem Wipfel der Ulme schwebte.
»Ich erwog, einen Pfarrer zu rufen«, sagte Herr Nazarie. »Das Haus hier bedrückt mich, ich meine die Menschen darin ...«
Egor ging zum großen Rundbeet. In diesem Rondell wuchsen weiße, duftende Blumen. Und die Luft dort war reiner, als würde sie von einer ständig erneuerten Kühle frisch gehalten.
»Etwas ist mit Ihnen los«, fügte Herr Nazarie hinzu, indem er Egor folgte.
Er wollte nicht, daß der Maler sich zu sehr vom Haus entfernte.
Es war ihm unheimlich hier im Dunkel, im Schatten der Akazienbäume.
»Manchmal glaube ich zu träumen«, sprach Herr Nazarie mehr zu sich selber.
»Auch mir ergeht es so«, erklärte Egor. »Es ist mir immer noch nicht klar, was vorgefallen ist ... Ich habe Simina gesucht, habe sie überall gesucht ... Und sie begegnen ihr, ohne sie zu suchen ...«
Er blieb erschöpft stehen.
»Ich habe Sie gebeten, in Sandas Zimmer zu bleiben, auf sie aufzupassen«, fügte er hinzu. »Ich fürchte für Sanda, nun, da Sie sie allein gelassen haben ...«
»Simina legte mir nahe, daß wir uns um ihre Mutter kümmern sollten«, entschuldigte Herr Nazarie sich schüchtern. »Denn es könnte auch ihr etwas zustoßen ...«
Egor schien aus dem Zauberschlaf zu erwachen, in dem Herr Nazarie ihn vorgefunden hatte.
»Aber ich habe nicht die geringste Ahnung, wo Frau

Moscu jetzt ist«, sagte er. »Wir sollten jemanden zu Hilfe rufen ...«
Herr Nazarie versuchte wieder, ihn zurückzuhalten. Egor drang zu tief ins Akaziendickicht vor, und über derlei Dinge hier, im Dunkeln zu sprechen war nicht ratsam.
»Wie haben Sie sich so sehr zerkratzt?« fragte Herr Nazarie.
»Was ist geschehen?«
Egor ging weiter, ohne ihm zu antworten, als ob dort, jenseits der Blumen ihn etwas locke. Fliederbüsche und wilde Johannisbrotbäume wuchsen dort ungehindert und verflochten ihre Wurzeln ineinander. Das heimtückische, dunkelgrüne Laub strömte einen starken Nachtduft aus. Unzählige längst verstummte, tote Seelen tauschten im Blättergeraschel bittere Erfahrungen aus und klagten über erlittene Verhöhnung.
»Der Doktor kann jeden Augenblick zurück sein«, sagte Herr Nazarie, um das Schweigen zu brechen.
Der Ort war ihm nicht geheuer. Er wollte umkehren. Ich sollte Egor allein lassen und auf die Veranda zurückkehren, wo die Petroleumlampe brennt. Der Doktor wird auch bald kommen, sagte er sich.
»Ich begreife nicht, was Sie zu tun vorhaben«, sprach er wieder, diesmal in strengerem Ton. »Ich jedenfalls kehre um. Ich warte auf den Doktor und reise dann ab. Ein Pfarrer müßte hierherkommen ... Sonst werden alle wahnsinnig ...«
Wie mutig, wie unmißverständlich er doch gesprochen hatte! Er gestand sich Dinge ein, über die er sich bisher selbst nicht im klaren gewesen war, erkannte, daß ein Pfarrer, ein Gottesdienst, viele Leute, viele Lichter hier von Nöten waren ...

»Ich habe Kopfweh«, erwiderte Egor schließlich. »Ich möchte ein wenig allein spazieren gehen, ein wenig Luft schnappen . . .«
Er seufzte tief auf und hob den Kopf zu den Wipfeln der Akazien. Der Mond stand nun niedriger, und der Himmel lichtete sich ringsum, ließ die silbrige Scheibe vorbeiziehen.

Nach einer Weile sah Herr Nazarie den Doktor mit einigen Vögeln zurückkehren. Ganz aufgeregt erwartete er ihn auf der Veranda. Nun würde er nicht mehr allein sein. Der Gedanke schien ihm tröstlich. Der junge Mann war nicht abergläubisch.
»Haben Sie mich schießen hören?« fragte er trocken. »Ich habe im Umkreis des Parks gejagt. So glaube ich wenigstens. Aber ich habe mich verirrt . . . Ein großartiger Schütze bin ich nicht«, fügte er hinzu und wies auf seine Beute. »Wenn die wenigstens was wert sind . . .«
Er stieg die Stufen zur Veranda hinauf und warf sich in einen Strohsessel.
»Aber ist denn niemand sonst hier?« fragte er wieder. »Ich hätte so gern ein Glas Wasser getrunken . . .«
»Ich glaube, es ist niemand mehr da«, sagte Herr Nazarie ruhig. »Die Leute sind bei der Weinlese . . . Aber Wasser ist nicht schwer zu finden . . .«
Sie betraten das Speisezimmer. Herr Nazarie, der in seiner Rechten die Lampe hielt, ging vor. Der Doktor füllte sich zwei Gläser mit Wasser.
»Herr Paşchievici«, begann er in plötzlich übermütigem Ton »er heißt doch so, nicht wahr? Herr Paşchievici scheint den Mond anzubeten . . .«
Da fiel ihm ein, daß sein Übermut im Hause einer Kranken

unangebracht war. Er riß sich zusammen, drückte seine Handflächen auf die Stirn, als betaste er irgendwelche unsichtbaren Wunden, lachte verlegen und fragte, indem er Besorgtheit vortäuschte:

»Wie geht es unserem Fräulein?«

»Sie ist noch ohnmächtig«, erwiderte Herr Nazarie. »Eine Stunde, nachdem Sie fortgegangen waren, verlor sie das Bewußtsein ... Vielleicht ist sie inzwischen sogar schon tot ...«

Herr Nazarie hatte so feierlich und so gelassen gesprochen, daß der Doktor mit starren Pupillen wie festgenagelt neben ihm stehen blieb.

»Ich hoffe, Sie scherzen«, sagte er und versuchte zu lächeln. »Doch wir Ärzte sind in der Regel humorlose Menschen ... Ich muß sie mir sofort ansehen! ...«

Geschäftig ging er ins Nebenzimmer und wusch sich dort die Hände. Er war nervös, runzelte die Stirn.

»Ich frage mich, wie man unter solchen Umständen ein Haus leer lassen kann«, fügte er hinzu.

Sie gingen beide zu Sandas Zimmer. Herr Nazarie hielt die Lampe in seiner Rechten hoch über die Schulter.

»Dabei sagte man mir, die Leute hier wären ziemlich reich«, bemerkte der Doktor leise, als sie über den Flur gingen.

Herr Nazarie war verstummt. Nun schien es hier wieder ganz anders auszusehen. Im Flur roch es anders; eine warme, frische Luft strömte ihm entgegen. Die Atmosphäre war nicht mehr so bedrückend. Man hörte ganz aus der Nähe viele jugendliche Stimmen.

»Hierher«, sagte Herr Nazarie und wies auf die Tür zu Sandas Zimmer.

Mit angehaltenem Atem klopfte der Doktor an. Sie betraten das Zimmer. Drinnen brannte, unter einem enormen pfirsichfarbenen Lampenschirm verborgen, eine Lampe mit starkem Strumpf. Frau Moscu stand auf und lächelte den Gästen höflich zu. Simina saß wie ein braves Mädchen am Rande des Bettes und blickte zu Boden.

»Wie geht es unserem Fräulein?!« fragte der Arzt leise.

»Sie hat sehr gut geschlafen«, erwiderte Frau Moscu, »sie hat den ganzen Nachmittag geschlafen. Wir konnten sie kaum aufwecken . . .«

Sie lächelte Sanda, deren Kopf von mehreren Kissen gestützt wurde, unendlich liebevoll an. Das Mädchen schien sehr müde, aber ruhig und gefaßt. Der Doktor nahm ihre Hand und maß ihr den Puls. Erstaunt runzelte er die Brauen und sagte dann beunruhigt:

»Das scheint mir aber höchst seltsam.«

Er suchte Herrn Nazaries Blick, aber der Archäologe brachte nicht den Mut auf, ihn anzusehen. Er stand in der Mitte des Zimmers und starrte ins Leere. Was hatte ich doch für eine unsinnige Angst hier vor wenigen Stunden, was hatte ich doch nur für unsinnige Träume hier . . . Nun schien alles verwandelt; alles kam ihm vertraut, warm, natürlich vor.

». . . Und doch finde ich da etwas unbegreiflich«, sagte der Doktor wieder. »Ich habe den Eindruck, daß das Fieber steigt . . . Haben Sie ihr die Temperatur gemessen?«

»Ich fühle mich jetzt viel besser«, flüsterte Sanda.

Welch erloschene, tränenvolle Stimme . . . Es war eine Stimme, die sich auf das große Schweigen gefaßt machte. Herr Nazarie fuhr zusammen. Er spürte die Nähe des Todes bis ins Mark seiner Knochen.

»Sie war heute sehr aufgeregt«, sagte Frau Moscu. »Stellen Sie sich vor, sie hat sich ganz unerwartet verlobt.«

Darauf fing sie an zu lachen und blickte bald zu Sanda, bald zu den beiden Männern.
»Stellen Sie sich vor, sie hat in diesem Bett mit Herrn Paşchievici Verlobung gefeiert!«
Die seltsame Verlobung schien sie gar nicht zu verärgern.
Als er Egors Namen nennen hörte, sah der Doktor wieder zu Herrn Nazarie hin. Diesmal kreuzten sich ihre Blicke.
Nun begreife ich wirklich nichts mehr, sagte sich der Arzt. Auch dieser Paşchievici ist übergeschnappt ...
»Sie ist eine ungeduldige Braut«, fuhr Frau Moscu fort.
»Ihr Verlobter, Herr Paşchievici, hat ihr versprochen, daß sie sehr bald von hier abreisen werden, um in Bukarest Hochzeit zu feiern.«
»Das ist nicht wahr, Mama«, verteidigte sich Sanda mit noch matterer Stimme. »Ich werde das tun, was du willst ...«
Simina lächelte. Der Arzt warf ihr einen verständnislosen Blick zu. Das überlegene Lächeln, die ernste Miene, der harte Blick dieses frühreifen Kindes gaben ihm Rätsel auf.
»Aber es ist Zeit, zu Tisch zu gehen«, sprach Frau Moscu.
»Simina, sag der Amme, sie kann das Essen auftragen ...«

Als sie ins Speisezimmer zurückkehrten, erwartete die Amme sie an der Tür.
»Wir haben bloß Käse und Milch«, antwortete sie Frau Moscu.
»Es wird sich auch noch etwas anderes finden«, sagte Frau Moscu. »Schau in der Kammer nach, dort gibt es gewiß noch Zwieback, Obst und Konfitüre.«
Der Arzt hatte das Gespräch mit angehört und errötete

plötzlich. Er kam sich lächerlich vor, beschämt und gekränkt, weil er unaufgefordert zum Essen geblieben war. Hilfesuchend, blickte er zu Nazarie, stieß jedoch nur auf das ferne und bittere Lächeln von Simina. Herr Nazarie war auf die Veranda hinausgegangen, um Egor zu holen. Er hatte ihn auf der Hauptallee heranschlendern sehen und ging ihm entgegen, als müsse er ihn wachrütteln.

»Sanda ist wohlauf, ich war mit dem Doktor bei ihr«, sagte er ihm geschwind. »Ich habe sogar mit ihr gesprochen. Sie ist noch sehr geschwächt, aber nicht mehr in Gefahr . . .«

Er warf einen forschenden Blick auf Egors Kleidung und sein Gesicht. Der Maler schien in besserer Verfassung zu sein, denn sein Haar war nun gekämmt, sein Anzug sauber. Auch sein Gesichtsausdruck war nun konzentrierter, energischer.

»Ich habe mich auch nicht wohlgefühlt, aber jetzt habe ich es überwunden«, sagte Egor. »Nach dem Essen müssen wir uns aber zusammensetzen und beraten . . .«

Als Egor das Speisezimmer betrat, fiel sein Blick auf Simina. Das Mädchen sah brav und ruhig zu ihm auf, wie es sich für ein wohlerzogenes Kind gegenüber einem Gast schickt. Was um Gottes Willen ist *dort* geschehen, dachte Egor erschauernd. Was ist wirklich geschehen, und was war nur ein Traum?« . . .

»Herzlichen Glückwunsch zur Verlobung, Herr Paşchievici!« sagte Frau Moscu ironisch.

Egor verbeugte sich, wollte etwas sagen, beherrschte sich jedoch und biß sich auf die Lippen. Die geschwollene Unterlippe tat ihm weh. Er zuckte zusammen und sah wieder zu Simina hin. Das kleine Mädchen tat so, als habe es nichts bemerkt. Es wartete auf das Zeichen, sich setzen zu dürfen. Die Amme ließ lange auf sich warten . . .

Herr Nazarie tuschelte mit dem Doktor auf der Schwelle der Veranda. Wiewohl er sich dessen bewußt war, eine arge Unhöflichkeit zu begehen, ließ Egor Frau Moscu allein mit Simina und ging zu den beiden Männern, die über Sanda sprachen. Als sie merkten, daß Egor auf sie zutrat, schwieg der Doktor verlegen.

»Ich fragte mich, wieso Sie allein zurückgekehrt sind«, sagte er schließlich. »Wo Sie wohl Ihre Begleiterin gelassen haben, ich meine die Dame oder das Fräulein . . .«

Darauf lächelte er plump. Egor wurde aus seinen Worten nicht klug.

»Das Fräulein, mit dem Sie vor einer Stunde im Park spazierten«, fuhr der Doktor ironisch fort. »Ich kam gerade von der Jagd, und da habe ich Sie unwillkürlich gesehen . . .«

Er lächelte wieder und blickte bald zu Egor und bald zum Archäologen.

»Es stimmt, daß ich einen langen Spaziergang im Park gemacht habe, aber *allein* . . .«, sprach Egor leise.

»Vielleicht habe ich eine Indiskretion begangen . . .« entschuldigte sich der Arzt.

»Keineswegs«, unterbrach ihn Egor. »Aber ich versichere Ihnen, daß ich allein spazieren gegangen bin. Übrigens gibt es in einem Umkreis von zehn Kilometern keinen anderen Gutshof. Und die Familie Moscu haben Sie ja, glaube ich, vollzählig kennengelernt . . .«

Der Arzt hörte ihm verwirrt zu und wurde wieder rot. Anfangs glaubte er, dies sei ein weiterer Scherz wie der Herrn Nazaries über Sandas Tod. Dann fürchtete er, Egor wolle ihn zum besten halten.

»Ich habe jedenfalls ganz deutlich ein weibliches Wesen an Ihrer Seite gesehen«, sagte er gereizt. »Von weitem schien mir die Kleidung der Dame überaus luxuriös und elegant, viel zu elegant für einen Spaziergang im Park, und daher war ich auch erstaunt . . .«

Herr Nazarie erschauerte und schloß die Augen. Auch Egor hörte nun aufmerksamer zu und war von den Worten des Arztes betroffen.

»Vielleicht war es dieser Aufzug, der mich veranlaßte, das Paar mit so indiskreten Blicken zu verfolgen . . .«

Da gesellte sich plötzlich Simina zu ihnen.

»Die Milch wird kalt«, sagte sie überaus höflich und bat sie zu Tisch.

Die drei Männer sahen einander erstaunt an und gingen ins Speisezimmer.

## XIV

Der Arzt fühlte sich sehr müde und zog sich als erster auf das Zimmer zurück, das die Amme für ihn vorbereitet hatte. Die Jagd hatte ihn aufgerieben. Die kranken, überreizten Menschen bei Tisch, die nie zur Sache sprachen, hatten ihn verärgert. Auch schämte er sich, zwei volle Teller warme Milch und das größte Stück Käse verspeist zu haben, wenn auch außer Frau Moscu niemand Hunger gehabt zu haben schien ... Es war das unerquicklichste Essen in seinem ganzen Leben gewesen, und das gerade auf einem Gutshof, bei so reichen Leuten ... Bezahlt wurde er allerdings fürstlich. Gleich nach Tisch hatte Frau Moscu ihm in einem Umschlag tausend Lei überreicht.

Nichts gefiel ihm in diesem seinem Zimmer, aus dem gerade jemand ausgezogen zu sein schien, jemand, der lange hier gewohnt und allem seinen Stempel aufgetragen hatte. Die Anordnung der Möbel entsprach nicht seinem Geschmack. Im Zimmer roch es nach längst gepflückten Blumen, die irgendwo, vielleicht auf dem Schrank, vielleicht in der Kohlenkiste vor dem Ofen welkten. An der Wand hing ein einziges unscheinbares, von Fliegendreck beschmutztes Bild über dem Bett. Jemand hatte es vermutlich geliebt und hatte ihm über seinem Bett einen Ehrenplatz angewiesen. Das Zimmer wird bis vor wenigen Tagen bewohnt gewesen sein, man wird es mir zugeteilt haben, weil es möbliert ist und die Leute die ganze Bettwäsche hier gleich zur Hand haben, dachte der Arzt.

Er zog sich geschwind aus, löschte die Lampe und warf sich ins Bett. Es würde eine kurze Nacht werden, denn in aller Frühe sollte ihn die Magd wecken, damit er den ersten Zug nach Giurgiu erreichte. Welch sonderbare Menschen,

diese Gäste! Dabei überaus freundlich; sie werden morgen in aller Herrgottsfrühe aufstehen, um mich zum Bahnhof zu bringen. Sie wollten sich am Abend nicht verabschieden, behaupteten, es würde ihnen Vergnügen bereiten, mich zu begleiten. Hm! . . .
Er hatte das Gefühl, schnell einschlafen zu können. Am Fenster, ihm gegenüber wachte der Mond.

»Wir müssen zusammen beten«, sagte Herr Nazarie und versuchte, dem Maler Gelassenheit vorzutäuschen. »Das wird uns helfen . . .«
Während er sprach, schien das Grauen, das er in Egors Augen las, sich jedoch auf ihn zu übertragen.
»*Glauben Sie* wirklich alles, was der Doktor gesagt hat?« fragte Herr Nazarie wieder. »Ist so etwas Entsetzliches überhaupt vorstellbar?«
Ein andermal, vor längerer Zeit hatte jemand auf dem Feld – in einer Nacht wie dieser – das gleiche gefragt. Es war damals kälter gewesen, denn der Wind hatte sich erhoben, aber es hatte nicht diese starre, unvergleichbare Stille geherrscht.
Nun war die Verlassenheit trotz der im Zimmer brennenden Lampe und ihrer beider Schritte nicht zu vertreiben. Die Geräusche wurden wie von Filz geschluckt. Es war wie verhext.
»Wir müssen beten«, sprach Herr Nazarie wieder, »um Mut zu fassen . . .«
Egor schenkte sich noch ein Glas Kognak ein, ohne zu erwidern. Er lächelte, aber seine Hand zitterte, als er die Flasche auf den Tisch zurückstellte.
»Ich habe Angst um Sanda«, sagte er nach einer Weile. »Vielleicht sollten wir uns diese Nacht gar nicht schlafen

legen ... Wir sollten auf sie aufpassen, zumindest ich ...«
Herr Nazarie trat ans Fenster. Es stand offen und ließ das Dunkel der Nacht hereinfluten.
»Schließen Sie es nicht?« fragte er. »Wollen Sie bei offenem Fenster schlafen?«
Egor versuchte zu lachen.
»Ich fürchte nicht, bei offenem Fenster zu schlafen«, sprach er trocken. »Dort geschieht nichts ...«
Dabei zeigte er mit kurzer Geste auf den Garten, den Mond, den Himmel.
»Ich fürchte nicht einmal den Mondschein«, fügte er hinzu. »Übrigens wird er bald verschwinden ... Nach Mitternacht geht der Mond unter ...«
Herr Nazarie erkannte an Egors Stimme, wie sehr ihm die Angst zusetzte. Der Maler war wie von Sinnen. Oder vielleicht hatte er sich einen Rausch angetrunken? So schnell?
»Wenn Sie wollen, schlafe ich heute Nacht hier, bei Ihnen«, sagte Herr Nazarie.
Egor fing wieder an zu lachen. Er warf sich aufs Kanapee, die brennende Zigarette zwischen den Fingern. Seine Stimme klang nun tiefer; er versuchte, ihr einen beiläufigen, vulgären Tonfall zu geben.
»Das geht nicht«, sagte er. »Ich muß mein Wort halten, was immer auch geschehe ... Ich werde die ganze Nacht kein Auge schließen, aber es muß sein ...«
Ist das *mein* Gedanke? Ist das *wirklich* mein Gedanke? fragte sich Egor entsetzt. Vielleicht ist sie es gar, die mir befiehlt, was ich tun und lassen soll? ... Alle Gegenstände im Zimmer drehten sich plötzlich im Kreis um ihn. Er faßte sich an den Kopf. Herr Nazarie fing mit halbge-

schlossenen Augen zu beten an. An Egors Ohr drangen nur ab und zu Wortfetzen, die ihm sinnentleert schienen.

»Könnte ich mich doch nur an alles erinnern, was geschehen ist«, sagte der Maler nach einer Weile, mehr zu sich selber sprechend.

Plötzlich hörte man ein dumpfes, fernes Geräusch. Die beiden Männer erbleichten und sahen einander lange an. Hatte sich jemand an der Wand angestoßen? War irgendwo, am Ende des Flurs ein Holztisch umgefallen? Da erinnerte Herr Nazarie sich plötzlich mit alberner Genauigkeit an die Worte des Liedes *Les vieilles de notre pays*... Er sah Egor tief in die Augen. Ich habe mich nicht getäuscht, er hat das gleiche gehört ...

»Es dürfte jemand von der Weinlese zurückgekehrt sein und uns suchen«, sagte Egor, jedes seiner Worte bedächtig und hartnäckig betonend.

»Ja, es sind menschliche Schritte«, stimmte Herr Nazarie ihm bei.

Er lauschte wieder. Die schwerfälligen Schritte näherten sich. Der Mann, der im Dunkel wie ein Betrunkener von Wand zu Wand torkelte, schien jemanden auf dem Rücken zu tragen.

Ob Sanda etwas zugestoßen ist? fragte sich Egor angsterfüllt.

Er sprang auf, trat zur Tür, öffnete sie und blieb mit geballten Fäusten auf der Schwelle stehen. Nach wenigen Minuten tauchte der Doktor in Jagdstiefeln und Nachthemd auf. Er zitterte vor Kälte. In seiner Rechten hielt er das Gewehr im Anschlag.

»Ich störe doch nicht?«, stammelte er, trat ins Zimmer und schloß geschwind die Tür hinter sich. »Ich konnte nicht einschlafen, und so dachte ich mir ...«

Erschöpft ließ er sich auf den Rand des Bettes fallen. Seine schweren Tritte hallten auf den Dielen dumpf wieder.
»Ich konnte nicht einschlafen, und da sagte ich mir . . .«
Er kam sich plötzlich lächerlich vor, wie er so im Nachthemd und das Gewehr im Anschlag auf dem Bettrand saß. Gern hätte er es versteckt.
»Ich wußte nicht recht, wo Ihr Zimmer liegt, und nahm daher das Gewehr mit, um mich nicht an den Möbeln anzustoßen. Es ist ja so dunkel im Flur . . .« sprach der Doktor wieder fröstelnd.
»Ist es wenigstens geladen?« fragte Egor ironisch.
»Ich habe den ganzen Tag damit gejagt« sagte der Doktor. »Es ist ein gutes Gewehr.«
Er verstummte plötzlich und sah bald den einen, bald den anderen an.
»Sprechen Sie doch ruhig weiter«, sagte er, als er merkte, daß die beiden einander ebenso unschlüssig anblickten. »Ich hoffe, ich habe Sie nicht gestört.«
»Keineswegs«, sagte Herr Nazarie. »Wir hatten uns noch nicht schlafengelegt.«
»Schlafen Sie im selben Zimmer?« fragte der Doktor erstaunt und mit unverhohlenem Neid.
»Nein, das ist das Zimmer von Herr Paşchievici. Es ist das schönste Zimmer, es hat einen Balkon«, sprach Herr Nazarie.
Der Doktor betrachtete eingehend das Bett des Malers und bemerkte dann bleich und nervös: »Sie haben ein gutes Bett, ein ausgezeichnetes Bett.« Darauf schielte er beschämt zu den beiden hinüber. Egor schenkte ihm ein Glas Kognak ein.
»Damit Sie sich keine Erkältung holen«, sagte er sanft und reichte ihm das Glas.

Gierig griff der Doktor danach und trank es in einem Zug leer. Das Brennen in der Kehle tat ihm wohl, rüttelte ihn wach. Vertrauensvoller umklammerte er den Gewehrlauf. Dieses Zimmer war so hell erleuchtet, es strömte so viel Sicherheit aus . . . Hier knarrte das Bett nicht, kein Möbelstück rührte sich vom Fleck, die Dielenbretter zuckten nicht unter den Strahlen des Mondes. Hier schien der Mond nicht direkt zum Fenster herein, und es gab auch nicht so viele Nachtfalter . . .

»Merkwürdig, wie mir der Schlaf vergangen ist . . .«

Der Arzt kam allmählich wieder zu sich. Er hatte die Müdigkeit überwunden, war nicht mehr schläfrig. Hätte er jedoch die Augen geschlossen, so hätte er wieder das gleiche leichte Beben des Bettes gespürt, das gleiche krankhafte Zittern der Kissen, das Schwanken des Zimmers. Die panische Angst, mit der er wie von einer unheimlichen Riesenhand geweckt, aus dem Schlaf gefahren war, hätte gewiß wieder von ihm Besitz ergriffen.

»Ich hoffe, ich habe Sie nicht gestört«, wiederholte er und hielt weiterhin den Gewehrlauf fest umklammert.

Was hätte er ohne Waffe angefangen? Wie hätte er sich auf diesem endlos langen und öden Korridor allein im Dunkeln hierher gewagt.

»Wir sind heute nacht auch nicht allzu gesprächig«, sagte Egor. »Es ist nett, Sie bei uns zu haben«.

»Wie spät mag es sein?« fragte der Doktor.

»Viertel nach elf«, erwiderte Egor lächelnd.

»Und ich muß schon so früh aufstehen«, stöhnte der Doktor. »Ist der Bahnhof weit? . . .«

»Sechs Kilometer. Aber Sie werden doch nicht jetzt gleich aufbrechen wollen?« . . .

Der Arzt blieb die Antwort schuldig. Er betrachtete wie-

der erstaunt das Bett, stand dann auf und schritt im Zimmer auf und ab.
»Ehrlich gesagt, ist mir der Schlaf völlig vergangen«, sprach er, zu Boden blickend. »Und das Zimmer, das man mir zugewiesen hat, gefällt mir ganz und gar nicht ... Es liegt so abseits ... Und die Möbel sind uralt, sie knarren alle so, daß man aus dem Schlaf fährt ...«
Egor versuchte, einen Blick des Archäologen zu erhaschen, Herr Nazarie vermied es jedoch, den Maler anzusehen.
»Wenn Sie wollen, können Sie in meinem Zimmer schlafen«, wandte er sich an den Arzt.
»Und Sie schlafen hier?«
»Nein, ich bleibe bei Ihnen ... Ich habe ein Zweibettzimmer ...«
Die Augen des Arztes leuchteten freudig auf. Er trat auf Nazarie zu.
»Übrigens haben wir ja auch ein Gewehr, Sie brauchen keine Angst zu haben«, fügte er geschwind hinzu. »Wir schlafen vom Gewehr flankiert ... Wenn ich nur schlafen könnte«, fügte er, die Stimme senkend, hinzu, »ich bin nämlich überhaupt nicht mehr schläfrig ...«

Auf der Schwelle hielt Egor ihn zurück.
»Sagen Sie mir ehrlich, wie denken Sie über den Zustand von Fräulein Moscu?« fragte er.
Der Doktor zwinkerte mit den Augen.
»Ich glaube, sie macht nicht mehr lange mit«, entschlüpfte es ihm.
»Sie ist meine Braut«, fuhr Egor ihm streng ins Wort und sah in fest an.
»In der Tat ... das ist höchst merkwürdig«, murmelte der Arzt. »Es könnte immerhin sein ...«

Egor blieb noch lange an der Tür stehen und lauschte den verhallenden Schritten. Durch welches Wunder hatte er sich plötzlich beruhigt? Er war gelassen, besonnen, fühlte sich gestärkt, unerschrocken. Die Hände in den Taschen, begann er nachdenklich im Zimmer auf und ab zu gehen. Es ist fast zwölf Uhr, fiel ihm ein. Aber was hatte das schon zu bedeuten? Die Stunde war belanglos. Alles nur Aberglaube. Er durfte die Hoffnung nicht aufgeben ... Gewicht hatte nur sein unerschütterlicher Glaube an Sandas Genesung. Seine große Liebe zu ihr hielt ihn wach und flößte ihm Kraft ein.

Er hörte keine Geräusche, keine Schritte mehr. Der Mond ging irgendwo hinter dem Park unter. Egor fühlte sich allein und das stärkte ihn nun, gab ihm Mut. Ob ich wohl träume? sagte er sich, die Brauen runzelnd. Oder, vielleicht, wer weiß? Wenn ich nur schnell erwachen könnte ... Er schlug die Arme übereinander. Nein, er schlief nicht. Dort brannte die Lampe, dort brach das Dunkel durchs Fenster, da standen der Stuhl und der Tisch und die halbgeleerte Kognakflasche. Alle Dinge in seinem Zimmer standen an ihrem Platz. Genau wie tagsüber, genau wie im Traum ...

Er durchmaß wieder mit langen, rhythmischen Schritten das Zimmer. Ich muß endlich aufwachen, sagte er sich. Wenn ich wirklich schlafe, muß ich doch auch erwachen können. Ich werde *ihre* Stimme hören, werde den Veilchenduft spüren – und werde wach werden.

Aber er hörte nichts. In seinen Nüstern spürte er nur immer die gleiche kalte, scharfe Luft, die durchs Fenster einströmte und manchmal einen Kognakgeruch, einen vagen Hauch von Tabak. Alles vollzog sich in seinem Zimmer.

Er ging mehrmals an der Tür vorbei, ohne sich entschließen zu können, sie abzusperren. Es ist besser, sie offenzulassen. Wie man es mir im Traum aufgetragen hat. Wenn meine Liebe stärker ist, wenn ... Er hätte seinen Gedanken fortführen wollen: Wenn Gott und die Muttergottes mir helfen ... Aber er konnte seinem Vorsatz nicht treu bleiben. Seine Sinne verwirrten sich eine Weile. Er hatte den Eindruck, daß er kämpfe, um aus dem Traum zu erwachen. Er streckte die Arme aus, spürte sie vor sich, gebogene, leicht fröstelnde Arme. Er träumte nicht. Heute würden sich *andere* Dinge begeben ...
Er faßte einen Entschluß: *Er würde die Tür nicht absperren.* Er würde nur das Fenster schließen. Denn es begann kalt zu werden. Es war tatsächlich zu kalt ...
Wie ruhig er sich doch an den Tisch setzte, wie gelassen er sein Kinn in die Hände stützte und zur Tür blickte, stirnrunzelnd und doch mit jugendlichem Flackern in den Augen ...

## XV

Die Zeit verstrich sehr langsam. Egor merkte nach einer Weile, daß seine Zigarette auf dem kalten Rand des Aschenbechers erloschen war, die Zigarette, die er sich vor längerer Zeit, vielleicht unbewußt, angezündet hatte. Was hatte er in all der Zeit getan, wohin waren seine Gedanken geschweift? . . . Die Lampe rauchte leicht, als sei die Luft von einem fremden Atem durchschauert, den er nicht spürte. Und doch war niemand mehr im Zimmer, war noch niemand gekommen. Das Zimmer war unverändert – starr, öde. Staunend merkte Egor, daß er wieder an seinem Tisch saß, ruhig, ohne jede Erinnerung. Er verfiel in völlige Gleichgültigkeit, kein Wunder konnte ihn jetzt noch erschüttern. Dabei war ihm sein Gleichmut gar nicht bewußt. Ihm war, als erwachte er plötzlich aus einem ungewöhnlichen Traum, den mehrere Leute zugleich träumten, Menschen, die er nicht sah, deren Anwesenheit er jedoch ahnte . . .

Dennoch stand er auf, ging zur Lampe und drehte den Docht herunter. Er bemerkte, daß es im Zimmer sehr kalt geworden war, *er selber* spürte jedoch nicht die Kälte in sich, sondern stellte sie nur um sich im Raum fest. Er trat ans Fenster, fand es geschlossen, lehnte eine Weile seine Stirn an die Scheibe und blickte hinaus in die Nacht. Da hatte er den Eindruck, ganz in der Ferne ein Stöhnen zu hören. War es wirklich ein Stöhnen, oder hatte nur ein dürrer Ast unter den Schritten eines Menschen geknarrt? Er trat vom Fenster zurück und lauschte, den Kopf ein wenig erhoben. »Schließe nachts die Tür nicht ab!« Er erinnerte sich ganz genau an Siminas Worte. Als ob sie nicht auch auf andere Weise zu ihm kommen könnte, im

Traum, durch die Scheiben ... Zweifelsohne hatte jemand weit weg im Traum gestöhnt. Vielleicht Herr Nazarie oder eher der Arzt.
Egor setzte sich wieder an den Tisch. Es hat keinen Sinn, sich etwas vorzumachen; ich rede mir ein, daß es nur ein Stöhnen war, um ihre Schritte nicht zu hören; aber es nützt nichts. Es waren nicht mehr die Dielenbretter und auch nicht die Holzbänke, die so dumpf knarrten. Man hörte nun deutlich den Schall leichter, eiliger Schritte entlang des Korridors. Wenn ich doch nur aufwachen könnte, dachte Egor erschauernd. Doch dann begriff er, daß er sich nur wieder selbst zu täuschen versuchte, indem er sich einredete, alles geschähe nur im Traum, indem er *zu träumen* hoffte.
Plötzlich bedauerte er, bisher nichts getan, sich nicht vorbereitet, sondern sich mit Warten begnügt zu haben. Erschöpft spürte er, wie die Zeit verrann, sinnentleert schwanden die Augenblicke dahin, ohne jede Hoffnung, unwiederbringlich.
Die Schritte waren bereits seit einer Ewigkeit zu hören. Die Geräusche, gedämpft und leise, drangen kaum bis zu ihm. Das leichte Schlürfen eines Pantoffels vor der Tür und dann eine Weile Stille. Jemand wartet draußen, wartet und zögert, oder sollte die Tür wirklich abgesperrt sein? hoffte Egor zitternd. Vielleicht habe ich sie im Traum abgesperrt. Und sie wird nicht wagen, hereinzukommen ...
Jemand klopfte mehrmals kurz und hastig an seine Tür; es war das Klopfen einer erregten Frau. Egor erhob sich, blieb aber stehen und griff krampfhaft an den Tisch. Er war sehr bleich, und seine tiefliegenden Augen brannten wie behext. Sie sahen krank aus, hatten einen harten Ausdruck

und waren von dunklen Augenringen umschattet. Das Klopfen an der Tür wurde ungeduldiger.
»Komm herein!« stöhnte Egor.
Seine Kehle war ausgedörrt, er rang um Atem. Die Tür ging langsam auf, und auf der Schwelle erschien Fräulein Christine. Sie heftete ihren Blick auf Egor, starrte ihn eine Weile an. Dann erstrahlte ihr Gesicht in einem unbeschreiblichen Lächeln. Sie streckte sanft den Arm zur Tür aus und drehte den Schlüssel um.

Mit weit offenen Augen starrte Herr Nazarie im Dunkeln zur Decke. Er atmete leise, vermied jedes Geräusch, um zu erkunden, was sein Zimmerpartner tat. War der Doktor aufgestanden und suchte etwas auf dem Tisch, tastete in der Stockfinsternis herum, stieß sich an Möbeln an und hielt sich dann an ihnen fest, um nicht zu zittern? Die Laute klangen gepreßt, als stieße sie jemand aus, dem eine unsichtbare Hand die Kehle zuschnürte. Doch sie verstummten rasch, wie von Filz verschluckt, und die Stille, die darauf folgte, wirkte noch unnatürlicher, noch bedrohlicher.
Herr Nazarie lauschte mit zusammengepreßten Lippen und wagte nicht, sich zu rühren, sich die kalten Schweißtropfen von der Stirn wegzuwischen. Wann hatte er je so geschwitzt, daß sein ganzer Körper wie in Schweiß gebadet war? Hatte der Doktor einen Alptraum und irrte nun wie ein Schlafwandler im Zimmer herum. Würde er nicht beim Erwachen in dieser bedrückenden Dunkelheit vor Entsetzen laut aufschreien?
Da hörte er ganz in seiner Nähe das Kratzen einer Kralle an der Wand. In langen Strichen fuhr die Kralle sachte über die Wand, als bemühe sie sich durchzudringen und unter-

suche sie auf ihre Festigkeit. Herr Nazarie sprang in die Mitte des Zimmers; sein Mund war verkrampft, seine Hände kalt. Er stieß an einen steifen Körper. Der Arzt stöhnte erschauernd, als Herr Nazarie ihn am Arm packte.

»Was taten Sie hier?« fragte ihn Herr Nazarie gepreßt.

»Ich hatte den Eindruck, es ginge hier jemand herum«, flüsterte der Arzt. »Ich hatte den Eindruck, jemand kratze von außen an der Wand ... Haben auch Sie das Geräusch gehört? ...«

»Vielleicht ist ein Vogel im Nebenzimmer«, sprach Herr Nazarie.

Aber er war sicher, daß das Kratzen nicht von einem Vogel herrührte. Die Kralle war steif und mit zu viel Wucht über die Wand geglitten.

»Haben Sie etwas auf dem Tisch gesucht?« fragte wieder Herr Nazarie. »Sie haben mich erschreckt ...«

»Das war nicht ich, der herumging«, gestand der Doktor. »Das sind Geister, böse Geister ...«

Er redete wirr, seine Hände zitterten. Er wollte sein Gewehr holen, das er an die Wand gelehnt hatte, fürchtete jedoch, sich von Herrn Nazarie zu entfernen. Er hatte ihn am Arm gefaßt und hielt ihn fest.

»Haben Sie ein Streichholz?« fragte Herr Nazarie. Das Sprechen fiel ihm schwer.

»Die Schachtel liegt auf dem Tisch ...«

Sie näherten sich beide dem Tisch, bedacht, sich nicht an einem Stuhl zu stoßen. Herr Nazarie betastete vorsichtig den Tisch, bis er die Schachtel mit den Streichhölzern fand. Als er eines anzündete, zitterte seine Hand.

»Vielleicht haben wir uns grundlos erschreckt«, murmelte er.

»Nein, ich bin sicher, ich bin sicher . . .«
Der Doktor stammelte sinnlose Worte. Er preßte seine Hand aufs Herz, das unter dem Hemd wie in einem Krampf erstarrt zu sein schien.
Dann versuchte er, sich zusammenzureißen und sagte schließlich:
»Wir sollten fortgehen. Ich kann nicht mehr in diesem Zimmer bleiben . . .«
»Es wird ja bald Tag«, beruhigte ihn Herr Nazarie. »Wir warten besser ab . . .«
Sie blickten einander an, jeder erschrak über die Angst des anderen.
»Bis dahin könnten wir beten«, fügte Herr Nazarie hinzu.
»Ich bete andauernd«, flüsterte der Arzt. »Aber es nützt nichts, ich höre immer noch die gleichen Geräusche . . .«
Die Lampe brannte mit niedriger Flamme. Die Stille war so vollkommen, daß ihr Atem wie ein Keuchen klang, als seien sie krank. »Hören Sie *jetzt* nichts?« fragte der Arzt unversehens.
Herr Nazarie sah sich geschwind um. Es waren nun nicht mehr die gleichen Geräusche, sie kamen weder aus dem Zimmer, noch von nebenan. Jemand schritt leise und vorsichtig draußen über den Kies. Er trat ans Fenster. Zunächst sah er nichts. Die Lampe stand zu nah, ihr fahles Licht trübte das Glas der Scheibe.
»Und doch ist es deutlich zu hören«, flüsterte wieder der Doktor und trat auch ans Fenster.
Das Auge gewöhnte sich schnell an das Dunkel. Mitten auf der Allee schritt tatsächlich jemand überaus vorsichtig und stumm wie ein Schlafwandler einher.
»Es ist Simina!« sagte Herr Nazarie ganz aufgeregt. »Viel-

leicht kommt sie uns rufen. Vielleicht hat sich der Zustand der Kranken verschlimmert . . .«

Das Mädchen schlug jedoch eine andere Richtung ein. Es ging zum großen Rondell. Der Arzt folgte ihr schweigend mit dem Blick.

»Was um Gottes Willen treibt sie nachts allein im Park?« sprach Herr Nazarie mit zugeschnürter Kehle. »Ich fürchte, es könnte ihr etwas zustoßen . . .«

Er blieb eine Weile am Fenster stehen, spähte ins Dunkel hinaus, bemüht zu sehen, wie weit Simina gelangt war. Dann faßte er plötzlich einen Entschluß, kehrte ins Zimmer zurück und suchte seine Schuhe.

»Wir müssen feststellen, wohin sie geht«, sagte er beunruhigt, »und müssen erfahren, was geschehen ist.«

Er zog sich eilig an. Der Doktor betrachtete ihn fassungslos, als begreife er nicht, was sein Zimmerpartner vorhatte.

»Kommen Sie nicht mit?« fragte ihn Herr Nazarie.

Der Arzt schlüpfte in seine Stiefel und zog sich den Mantel über dem Nachthemd an.

»Wieso hat sie uns nicht gesehen?« staunte er. »Wir haben doch in vollem Licht am Fenster gestanden, und sie ist direkt an unserem Fenster vorbeigegangen . . .«

Herr Nazarie schloß entsetzt die Augen.

»Sollte sie uns wirklich nicht bemerkt haben?« fragte er im Flüsterton. »Sollte sie wirklich eine Schlafwandlerin sein? . . . Wir müssen sie einholen, ehe es zu spät ist . . .«

Das Umdrehen des eisernen Schlüssels im Schloß war der letzte lebendige Laut, den Egor hörte. Christines Schritte erzeugten ein anderes Geräusch. Ihr Widerhall drang klangvoll an sein Ohr, mutete ihn jedoch wie ein Raunen aus fremden Gefilden an.

Die Augen starr auf Egor gerichtet, ging Christine bis zur Mitte des Zimmers. Könnte ich doch nur die Augen schließen, dachte der Maler. Schließe sie nicht, Geliebter! ermahnte er sich plötzlich an Stelle Christines, die die Worte nicht aussprechen konnte. Hab keine Angst vor mir!
Er spürte deutlich, wie Christines Gedanken sich seiner bemächtigten; mühelos konnte er sie nun von seinen eigenen Gedanken, seinen Angstvorstellungen unterscheiden. Dabei war er weniger entsetzt, als er befürchtet hatte; zwar bedrückte ihn Christines Nähe und die Luft, die er einatmete, wurde immer heißer, immer dünner, doch es gelang ihm, aufrecht dazustehen, ohne daß ihm die Hände zitterten, ohne daß seine Sinne sich verwirrten. Er konnte Christine von Kopf bis Fuß sehen, und kein Zucken ihres wächsernen Gesichtes entging ihm. Der Veilchenduft hatte sich nun im ganzen Zimmer verbreitet. Christine schien erregt. Ihr Busen wogte, als könne sie es kaum erwarten, sich dem Manne hinzugeben. Warum löschst du das Licht nicht aus, Liebling? sprach Egor Christines Wunsch in Gedanken aus. Aber es gelang ihm, Widerstand zu leisten. Er wartete darauf, daß etwas Schreckliches geschah, Christine die Lampe ausblies oder sich eng an ihn schmiegte. Aber Christine geduldete sich, bewegt sah sie ihm in die Augen, ließ zuweilen ihre Blicke über seine festen Arme, über seine an den Tisch geklammerten Hände gleiten. Unter großer Selbstüberwindung setzte Egor sich. Dabei wolltest du mich doch einmal malen, hörte er Christines Gedanken, wolltest mich auf deine Weise malen . . .
Christine lächelte verlegen, ging zum Bett, setzte sich äußerst behutsam und fast geräuschlos hin und begann mit weichen, ungemein graziösen Gesten ihre Handschuhe abzustreifen. Egors Herz stand eine Weile still, von Blut

überflutet. Warum hilfst du mir nicht? staunte Fräulein Christine errötend. Was bist du doch für ein schüchterner Liebhaber, Egor ... Wie häßlich von dir, so abseits zu stehen ... Willst du mich nicht nackt sehen? ... Das habe ich noch für niemanden getan, Geliebter! Aber deine Augen locken mich, sie rauben mir die Sinne, Egor! Was könnte ich ihnen anderes bieten als den Schnee meines Körpers? Du weißt, wie schön ich bin, weißt es nur allzu gut! ...

Egor versuchte die Augen zu schließen; die Lider gehorchten nicht, sein Blick blieb an Christines Körper haften. Sie fing an, sich auszuziehen, nahm mit ungemein eleganter Geste den Hut ab und legte ihn aufs Nachtkästchen neben die schwarzen Seidenhandschuhe. Die ruhigen, königlichen Gebärden konnten ihn nicht über ihre uneingestandene Angst hinwegtäuschen. Du wirst nie ermessen können, was ich für dich getan habe, Egor! ... Welchen Mut ich aufgebracht habe ... Wenn du wüßtest, welcher Fluch auf mir lastet ... Die Liebesvereinigung mit einem Sterblichen! Sie lächelte traurig und erschöpft; die Schwermut schien ihr Tränen in die Augen zu treiben. Aber Egors Anwesenheit munterte sie auf. Die Nähe seines männlichen Körpers schien ihre Traurigkeit und Angst zu verscheuchen. Sie stand auf und löste ihren Seidenkragen vom Kleid. So kam ihr zarter, samtener, strahlend weißer Hals besser zur Geltung. Auf dem bleichen Hintergrund der Wand zeichnete sich nun ihre üppige, stolze Büste ab. Sie hatte feste, pralle Mädchenbrüste, die von den Schnüren des Korsetts hoch hinauf gepreßt wurden.

Nun wird sie sich ganz ausziehen, dachte Egor schaudernd. Zugleich mit lähmendem Entsetzen und Abscheu spürte er den Stachel eines krankhaften Verlangens nach

Wollust, nach Christines verderblicher Liebkosung. Das demütigte ihn und machte ihn gleichzeitig rasend. Das Blut pochte heiß in seinen Ohren, in seinen Schläfen. Der Veilchenduft, der immer stärker wurde, betäubte ihn. Aus dem Bett drang das Rascheln von Seide an ihrer Haut, er atmete den warmen Geruch ihrer aus dem Mieder befreiten Brüste. Ich bin der helle Abendstern, hörte Egor Christines unausgesprochene Worte. Und dich wähl ich zur Braut mir! fuhr sie mit demselben schwermütigen Lächeln fort. Ihre Gesichtszüge waren von Sehnsucht, Unruhe und Verlangen nach seinem Körper verklärt. Selbst ihre Augen sahen anders aus als vorher; sie glühten stärker, ihr Blick war trüber, weicher, heißer. Laß mich nicht allein, Geliebter, vernahm Egor. Es ist mir kalt, so ausgezogen wie ich bin ... Streichle mich, nimm mich zu dir, halte mich in deinen Armen, Egor ...

Er sah sie an, und sein Blick umnebelte sich. Fräulein Christine zog ihr Mieder über den Kopf und band behutsam und voller Scheu den Seidengürtel auf, der ihre Taille fest eingeschnürt hatte. Seine Hände fingen an zu zittern. Nun wird sie sich mir noch mehr nähern, wird mich in ihre nackten Arme schließen ... Und dennoch verdrängte das süße Gift der Erwartung alle Bedenken. Er würde einen Liebesrausch erleben, wie er es nie zu träumen gewagt hatte.

Es soll kein bloßer Traum mehr sein, führte Fräulein Christine seinen Gedanken aus! Ich will nicht länger kalt und unsterblich sein, Egor, mein Geliebter! ...

Sanda wartete, ans Fenster gelehnt, und streckte den Kopf in die Nacht hinaus. Nur noch kurze Zeit, und alles wäre zu Ende ... Alles wäre wieder wie am Anfang. Wie im

Schlaf. Der Mond war untergegangen, die Dunkelheit vollkommen.

Nun kann niemand mich mehr sehen, wie ich so ans Fenster gelehnt warte, dachte Sanda. Man wird keinen Schrei mehr hören. Selbst die Falter schlafen nun, und auch die Mücken . . .

Schritte nebenan, ganz in ihrer Nähe, rüttelten sie aus ihrem Nachsinnen auf. Schicksalsergeben wandte sie den Kopf. Zuerst würde *sie* kommen, dann kämen alle anderen, Schatten nach Schatten . . .

»Was machst du hier mitten in der Nacht?« fragte Frau Moscu.

Ihre Mutter war unbemerkt eingetreten. Sie war in Kleidern, hatte einen Schal um den Hals geschlungen. War sie im Park gewesen?

»Ich wartete«, flüsterte Sanda.

»Nun kommt sie nicht mehr«, sprach Frau Moscu aufgeregt. »Du kannst schlafen gehen . . .«

Sanda bemerkte, daß ihre Mutter einen schwärzlichen, lebendigen Knäuel in ihrer Linken verbarg. Ein andermal hätte dies sie erschreckt, hätte sie angewidert. Nun betrachtete sie bloß erstaunt das kleine Lebewesen, das ihre Mutter so behutsam in ihrer Faust barg.

»Wo hast du ihn gefangen?« fragte Sanda mit so matter Stimme, daß ihre Worte wie ein Wispern klangen.

»Im Nest«, flüsterte Frau Moscu. »Er kann nicht fliegen . . .«

»Einer, der nicht einmal flügge ist!« rief Sanda, die es plötzlich schauderte, aus.

Sie griff sich mit den Händen an die Schläfen. Alle Schmerzen stellten sich wieder ein, und so viele vergessene Schrekken, die Übelkeit und der Fieberwahn aus der ersten

Nacht . . . Es schüttelte sie. Durch das weit offene Fenster war kalte Nachtluft ins Zimmer eingedrungen.
»Leg dich hin!« befahl Frau Moscu ihr mit metallischer Stimme. »Du erkältest dich sonst noch!«
Sanda ging fröstelnd zu Bett. Der Kopf tat ihr furchtbar weh, ihre Schläfen brannten.
»Aber schließ das Fenster nicht«, flüsterte sie ihrer Mutter zu. »Vielleicht kommt sie noch . . .«

Herr Nazarie und der Arzt blieben erstaunt mitten in der Allee stehen. Simina stand mit dem Rücken zu ihnen ganz in ihrer Nähe und betrachtete aufmerksam etwas zwischen den Bäumen, das ihnen unsichtbar blieb.
»Mein Gott, wieso steht sie immer noch da?« flüsterte der Doktor. »Es sind so viele Minuten seither verstrichen . . .«
Simina starrte unentwegt ins Dunkel, ohne sich umzuwenden, ohne sie zu hören. Sie schien darauf zu warten, daß jemand aus dem Haus herunterkam, sie bemerkte und ihr dann folgte.
»Ob sie sich überhaupt im klaren ist, was um sie vorgeht?« sagte Herr Nazarie ganz aufgeregt. »Vielleicht weiß sie nicht einmal, wo sie sich befindet . . .«
Im gleichen Augenblick ging Simina sicheren Schrittes und entschieden geradewegs zwischen den Akazien weiter, ohne einen Weg zu suchen, ohne sich um die toten Zweige zu kümmern, die ihr den Weg versperrten.
»Daß wir uns nur nicht verirren«, stammelte der Doktor.
Herr Nazarie antwortete nicht. Er erwachte allmählich aus der Angst, in der er so lange befangen war, doch er fühlte sich schwindelig, ja krank bei diesem Erwachen. Er hatte den Eindruck, er lasse sich auf eine sinnlose Verfolgung

ein, werde in eine Falle gelockt und könne jeden Augenblick auf dem feuchten Gras ausrutschen und in eine finstere Grube fallen.
»Ich sehe Simina nicht mehr«, flüsterte der Arzt wieder und blieb zwischen den Bäumen stehen.
Herrgott noch einmal, hört sie denn weder das Knacken der Zweige noch unsere Schritte? fragte sich der Arzt.
»Sie ist dort«, erwiderte Herr Nazarie trocken und wies mit der Hand in die Ferne auf einen weißen Schatten neben einem Gebüsch. Dort mündete vermutlich eine weitere Allee, denn der Himmel war dort lichter, die Schatten der Bäume rundeten sich, reihten sich aneinander.
Der Doktor machte einige Schritte, darauf bedacht, nicht über die niedrigen Zweige zu stolpern, die kahl und verbogen, wie von einer unsichtbaren Last zu Boden gedrückt, hinabhingen. Schaudernd starrte er auf den Schatten, den Herr Nazarie ihm gezeigt hatte.
»Ich habe gute Augen«, sagte er ganz leise. »*Dort* ist nicht Fräulein Simina . . .«
Da bemerkte Herr Nazarie, daß der Schatten neben dem Gebüsch wie im Rausch langsam zu schwanken anfing und die Arme hochstreckte, als winke er jemandem Unsichtbaren in der Ferne zu. Das war in der Tat nicht Siminas Silhouette. Atemlos blieb er wie angewurzelt stehen. Die Gestalt dort war kein lebendiger Mensch. Sie glich den früheren Geistererscheinungen, so schwerelos, so unwirklich wirkten ihre schlaffen Gesten.
»Kehren wir um«, hörte er die nüchterne Stimme des Doktors.
Da huschte Simina an ihnen vorbei und sah sie entsetzt an. An ihren weit aufgerissenen Augen und ihrem verkrampften Mund erriet Herr Nazarie, daß Simina den Fehler, sie

hierher gelockt zu haben, wiedergutzumachen versuchte. Sie war vermutlich nicht darauf gefaßt gewesen, auf jener Allee *jemand anderem* zu begegnen. Verwirrt kehrte sie nun um und versuchte, die beiden auf die entgegengesetzte Seite des Parks zu locken. Sie war an ihnen vorbeigehuscht und schritt jetzt in Gedanken versunken eilig aufs Nordtor zu. Der Arzt wollte ihr folgen. Herr Nazarie packte ihn jedoch fest am Arm.

»Wir wollen zuerst sehen, was *dort* ist«, sprach er entschlossen.

Behutsam auftretend und sich dicht beieinander haltend, näherten sie sich der Allee. Der Schatten verschwand für einige Augenblicke. Hatte er auch gleichzeitig mit Simina den Weg zum anderen Parkende eingeschlagen oder verdeckte ihn nun irgendein Baum? Je weiter sie kamen, umso mehr verfestigte sich in Herrn Nazarie der Eindruck, das gleiche bereits einmal erlebt zu haben. War er nicht schon früher einmal, vor längerer Zeit, zwischen erstarrten Bäumen einem Schatten mit den schlaffen Gesten einer Stoffpuppe gefolgt?

»Es ist nichts mehr zu sehen«, flüsterte der Doktor. »Ich jedenfalls sehe nichts mehr . . .«

Herr Nazarie begann indes etwas zu sehen. Wenige Schritte von ihnen entfernt war Simina wieder aufgetaucht. An einen Baumstamm gelehnt, sah sie entsetzt die beiden Männer näherkommen. Sie suchte Herrn Nazaries Blick, in der Hoffnung, ihn wieder in ihren Bann zu schlagen, ihn zu beherrschen, seinen Willen zu brechen. Herr Nazarie ging jedoch entschlossen an ihr vorüber und gelangte zum Alleegraben.

»Bleiben Sie, wo Sie sind, rühren Sie sich nicht!« flüsterte er dem Arzt zu.

Auf der Allee vor ihnen wartete eine längst ausrangierte Kutsche, ein altes herrschaftliches Coupé, ohne Glanz, mit zwei vorgespannten schläfrigen Gäulen. Der Kutscher war auf dem Bock eingenickt; man sah bloß seinen verwitterten weißen Mantel und seine abgeschabte Ledermütze. Er schien schon seit einer Ewigkeit dort auf dem Bock zu schlummern, hatte es offenkundig nicht eilig, fuhr nicht aus dem Schlaf. Auch die Pferde schienen in den gleichen todesähnlichen Schlaf gesunken zu sein, denn sie regten sich nicht, atmeten nicht, standen, als seien sie bewußtlos, wie dunkle Statuen wartend vor der alten Kutsche.

Der Arzt riß vor Grauen die Augen auf, fing an zu zittern und klammerte sich mit beiden Händen an Nazaries Arm.

»Sehen auch Sie die Pferde?« wisperte er bange.

Herr Nazarie nickte.

»Sind sie lebendig?!« fragte der Arzt von neuem. »Oder kommt es uns nur so vor?«

Da tauchte der Schatten, der vor einer geraumen Weile am Rande der Allee verschwunden war, wieder auf. Es war ein erschöpfter alter Mann, mit ausgemergeltem Gesicht, wie ein Bojarenknecht aus früheren Zeiten gekleidet. Er ging an ihnen vorbei, als hätte er sie nicht bemerkt. Wiewohl er kaum aufschaute, hatte Nazarie einen Blick von ihm erhascht und spürte, daß ihre Anwesenheit dem Alten nicht entgangen war. Die Augen des Mannes hatten einen gläsernen, müden, kränklichen Ausdruck. Der Doktor bedeckte sein Gesicht mit den Händen. Er hätte fliehen wollen, aber Simina klammerte sich mit ihrer kleinen, kalten Hand an ihn und ließ ihn verstummen.

## XVI

Fräulein Christine blieb ganz in seiner Nähe. Die Brüste nackt, das Haar aufgelöst, wartete sie auf ihn. Egor, du demütigst mich! hörte er ihre Gedanken. Lösche die Lampe, komm zu mir! Vergeblich versuchte Egor zu widerstehen. Fräulein Christine zwang ihm ihren Willen auf, träufelte ihm mit ihren Lockrufen Gift ins Blut. Wenn sie mich küßt, bin ich verloren, sagte er sich. Fräulein Christine war so liebeshungrig, daß er von ihrer Wollust angesteckt, seinen Abscheu vor ihr überwand und wie im Rausch zu ihrem Bett taumelte. Einen Schritt, und noch einen . . .

Vor ihm, vor seinen Lippen öffnete sich Christines Mund. Wann hatte er sich ihr so sehr genähert? Egor streckte die Arme aus und umschlang die schneeweißen Schultern des Mädchens. Ihr Fleisch fühlte sich so kalt und zugleich so glühend heiß an, daß er auf dem Bett zusammenbrach. Diese Leidenschaft überstieg seine Kräfte, das Empfinden, in seinen Händen etwas Ungreifbares zu halten, war unerträglich. Plötzlich spürte er, wie Christines Mund seine Lippen suchten. Ihr Atem war so heiß, daß Egor zunächst in seinem ganzen Körper nur einen heftigen Schmerz spürte. Dann drang das süße Gift ihm ins Blut. Er konnte keinen Widerstand mehr leisten. Sein Atem vermengte sich mit dem von Christine. Ihre Lippen saugten sich an seinen fest, verbrannten ihm den Mund wie eine Fieberkrankheit. Sie umarmte ihn so ungestüm, daß sich sein Blick umnebelte und er zu spüren glaubte, wie seine Glieder erschlafften und sein Schädel entzwei sprang; er zitterte krampfhaft.

Christine sah auf und betrachtete ihn zwischen ihren Wimpern. Wie schön du bist, Egor! . . . Sie streichelte ihn sanft und drückte sein Gesicht auf ihre kleinen zitternden Brüste. Egor glaubte von irgendwoher eine gedämpfte melodiöse Stimme zu hören, die ihm ganz nah ins Ohr flüsterte:

*»Willst du die Stirne, Harald, an meine Brust nicht drücken?*
*Gott mit den schwarzen Augen . . . oh, Augen wunderbar!*
*Laß deinen Hals umschlingen mit meinem blonden Haar,*
*Du wandelst Leben, Jugend, zum Paradies mir gar,*
*Laß mich in deine Augen, die mördrisch süßen, blicken.«*

Es schien weder ihre Stimme aus dem Traum zu sein, noch die unhörbare Stimme, die ihm Christines Gedanken übertragen hatte. Jemand neben ihnen hatte die Verse gesprochen. Die Strophe kam Egor bekannt vor, er glaubte sie vor langer Zeit in einer einsamen Herbstnacht als Gymnasiast gelesen zu haben. Was hast du nur für Augen? fragte ihn Christine erbebend, beugte mit ihren kleinen Händen seinen Kopf zurück und sah ihm tief in die Augen. »Du schwarzäugiger Gott! Wieviel Frauen haben sich bereits in diesen dunklen, unerschrockenen Augen gespiegelt, Egor?! Ach, Liebster, ich möchte das Eis deiner Augen mit meinem Mund zum Schmelzen bringen! Warum hast du nicht auf mich gewartet? Du hättest niemanden vor mir lieben dürfen! . . .«

Er zitterte am ganzen Leib, diesmal jedoch nicht vor Entsetzen, sondern vor wahnsinniger Erregung. Er konnte die Befriedigung seiner Sinne kaum erwarten, er erlag dem Fleische, empfand es als Demütigung, erstickte jedoch förmlich an seiner Wollust. Christines Mund schmeckte wie die köstlichsten verbotenen Früchte, war taufrisch und giftig wie diese, überstieg all seine Traumvorstellungen. In Christines Armen genoß er teuflische Freude und himmlische Wonne, sie gingen völlig ineinander auf, ihre Vereinigung war Inzest, Verbrechen, Wahnsinn, denn Christine war zugleich Geliebte, Schwester und Engel ... An der Seite dieses vor Leidenschaft glühenden und dennoch leblosen Körpers konnte er nur hingerissen sein und selber die Besinnung verlieren.

»Christine, träume ich?« flüsterte er bleich, mit trüben Pupillen.

Das Mädchen lächelte ihn an. Das Lächeln schien jedoch auf ihrem Gesicht zu erstarren, denn ihre taufrischen Lippen bewegten sich nicht. Dabei vernahm Egor ganz deutlich ihre Antwort:

»... *Desgleichen sehe ich, wenn ich ein Auge schließe, meine Hand kleiner, als wenn ich beide Augen offen halte. In der Tat ist die Welt der Traum unserer Seele ...*«

Ja, ja, schoß es Egor durch den Kopf, sie hat recht. *Jetzt träume ich.* Und niemand zwingt mich aufzuwachen.

Sprich zu mir, Egor, hörte er in Gedanken ihre Ermahnung. Deine Stimme tut mir weh, bringt mich um ... Aber ich kann sie nicht mehr entbehren! ...

»Was soll ich dir sagen, Christine?« fragte Egor erschöpft.

Warum hielt sie ihn nun an ihrer Brust und forderte ihn zum Sprechen auf, warum zögerte sie ihre völlige Hingabe hinaus? Warum hatte sie ihn so ungeduldig zu sich gerufen, sich vor seinen Augen halb entkleidet und kümmerte sich nun nicht mehr um das Licht, das sie zunächst so sehr gestört hatte, nahm keine Rücksicht mehr auf seine Schüchternheit. Wollte sie ihn nicht mehr verführen?

»Was soll ich dir sagen?« wiederholte er und sah ihr in die Augen. »Bist du tot oder nur ein Traumgebilde?«

Christines Miene verdüsterte sich. Sie vergoß keine Träne, doch ihre Augen trübten sich, verloren jeden Glanz, ihr Lächeln welkte und ihre Lippen strömten nicht mehr den betäubenden Duft aus, der den Mann in ihren Armen zur Raserei gebracht hatte.

Warum fragst du immer wieder, Egor, Geliebter? erriet er ihre Gedanken. Warum willst du wissen, ob ich wirklich tot bin und ob du sterblich bist? . . . Könntest du bei mir bleiben, könntest du nur mir gehören, welch ein unerhörtes Wunder würde da geschehen! . . .

»Aber jetzt liebe ich dich doch«, stöhnte Egor. »Anfangs wehrte ich mich dagegen, ich hatte Angst vor dir! Aber jetzt liebe ich dich. Was hast du mir zu trinken gegeben, Christine? Was für Zauberkraut sprießt aus deinen Lippen? . . .«

Plötzlich war er wieder wie von Sinnen; sein Blut schien vergiftet, sein Verstand verwirrt. Er sprach wie in einem Fieberwahn, vergrub seine Stirn zwischen Christines Brüsten, küßte sie, flüsterte ihr Koseworte zu und streichelte erschauernd ihren schneeweißen Körper, in dem er aufgehen wollte.

Christine strahlte. So ist's recht, Geliebter! Sieh mich an, sag mir, daß du mich leidenschaftlich liebst, daß dir mein Körper gefällt, laß dich gehen! . . .

»Ich will dich küssen!« flüsterte Egor erregt.

Da spürte er wieder die Glut ihrer Lippen, schwamm wieder in Wonne. Er glaubte, vergehen zu müssen, das Bewußtsein zu verlieren und schloß die Augen. Wieder drängten sich ihm Christines Wünsche auf. Zieh mich aus, Egor! Zieh mich aus! Er zerrte an ihrem giftigen Seidenzeug. Seine Finger brannten, als wären sie von Eisblöcken zerdrückt. Sein Blut strömte zum Herzen. In blinder Leidenschaft warf er sich auf sie. Abscheu schlich sich wieder in seine Wollust ein. Er hatte ein teuflisches Verlangen, sich treiben zu lassen, sich mit einem einzigen Zucken zu verausgaben. Christines Körper fing unter seinen bleichen Fingern zu zittern an, ihre Lippen wurden feucht, und dennoch entstieg ihrem halbgeöffneten Mund kein Seufzer, kein Hauch. Ihre Sinne folgten anderen Gesetzen. Sie blieb starr, verschlossen, brachte keinen Laut hervor.

Wer hat dir diese Liebeskünste beigebracht, du Dämon in Menschengestalt? hörte er in Gedanken Christine fragen. Warum sind deine Hände so brennend heiß? Ich vergehe unter deinen Küssen! Egor ließ seine Finger über ihren glatten Rücken gleiten. Plötzlich erstarrte er und fing an zu beben. Er glaubte, am Rande eines Teiches erwacht und nahe daran zu sein, ins faulige Wasser zu stürzen. Christine sah ihn lange fragend an, aber Egor hob nicht den Blick zu ihr. Seine Finger waren auf eine feuchte, warme Wunde gestoßen: *Die einzige warme Stelle* an Christines unnatürlichem Körper. Seine Hand war bezaubert über ihre geheimnisvolle Haut gestrichen und hatte sich zusammengekrampft, als sie plötzlich Blut spürte. Die tiefe, klaffende Wunde blutete noch, so daß Egor den Eindruck hatte, sie sei Christine eben erst beigebracht worden.

Ganz benommen stand er plötzlich auf und griff sich an die Schläfen. Ekel überkam ihn aufs neue. Wie gut, daß alles nur ein Traum war und ich *rechtzeitig* aufgewacht bin, sagte er sich. Da sah er Fräulein Christine halbnackt und gedemütigt auf dem Bett liegen und erriet ihren Gedanken: Es ist meine Wunde, Egor! Dort ist die Kugel eingedrungen, dort hat die Bestie mich getroffen . . . Ihre Augen waren wieder glasig. Ihr Körper schien noch weißer, noch entrückter, aber sein Zauber war verflogen. Egor starrte wie betäubt auf seine Hand. Seine Finger waren leicht blutbefleckt. Entsetzt schrie er auf und lief ans andere Ende des Zimmers hinter den Tisch. Du bist wie alle anderen, Egor, Liebling! Schreckst vor Blut zurück! ... Fürchtest um dein Leben, um dein Schicksal als Sterblicher. Für eine Liebesstunde mit dir hatte ich keine Bedenken, den schlimmsten Fluch auf mich zu laden, und du weichst vor ein paar Tropfen Blut zurück, armer, sterblicher Egor.

Stolz, traurig und untröstlich erhob Christine sich vom Bett. Egor sah voller Grauen, daß sie auf ihn zukam.

»Du bist tot! bist tot!« brüllte er wie von Sinnen.

Gelassen tat Christine noch einige Schritte und sagte, immerzu lächelnd. Du wirst mich bis ans Ende deiner Tage suchen, Egor, ohne mich zu finden! Wirst vor Sehnsucht nach mir vergehen ... Du wirst jung sterben und diese Haarsträhne mit ins Grab nehmen! Da hast du sie, bewahr sie auf! Sie trat näher. Egor spürte wieder die merkwürdige Ausdünstung ihres Körpers, war jedoch nicht imstande, die Hand auszustrecken. Er hätte die Berührung ihres starren Körpers nicht mehr ertragen können. Als Christine den Arm ausstreckte, um ihm die Haarsträhne zu reichen, rüttelte Egor so heftig am Tisch, daß die Lampe umfiel, der Schirm mit lautem Geklirre zerbrach, eine gelbe Flamme emporschoß und ein starker Petroleumgeruch sich im ganzen Zimmer verbreitete. Im Flackern der Flammen, die vom Teppich und vom Fußboden hochzüngelten, wirkte Christines halbnackter Körper noch unheimlicher. Ihr Kopf war fast völlig im Schatten. Ich erwache allmählich, sagte sich Egor froh. Nun muß ich aufwachen! Aber er begriff nicht, warum er so gekrümmt dastand und sich mit den Händen am Holztisch festhielt, er erfaßte nicht, daß das Feuer um sich griff, daß auch sein Bett und das Bettzeug und sogar die Deckenbalken zu brennen anfingen.

Fräulein Christine war hier, sie ist mir im Traum erschienen, versuchte er sich einzureden. Denn wie sollte er sich die vielen unwahrscheinlichen Vorfälle anders erklären? Plötzlich hatte er den Eindruck, daß Fräulein Christine sich von ihm entfernte, daß sie mit der einen Hand ihr auf die Schultern fallendes Haar aufzustecken versuchte, mit der anderen ihr Seidenzeug an der Brust zusammenraffte und ihn dabei voller Verachtung ansah. Einen einzigen Augenblick sah er sie noch so. Dann verschwand sie auf rätselhafte Weise. Das Zimmer blieb leer, er war allein inmitten der Flammen.

## XVII

Herr Nazarie, der Arzt und Simina warteten eine geraume Weile nebeneinander, die Augen auf die Kutsche mit den schlafenden Pferden geheftet. Die Zeit stand still. Kein Blatt regte sich auf den Zweigen, kein Vogel flog in die Nacht hinaus. Selbst das Denken setzte aus. Herr Nazarie starrte gedankenlos, willenlos vor sich hin. Seit Simina sich ihnen genähert hatte, wagte er sich keinen Schritt mehr vor. Ohne das Geringste zu begreifen, war er neben dem Arzt stehen geblieben. Simina allein atmete schwer, schien ganz aufgeregt und erwartungsvoll.

»Sie müssen fort«, sagte sie den beiden schließlich. »Sie wird bald zurückkommen und mir böse sein, wenn sie Sie hier antrifft . . .«

Siminas Geflüster schien von weither zu kommen. Sie hatten Mühe, sie zu verstehen.

»Sie wird böse sein«, wiederholte Simina.

Herr Nazarie rieb sich die Augen. Er warf einen besorgten Blick auf den Arzt und starrte dann wieder die Kutsche an. Die Pferde ließen wie aus Verzweiflung die Köpfe hängen und warteten.

»Wir dürften lange geschlafen haben«, sagte er mehr zu sich selber.

Simina lächelte und faßte ihn am Arm.

»Wir haben nicht geschlafen«, flüsterte sie. »Wir haben hier gestanden und auf sie gewartet . . .«

»Ja, das stimmt«, pflichtete der Arzt ihr bei.

Aber er wußte offenkundig nicht, was er sprach, hatte die Worte vor sich hergemurmelt, ohne sie zu hören. Er war völlig erstarrt, nahm nichts mehr wahr.

». . . sie wird auch Sie beide zu sich rufen!« fuhr Simina

fort, »aber ein andermal. Jetzt ist sie bei Egor. Sie ist zu ihm gegangen ...«

Herr Nazarie erschauerte, brachte jedoch nicht die Kraft auf, einen Gedanken zu formulieren. Der Zauber, der von Simina ausging, betäubte ihn, nahm ihm sogar die Angst.

»Der Alte dort ist Christines Kutscher«, flüsterte Simina, mit dem Arm auf den Bock weisend. »Sie brauchen sich vor ihm nicht zu fürchten ... Er ist gutmütig ...«

»Ich habe keine Angst«, sagte Nazarie gefügig.

Da spürte er vom Rücken aus zum Herzen hin ein so eisiges Stechen, daß er vor Schreck zusammenfuhr und zu frösteln anfing. Vom Ende der Allee kam eiligen Schrittes und zürnend Fräulein Christine. Mit drohender Miene ging sie an ihnen vorbei und warf ihnen aus funkelnden Augen einen vernichtenden Blick zu. Herr Nazarie schwankte, als hätte ihm jemand einen Dolch zwischen die Rippen gestoßen. Nun bedrückte ihn nicht mehr die Gegenwart eines unsichtbaren Wesens, eines nebelhaften Schreckgespenstes. Christine war keine Traumgestalt, sondern leibhaftig vor ihm und fixierte ihn streng. Er sah sie deutlich aus nächster Nähe und war verblüfft über ihren frauenhaften, hastigen, verdrossenen Schritt. Fräulein Christine bestieg die Kutsche und hielt ihr Seidenzeug mit beiden Händen um den Hals fest. Ihr Rock war zerknittert, die Bluse aufgeknöpft. Ein feiner, langer, schwarzer Seidenhandschuh glitt über das Trittbrett auf den Boden und blieb mitten auf der Allee liegen.

Als Christine sich genähert hatte, war Simina mit trübem, gläsernem, entsetzenvollem Blick sogleich auf die Kutsche zugelaufen. Ihr bleiches Gesicht ähnelte Christines Perlmutterantlitz. Sie streckte Christine ihre erstarrten Hände entgegen, brachte jedoch keinen Laut hervor, wartete vielleicht auf eine Ermunterung. Fräulein Christine lächelte ihr müde zu und sah ihr tieftraurig in die Augen, als wollte sie ihr mit einem einzigen Blick alles anvertrauen, was geschehen war. Dann setzte sich die Kutsche geräuschlos in Bewegung, schaukelte eine Weile wie eine schwere Dunstwolke hin und her auf der Allee und verschwand.

Simina senkte niedergeschlagen, gedankenverloren den Blick. Herr Nazarie atmete schwer. Der Arzt stand immer noch wie versteinert da und starrte aufmerksam, ja geradezu fasziniert auf einen schwarzen Punkt, wenige Meter von ihm entfernt, auf der Allee.

»Sie hat ihren Handschuh vergessen!« rief er schließlich mit erstickter Stimme.

Simina fuhr beunruhigt zusammen. Sie wandte sich um, als wollte sie als erste zu jenem schwarzen Fleck mitten auf dem Weg hinlaufen. Aber der Arzt kam ihr zuvor, bückte sich zitternd und hob tatsächlich einen schwarzen Seidenhandschuh auf, der leicht nach Veilchen roch. Er hielt ihn steif in seiner Hand, ohne zu begreifen, warum es ihm zugleich heiß und kalt wurde.

»Warum haben Sie ihn aufgehoben?« fragte Simina, die nähergetreten war.

Nun starrte auch Herr Nazarie verständnislos, verstört und ganz entstellt vor Schreck und Ratlosigkeit dorthin und versuchte ebenfalls, das seidene Traumgebilde zu berühren. Aber der Handschuh war, wie von einem unsichtbaren Feuer verzehrt, in der Hand des Arztes unmerklich zu einer faulen, staubigen Asche zerfallen, die mitten auf der Allee, genau an der Stelle, wo er aus der Kutsche geglitten, traurig zu Boden rieselte und sich dort zerstreute. Der Arzt senkte schlaftrunken seine Hand und ließ es geschehen.

Das Feuer verbreitete sich schnell im Zimmer. Nun brannten auch der Kleiderschrank, das Bett und die Vorhänge. Trotzdem blieb Egor, die Hände auf den Tisch gestützt, lange Zeit unschlüssig stehen. Der Rauch drohte ihn zu ersticken. Ich müßte etwas tun, überlegte er wie im Traum. In einer Ecke erblickte er den Krug mit Wasser, sprang über den verbrannten Teppich, ergriff den Krug und spritzte aufs Geratewohl Wasser um sich. Er fühlte sich völlig ausgelaugt. Das Wasser, das er im Zimmer fand, reichte nicht einmal, um die Dielenbretter neben der Tür zu löschen. Die Tür war abgesperrt. *Nicht ich* habe sie abgeschlossen, erinnerte er sich schaudernd. Mit der Panik kehrten seine Kräfte zurück. Er tastete nach dem Schlüssel im Schloß. Das Metall war heiß, verraucht. Der Schlüssel ließ sich kaum drehen. Die Flammen züngelten bereits am Holz der Tür hoch, und der dicke, gelbe alte Lack war mit Ruß befleckt.

Egor lief schreiend auf den Korridor hinaus. Dort herrschte noch völliges Dunkel. Durch die offene Tür drangen nur leichte, von den Flammen im Zimmer gerötete Rauchwolken. Egor rief hauptsächlich nach Herrn Nazarie. Er konnte nicht begreifen, warum es den ganzen Korridor entlang so totenstill war. Hätte er die Tür des Archäologen erkannt, so hätte er ihr Fußtritte versetzt, um ihn aufzuwecken. Aber er konnte sie im Dunkeln nicht finden. So stieg er denn in den Hof hinunter, ohne jemandem zu begegnen. Eine Weile blieb er verwirrt vor dem Haus stehen und bemühte sich zu begreifen, was vorging, denn er glaubte immer noch zu träumen und hoffte, endlich zu erwachen. Sein Blick fiel auf seine Hände. An ihnen war nichts Besonderes zu sehen. Doch in die Nase stieg ihm der fade Geruch welker Blumen, alter Laken. Als er aufschaute, sah er aus dem Fenster seines Zimmers eine große helle Flamme schlagen. Das Feuer breitete sich mit Windeseile zum Dachboden aus. Sie werden bei lebendigem Leibe verbrennen, dachte Egor erschrocken. Er fing wieder an zu schreien. Aber er glaubte auf der Allee hinter sich Schritte zu hören und lief, ohne sich umzuwenden, entsetzt zum Hauptgebäude, in dem die Familie Moscu schlief. Erst jetzt fiel ihm ein, in welcher Gefahr Sanda schwebte.

Wenn es nur nicht zu spät ist! sagte er sich. Hoffentlich kann ich unbemerkt in ihr Zimmer gelangen ...

Er hatte so oft gerufen, und niemand war aufgewacht; nicht einmal ein Hund schlug an. Der Hof blieb weiterhin verödet, der Park warf von allen Seiten seinen bedrückenden Schatten. Alle Leute seien bei der Weinlese, hatte Simina ihm gesagt. Aber wieso hörte Simina oder die Amme oder Frau Moscu ihn nicht? Er sah sich um. Der Himmel rötete sich allmählich. Die Fliederbüsche und die nahestehenden Akazienbäume warfen nun zittrige Schatten, die in ein müdes, blutrotes Licht getaucht waren. Das ganze Haus wird abbrennen, sagte er sich gleichgültig. Nazarie ist natürlich geflohen; er hat sich mit dem Doktor aus dem Staub gemacht und mich im Stich gelassen, damit ich allein zugrunde gehe. Sie haben Angst bekommen ...

Er ging mit überflüssiger Vorsicht langsam ums Hauptgebäude. Bald würden alle aufwachen. Bald würden die Leute vom Weinberg, die Bauern aus dem Dorf zusammenlaufen. Das Feuer brannte geräuschlos in weiter Entfernung. Noch ist es Zeit, noch kann ich sie retten, sie auf die Arme nehmen und mit ihr fliehen ...

Da wurde ihm plötzlich bewußt, daß Sanda ihn ganz aus

der Nähe ansah. Sie lehnte am Fenster und schien schon lange auf sein Kommen zu warten. Sie war im Nachthemd, sehr blaß und hatte die Wange auf die Hand gestützt, als sei sie vor lauter Warten müde und schläfrig geworden. Egor fuhr zusammen, als er ihren abwesenden Gesichtsausdruck bemerkte. Sie *weiß*, was geschehen ist ... Er ging aufs Fenster zu.

»Bist du endlich gekommen?« fragte Sanda mit erloschener Stimme. »Mama sagte, du würdest heute nacht nicht mehr kommen ... Es ist spät! ...«

Sie sah ihm in die Augen, ohne jede Gemütsregung. Sie schien nicht einmal erstaunt, ihn plötzlich mitten in der Nacht auftauchen zu sehen.

»Häng dir etwas um und komm herunter, geschwind!« bat Egor sie.

Sanda fuhr fort, ihn anzustarren und begann zu zittern, als spürte sie erst jetzt die Kälte der Nacht, von der ihr Nacken, ihre Schultern, und ihre Arme ganz steif geworden waren.

»... das werde ich nicht können!« murmelte Sanda zusammenfahrend. »Ihr dürft mich nicht zwingen. Ich kann es nicht! ... Ich habe Mitleid ...«

Egor sah sie entgeistert an. Er begriff, daß Sanda nicht zu ihm sprach, sondern zu einem unsichtbaren Wesen, das sich vielleicht hinter ihm befand, auf das Sanda am Fenster gewartet hatte und vor dem sie sich fürchtete. Er trat näher an die Mauer heran. Wie schade, daß er nicht in ihr Zimmer hinaufklettern konnte, um sie zu zwingen sich anzuziehen, um sie in seine Arme zu nehmen und sie mit Gewalt herunterzutragen ...

»... Ich habe eben eines gesehen«, fügte Sanda mit noch matterer Stimme hinzu. »Mama hat es aus dem Nest genommen ... Ich aber kann es nicht. Ich habe Mitleid. Ich mag das nicht ... Ich kann keinen Tropfen Blut vergießen ...«

»Zu wem sprichts du denn, Sanda?« fragte Egor. »Wen erwartest du hier, mitten in der Nacht? ...«

Das Mädchen verstummte und sah ihn groß an. Sie verstand ihn nicht.

Egor ließ sie nicht aus den Augen. Er fürchtete, sie könne aus dem Fenster stürzen.

»Ich bin gekommen, um dich zu retten!« rief er, hob die Hände und klammerte sich an die Mauer.

»Das hat auch Mama mir gesagt«, murmelte Sanda zitternd. »Aber ich habe Angst ... Soll ich jetzt kommen? Soll ich hinunterspringen? ...«

Egor erstarrte. Er hatte den Eindruck, daß Sanda sich auf die Zehenspitzen stellte und auf die Fensterbank zu steigen versuchte. Vielleicht war sie jedoch zu schwach, denn sie bemühte sich ungeschickt, sich mit dem ganzen Körper auf das hohe Fensterbrett zu hieven. Hartnäckig und ohne jede Nervosität unternahm sie immer wieder den Versuch, als gelte es einem Befehl zu gehorchen, dem sie sich nicht widersetzen konnte.

»Was willst du tun?!« schrie Egor entsetzt. Bleib dort! Rühr dich nicht! ...«

Sanda schien jedoch seine Worte nicht gehört oder ihren Sinn nicht erfaßt zu haben. Es war ihr nun gelungen, auf die Fensterbank zu klettern. Wartete sie auf ein Zeichen, oder sprach sie sich selbst Mut zu? Es waren nur ungefähr vier Meter bis zur Erde. Da sie jedoch taumelte, den Kopf vorbeugte, konnte der Sturz verhängnisvoll sein. In seiner Angst rief Egor sie dauernd beim Namen. Er streckte ihr die Arme entgegen, damit sie ihn sehe, ihn erkenne.

»Haben Sie keine Angst«, hörte er plötzlich eine tonlose Stimme ganz in seiner Nähe. »Sie wird uns in die Arme fallen ... Es ist nicht so hoch!« ...
Langsam wandte er den Kopf um. Neben ihm stand Herr Nazarie, das Gesicht verstört und verschwitzt. Er sah ihn nicht an, verfolgte mit dem Blick Sandas schlafwandlerische Gesten.
»Wenn Sie wollen, können Sie zu ihr ins Zimmer hinauf gehen«, fügte Herr Nazarie leise hinzu. »Ich bleibe hier mit dem Doktor ...«
Tatsächlich war einige Schritte weiter hinten, zwischen den Rosenstöcken der Arzt aufgetaucht. Er stand an sein Gewehr gelehnt und schien sich an alles, was um ihn herum vorging, gewöhnt zu haben. Seine Nüchternheit, seine Selbstsicherheit hatten etwas Unnatürliches.
»Wer hat das Feuer gelegt?« fragte Herr Nazarie, näher an die Mauer herantretend.
»Ich. Ich habe die Petroleumlampe umgestoßen«, flüsterte Egor. »Ich habe sie unwillkürlich im Schlaf umgestoßen ... Ich glaubte, Christine sei gekommen ...«
Herr Nazarie trat näher und faßte Egor am Arm.
»Ich habe sie auch gesehen«, sprach er ruhig. »Ich habe sie mitten im Park gesehen ...«
Plötzlich klappten Sandas Arme wie zwei verwundete Flügel kraftlos in der Luft zusammen. Ohne einen Schrei auszustoßen, stürzte sich das Mädchen schaudernd herunter. Sie fiel auf Egor und riß ihn zu Boden. Beim Sturz hatte sich ihr Hemd verrutscht und ihren Körper entblößt. Noch ganz betäubt vom Schlag, erkannte Egor, daß er in seinen Armen ein nacktes, schlafendes und kaltes Mädchen hielt. Sandas Hände hingen schlaff herunter. Ihr vom Sturz erschütterter Körper war wie leblos.

»Ich hoffe, Sie haben sich nicht allzu weh getan«, sagte Herr Nazarie und half Egor aufstehen.

Dann legte er sein Ohr an die Brust des Mädchens.

»Fürchten Sie nichts«, fügte er hinzu. »Ihr Herz schlägt noch . . .«

## XVIII

Das Haus brannte nun lichterloh. Die Wipfel der Akazienbäume im Park waren hell erleuchtet. Über dem Stall flatterten aufgescheuchte Krähen. Auch die Hunde waren nun erwacht; man hörte ganz aus der Ferne ihr dumpfes Gebell.

»Wir müssen sie ins Haus schaffen«, sagte Egor und deckte Sandas entblößte Schultern mit seiner Jacke zu. »Es kann lange dauern, bis sie wieder zu sich kommt . . .«

Der Schmerz, den Sanda ihm im Fallen zugefügt hatte, war heilsam gewesen; er schien ihn zur Wirklichkeit zurückzubringen.

»All unsere Sachen sind hin«, bemerkte der Arzt leise mit einem Blick aufs Feuer.

Er zerbrach sich den Kopf, wo der Tausender hingekommen war, den Frau Moscu ihm gegeben hatte. Steckte er in der Tasche seines Mantels oder hatte er ihn auf dem Tisch gelassen, neben der Uhr und der Patronentasche?

»Der Brand wird alles einäschern«, sprach Herr Nazarie betrübt. »Aber vielleicht ist es besser so . . . Vielleicht wird der Fluch auf diese Weise ein Ende nehmen . . .«

Da hörte man die ersten Menschenstimmen auf der anderen Seite des Hofes.

»Die Leute kommen vom Weinberg und aus dem Dorf«, sagte Egor hastig. »Tragen wir zuerst Sanda hinauf . . .«

Er nahm sie auf die Arme und ging mit ihr zum Hintereingang des Hauptgebäudes. Das Mädchen döste vor sich hin. Ihr Gesicht war leicht verschmiert; vielleicht von Ruß oder von der feuchten Erde, denn auch Egor war beschmutzt. Ein reines Wunder, daß sie sich kein Bein gebrochen und keine Hand verrenkt hat beim Sturz! dachte Egor. Hätte sie eine arge Verletzung, so hätte sie sicherlich vor Schmerz laut aufgeschrien, aber vielleicht war sie vor Schreck wieder ohnmächtig geworden ...

»Wer dort?« fragte Herr Nazarie. Vor den Gesindestuben hatten sich Schatten bewegt. Leute kamen herbeigerannt.

»Wir sind es, gnädiger Herr«, sprach einer aus dem Dunkel, »Marins Leute, vom Weinberg ...«

»So ein Unglück!«, sagte ein zweiter nähertretend. »Bis die anderen aus dem Dorf kommen, brennt alles nieder«.

»Mag es nur brennen«, erwiderte Herr Nazarie streng. »Möge auch das Gespenst in den Flammen umkommen! ...«

Die Leute erstarrten; verlegen und schläfrig blickten sie einander an.

»Haben auch Sie das Gespenst gesehen?« fragte der erste. »War es wirklich die Bojarin? ...«

»Fräulein Christine«, sagte Egor gelassen, »Sie war es! ... Sie hat die Lampe umgestoßen ...«

Darauf ging er, Sanda auf den Armen, weiter zur Tür; die Starre des Körpers, den er auf seinen Armen trug, machte ihm allmählich Angst. Er bangte um das junge Herz, das er nicht mehr schlagen hörte.

Herr Nazarie war zurückgeblieben, um den Männern zu erzählen, was vorgefallen war. »Es ist besser so«, sagte er leise. »Nun wird es auch mit Christine aus sein ...«

Immer mehr Leute versammelten sich, sie sprangen hinten im Hof über den Zaun oder kamen geradewegs durch den Park. Auch von der anderen Seite, vom Dorf her, strömten Menschen herbei, blieben, ohne jedoch Hand anzulegen, wie erstarrt in einigem Abstand vor dem Feuer stehen und bekreuzigten sich. Diejenigen, die gesehen hatten, wie Egor Sanda forttrug, tuschelten über den Vorfall.

»Auch wir haben das Vieh verloren«, hörte Herr Nazarie jemanden sagen. »Diesen Herbst haben wir alles verloren . . .«

». . . und die Kinder, die zugrunde gehen, werden Gespenster«, bemerkte ein zweiter.

Sie sprachen zu ihm, wagten sich nicht ins Haus hinein, um andere auszufragen. Sie wagten auch nicht, den Brand zu löschen. Nun hörte man auch die unteren Balken krachen, und die morschen Decken stürzten unter großen Rauchschwaden ein.

Herr Nazarie sah sich plötzlich von einer Menge unbekannter Menschen umringt: Aus dem Schlaf geweckte Bauern, die noch keuchten, weil sie so schnell zum Gutshof gerannt waren. Und nun wußte er nicht, wie er das Wort an sie richten, was er von ihnen verlangen sollte. Sie waren in so großer Anzahl gekommen, und ihre Mienen waren so ernst und bedrohlich, daß er sich zu fürchten begann. Die Flammen schossen nun so hoch empor, und die zittrigen Schatten der Leute waren so unheimlich groß, daß Herr Nazarie sich plötzlich an die Bauernaufstände erinnerte. Diese Leute aber warteten mit hartem Gesichtsausdruck schweigend und in Gedanken und forderten nichts, trachteten keinem nach dem Leben. Oder vielleicht wünschten sie den endgültigen Tod von Fräulein Christine, die der Gutsverwalter, damals, beim Aufruhr von 1907 nicht völlig umgebracht hatte . . .

Herr Nazarie ging Egor nach und verschwand schnell im Haus. Der Widerschein des Feuers drang nun durch die Fensterscheiben und erhellte den Korridor, so daß der Archäologe sich zurechtfand. An der Schwelle zu Sandas Zimmer stieß er auf Egor.

»Ich weiß nicht, ob ich gut daran getan habe, sie wieder

hierher zu bringen«, sagte der Maler. »Ich glaube, sie schläft jetzt, aber sie kann jeden Augenblick aufwachen und dann wieder versuchen ...«
»Wir müssen auf sie aufpassen«, sagte Herr Nazarie. »Der Arzt wird gleichfalls kommen ... Rufen wir ihn doch ...«
»Aber ich möchte etwas mit den Leuten erledigen ...« sagte Egor nachdenklich. »Und dazu bräuchte ich auch Sie ...«
Es fiel ihm schwer, einen Entschluß zu fassen. Er ging wieder ins Zimmer. Sanda schien ohnmächtig zu sein.
»Warum ist der Doktor nicht mitgekommen?« fragte Egor gereizt. »Ich begreife nicht, was sie hat, warum sie so fest schläft ...«
»Als ob der Doktor jetzt noch zu etwas taugen könnte ...« murmelte Herr Nazarie versonnen.

Als die Mauern einzustürzen begannen, wichen die Bauern einige Schritte zurück, ohne den Blick vom Feuer zu wenden. Sie standen so reglos und gleichgültig da, als brenne ein verlassenes Haus nieder, sie stampften achtlos über die Blumenbeete, zertrampelten die Rosen. Kaum einer sprach. Sie schauten so teilnahmslos zu, als warteten sie auf die Einlösung eines alten Versprechens, dessen Erfüllung sie nur allzu sehr ersehnt hatten, die jedoch zu spät kam, um sie noch freuen zu können.
»Macht Platz«, ertönte plötzlich Egors Stimme.
Er wirkte nun abgezehrt und größer. Im Schein der flakkernden Flammen schienen seine Augen noch tiefer in den Höhlen zu liegen. Er drängte mit den Ellbogen die schweigenden Menschen beiseite, warf einen strengen Blick durch die Runde und fragte:
»Wer kann einen Zauberbann brechen? Wer kann durch Zaubersprüche Gespenster vertreiben?«

Die Leute zögerten, blickten zu Boden.
»Die alten Weiber wohl . . .«, sprach einer, die Lider zusammenkneifend.
Egor wurde es nicht klar, ob der Mann ironisch lächelte, oder verschlagen mit den Augen zwinkerte. Er war der klügste, dreisteste von allen.
»Wer von euch hat ein Handbeil oder ein Messer bei sich?« fragte Egor wieder. »Wir hätten nämlich eine Sache zusammen zu erledigen . . .« Seine Worte schlugen wie ein Volltreffer ein. Wenn sie keine Beilhiebe austeilen und von ihren Messern keinen Gebrauch machen konnten, ließ das Aufgehen in Flammen der fluchbeladenen Gutsgebäude sie kalt.
»Kommt mit mir«, sagte Egor den Männern, die als erste aus den Reihen hervorgetreten waren.
Herr Nazarie tauchte an seiner Seite auf. Er war fahl und packte ihn am Arm.
»Was wollen Sie tun?!« fragte er ihn zähneklappernd.
Als er bemerkt hatte, daß Egor wie erbost über Sandas ihm unbegreiflich lange Bewußtlosigkeit mit finsterer Miene ihr Zimmer verließ und in gereiztem Ton nach Frau Moscus Schlafzimmer fragte, wurde ihm unheimlich. Hat er etwa den Verstand verloren? fragte der Archäologe sich voller Grauen. Aus Egors Augen blitzte eine solche Wut, daß Nazarie ihn nicht anzusehen wagte.
»Was wollen Sie mit dem Beil?« fragte er wieder und schüttelte Egor am Arm.
»Ich brauche Eisen«, sprach Egor, »viel kaltes Eisen gegen den Zauber . . .«
Er hatte die Worte klar und deutlich ausgesprochen. Trotzdem griff er sich mit der Hand an die Stirn, als wollte er die Erinnerung an ein unangenehmes Erlebnis verscheu-

chen. Er ging mit großen Schritten voran, gefolgt von der Menschenmenge, die er aufgestachelt hatte.
»Wer ist bei Sanda geblieben?« fragte er nach einer Weile.
»Der Arzt und zwei Frauen aus dem Dorf«, erwiderte Herr Nazarie scheu.
Egors kühner, entschlossener Schritt, sein Aufruf an die Bauern versprachen nichts Gutes. Die erstarrten Männer waren zu jäh aufgetaut bei seinen Worten. Angesichts des Feuers erhielt das Eisen, das Egor gefordert hatte, magische Bedeutung. Was bewog Egor, die Leute aufzufordern, ihm mit gezückten Messern ins Bojarenhaus zu folgen! An wem wollte Egor sich mit Feuer und Eisen rächen?
»Wollen Sie wirklich, daß all die Leute uns ins Haus folgen?« fragte Herr Nazarie verdutzt.
Einige Bauern waren zögernd auf der Schwelle stehen geblieben. Aber Egor winkte ihnen nachzukommen.
»Macht geschwind Fackeln, aus allem was ihr findet«, hetzte er sie auf.
Im Haus war es dunkel. Jemand brachte aus dem Feuer einen brennenden Akazienzweig, aber die Flamme erlosch schnell, und das Zimmer füllte sich mit beißendem, stickigem Rauch. Egor war ungeduldig. Er hatte weder Zeit noch Lust, die Petroleumlampe zu suchen. Licht brannte nur noch in Sandas Zimmer, das aber wollte er nicht mehr betreten. Er erblickte an den Fenstern des Korridors die Leinenvorhänge, zeigte sie den Leuten und fragte: »Kann man nicht aus ihnen Fackeln machen?«
Der Mann, der ständig mit den Augen zwinkerte, trat ans Fenster und riß einen Vorhang mitsamt der hölzernen Karniese herunter. Der Krach, mit dem der Vorhang samt Stange zu Boden fiel, schien ein Ansatz zur Genugtuung,

die Egors Aufruf versprochen hatte; er war das auslösende Moment. Die Bauern atmeten schwer, mit einem Mal ganz aufgebracht, ohne recht zu wissen gegen wen.
»Stecke nicht das ganze Haus damit in Brand«, sagte Egor streng, als er sah, daß sein unbekannter Kampfgefährte den Vorhang anzündete.
»Seien Sie unbesorgt, gnädiger Herr, ich befestige ihn«, erwiderte der Mann.
Darauf wickelte er den Vorhang um einen Knüppel und ließ nur das Ende brennen. Ein anderer an seiner Seite, riß einen weiteren Streifen vom Vorhang ab und zündete ihn ebenso sorgfältig an. Der Korridor war nun voller Rauch und spärlich beleuchtet von der zittrigen Flamme des brennenden Stoffes. Egor ging voraus. Die Luft war so feucht und stickig, als wären sie in einen Keller geraten.
Der Doktor holte Egor ein. Er hätte ihm etwas sagen wollen, aber der Rauch benahm ihm den Atem, und er fing zu husten an. Sie kamen an vielen Türen vorbei. Egor betrachtete sie aufmerksam, runzelte die Brauen, blieb zögernd stehen, als strenge er sich an, sich an etwas zu erinnern. Am Ende des Korridors stieß er mit der Amme zusammen. Sie hatte trübe, verweinte Augen und war ganz erschrocken.
»Was haben Sie hier zu suchen?« fragte Egor sie streng.
»Ich mußte doch auf die gnädige Frau aufpassen«, erwiderte die Amme trocken. »Wollt ihr den ganzen Gutshof in Brand stecken?«
Ihre Frage hatte boshaft geklungen, und trotz des Grauens, das in ihren Blicken zu lesen war, hatte sie einen spöttischen Gesichtsausdruck.
»Wo ist Frau Moscu?« fragte Egor ruhig.
Die Amme wies mit ausgestrecktem Arm auf eine Tür.

»Im Zimmer des Fräuleins ...«

Sie verstummte. Der schwere Atem der Bauern drang nun bis zu ihr, beunruhigte sie, betäubte sie.

»In Christines Zimmer, nicht wahr?« fragte Egor.

Die Frau nickte. Egor wandte sich zu den Männern um und sagte ihnen:

»Schlagt sie nicht, aber laßt sie nicht aus den Augen; auch sie ist halbverrückt.«

Ohne anzuklopfen, betrat er als erster Christines Zimmer. Drinnen brannten eine düstere Funzel und eine Petroleumlampe. Frau Moscu erwartete ihn überaus stolz mitten im Zimmer, aufrecht und mit klarem Blick. Überrascht von ihrem ungewöhnlichen Aussehen, ihrer blassen Stirn, ihrer feierlichen Miene, blieb Egor eine Weile stehen.

»Wollt ihr Land?« fragte Frau Moscu. »Wir haben keines mehr ...«

Sie schien Egor zu übersehen und nur zu den aufgebrachten Leuten hinter ihm zu sprechen, zu den verhärteten Gesichtern, zu den Augen, die vom Anblick dieses längst unbewohnten herrschaftlichen Schlafgemachs ganz verwirrt waren.

»Ich könnte die Gendarmen rufen«, fuhr Frau Moscu fort, »ich könnte euch von den Knechten das Fell gerben lassen. Hauptmann Darie aus Giurgiu ist mein Freund, ich hätte ihn mit seinem ganzen Regiment herbringen können ... Aber ich wollte kein Blut vergießen. Wenn ihr um Land gekommen seid, so muß ich euch sagen: wir haben keines mehr. Man hat uns alles weggenommen ...«

Egor erkannte, daß Frau Moscu irre redete, daß sie sich in die Zeit der Bauernaufstände zurückversetzt glaubte. Er versuchte, sie zu unterbrechen, damit nicht einer der Bauern die Fassung verliere. Die Nebengebäude brannten, die

Männer hatten viel Eisen bei sich, der Rauch schnürte allen die Kehle zu, der Gestank von den versengten Fetzen drohte, sie zu ersticken. Frau Moscu fuhr jedoch fort zu reden.

»Ihr habt das ganze Dorf aufgewiegelt und das Haus angezündet... Habt vergessen, daß auch ich Kinder habe...«

Da spürte Egor plötzlich einen kalten, metallenen, tödlichen Blick auf sich gerichtet. Er schaute auf und bemerkte Fräulein Christines Porträt. Sie lächelte ihm nicht mehr zu, sondern sah ihn aus halbgeschlossenen Lidern fragend, tadelnd an, durchbohrte ihn förmlich mit dem Blick. Egor erschauerte und biß sich auf die Lippen. Er stürzte sich plötzlich auf Frau Moscu, schob sie beiseite, warf sie auf Christines Bett. Frau Moscu fing an zu zittern.

»Wollt ihr mich umbringen?« flüsterte sie mit erloschener Stimme.

Egor nahm dem Mann, der neben ihm stand, das Beil aus der Hand und ging auf das Bild zu. Er holte weit aus und ließ das Beil auf Fräulein Christines spitzenbesetzten Hals niedersausen. Er hatte den Eindruck, daß sie ihren Unterarm schlaff fallen ließ, daß ihr Busen sich hob, ihre Augen zuckten. Doch es war nur Täuschung. So hob er denn nochmals das Beil und zerriß Christines blühendes Antlitz.

Er hörte Frau Moscus erstickte Schreie, doch ihr Schmerz stachelte seine Wut nur noch mehr an.

»Hören Sie auf, Sie zertrümmern ja die Wand!« rief Herr Nazarie, der hinter ihm stand.

Er wandte sich um, Schweißperlen bedeckten seine rußbefleckte Stirn. Seine Lippen bebten. Die Männer sahen ihn verwirrt, aufgewühlt, mordgierig an. Sie konnten kaum an sich halten, denn das Grinsen des aufgeschlitzten Bildes stachelte auch ihre Vernichtungswut an, und der Schlag, den Egor Fräulein Christines Porträt mit dem Beil versetzt hatte, machte ihnen Lust, alles niederzutrampeln, ihren aufgestauten Rachedurst an diesem Bojarengemach zu stillen.

»Warum habt ihr sie umgebracht?!« schrie Frau Moscu plötzlich auf. »Sie wird euch alle erwürgen! . . .«

Egor trat zitternd auf Herrn Nazarie zu.

»Schaffen Sie sie fort«, sagte er, mit dem Arm aufs Bett weisend, wo Frau Moscu lag. »Passen Sie gut auf sie auf . . .«

Frau Moscu wand sich hin und her. Herr Nazarie zerrte sie mit Hilfe zweier Bauernburschen zur Tür hinaus, gerade im Augenblick, als die Funzel rauchend erlosch.

»Es ist das Gespenst, die Bojarin! . . .« flüsterte jemand am Fenster.

Egor spürte wieder, wie ihn das Fieber schüttelte. War es Traum oder Wirklichkeit! Er vergrub sein Gesicht in die Hände. Das Beil glitt fast geräuschlos auf den Teppich. Jemand hob es zitternd auf.

»Dies hier ist Fräulein Christines Schlafkammer!« schrie Egor plötzlich wie von Sinnen. »Wer Angst hat, kann fortgehen, wer nicht, bleibe bei mir und schlage alles in Trümmer!«

Darauf machte er den Anfang, stürzte sich auf den kleinen Tisch neben dem Bett, traktierte ihn mit Fausthieben und Fußtritten, packte dann die zerfetzte Leinwand des Bildes und riß sie wütend zu Boden. Die Bauern folgten seinem Beispiel, zerschlugen mit ihren Äxten die Möbel, das Fenster, die Wände, zertrümmerten alles . . .

»Paßt auf, daß nicht etwas Feuer fängt!« schrie Egor wie wahnsinnig.

Doch die Leute hörten seine Stimme nicht mehr. Wortlos und keuchend, vom Rauch fast blind und erstickt, stolperten sie im Schutt übereinander und verwüsteten Fräulein Christines Schlafgemach.
»Paßt auf, daß nichts Feuer fängt!« schrie Egor noch einmal.
Den Arm über die Augen haltend, um sich vor den Schlägen zu schützen, bahnte er sich einen Weg zum Korridor, auf den sich nun auch die Menschen drängten.

## XIX

Er blieb an einem Fenster stehen und betrachtete das Feuer. Die Flammen drohten nun, sich auch auf den Dächern der alten Gebäude auszubreiten.

Unausgesetzt strömten Menschen herbei. Nun kommen auch Leute aus den Nachbardörfern, sagte sich Egor. Er war noch ganz außer sich. Aus Christines Zimmer hörte man Axtschläge. Auf dem Korridor drängten sich die Männer; überall spürte man ihren schweren Atem, den Geruch ihrer Hemden, das Pochen ihres berauschten Blutes. Wenn sie nur nicht zu Plündern anfangen . . ., dachte Egor erschauernd.

Nur unter Mühen gelangte er zu Sandas Zimmer. Das Mädchen lag mit bleichem Gesicht und geschlossenen Augen noch immer starr da. Um ihr Bett tummelten sich viele Frauen. In einer Ecke sah er den Doktor, den Gewehrlauf mit beiden Händen umklammernd, gesammelt dastehen. Am Kopfende des Bettes murmelte ein altes Weib einen Zauberspruch:

*»Ich sah den roten Wicht,*
*Der immerzu nur sticht,*
*Das Blut aus ihr zu saugen*
*Und sie ganz auszulaugen.*
*Doch soll's ihm nicht gelingen,*
*Denn will auch fort er springen,*
*Zur Donau schlepp ich ihn,*
*Im Röhricht muß er knien,*
*Und kann sich nicht bewegen,*
*Gib Sanda ich den Segen.*
*Hat ihn mein Fluch ereilt,*
*Das Mädchen ist geheilt!«*

Sanda schien tief im Schlaf die Stimme zu hören, denn sie warf sich einige Mal im Bett herum. Die Alte ergriff die Hand des Mädchens und drückte sie an den kalten Rücken eines Messers. Das Mädchen stöhnte auf. Egor preßte seine Handflächen auf die Schläfen und schloß die Augen. Woher rührten diese dumpfen, undeutlichen Geräusche wie von einem fernen Einsturz? Große gespaltene Flügel aus Holz schienen zu kreischen, das ganze Haus, in seinen Grundfesten erschüttert, zu ächzen. Ein wirres, schlaftrunkenes, langgezogenes Wehklagen stieg zum Himmel auf. Die Luft im Zimmer war schwül. Sanda schien vom Todesschlaf befallen. Egor stürzte sich auf den Arzt, rüttelte ihn und fragte: »Warum wacht sie nicht endlich auf?«
Der Arzt sah ihn lange erstaunt und vorwurfsvoll an. Er schien sich zu wundern, daß Egor eine so einfache, so ausschlaggebende Sache nicht verstand.
»Das Gespenst ist noch nicht umgekommen«, flüsterte er feierlich.
Da trat Herr Nazarie auf Egor zu.
»Kommen Sie heraus, die Männer haben den Kopf verloren . . . Sie wollen alles zerstören! . . .«
Vom Korridor aus hörte man sie in der Tat noch erbitterter dreinschlagen. Zuweilen löste das Klirren einer Fensterscheibe die schweren, dumpfen Geräusche einstürzender Mauern ab.
»Sie müssen ihnen Einhalt gebieten!« ermahnte ihn wieder Herr Nazarie. »Mehrere Zimmer sind bereits verwüstet! . . . Morgen früh wird man Sie zur Verantwortung ziehen! . . .«
Egor drückte wieder seine Handflächen auf die Schläfen und schloß die Augen. Seine Sinne verwirrten sich, sein Wille erlahmte.

»Es ist besser so«, sagte er nach einer Weile, »es ist besser, daß sie alles in Schutt und Asche legen! . . .«
Entsetzt über Egors Ausspruch, versuchte Herr Nazarie, ihn zur Vernunft zu bringen.
»Das ist ja reiner Wahnsinn!« schrie er. »Sind Sie sich im klaren, was Sie da anrichten?« Dies hier ist Sandas Mitgift! . . .«
Egor schien sich zu besinnen. Düster und mit geballten Fäusten warf er sich in die Menge.
»Zurück!« schrie er. »Zurück, die Gendarmen kommen . . .«
Mit großer Mühe bahnte er sich einen Weg bis zu Christines Schlafkammer. Doch davon war nichts mehr zu erkennen. Alle Fenster waren eingeschlagen, die Möbel zertrümmert, die Wände durchlöchert.
»Zurück! Zurück!« schrie Egor verzweifelt. »Das Regiment rückt an! . . . Die Gendarmen sind da!«
Niemand hatte Egor Gehör geschenkt, doch die Sturmflut der Plünderer verebbte allmählich. Als sich das Gerücht verbreitete, Fräulein Sanda läge im Sterben, wichen die Männer betreten zurück. Das Haar wirr über die Augen fallend, rußbeschmiert und voller Kalkstaub, stiegen sie scharenweise in den Hof hinunter, wo die Draußengebliebenen schweigend und schaudernd dastanden.
»Kommen Sie mit mir!« sagte Egor Herrn Nazarie.
Er wirkte wieder nervös und ungeduldig; seine Stimme klang hart.
»Warum nimmt diese Nacht kein Ende mehr?!« rief er, zum Himmel aufsehend, aus. »Ich weiß gar nicht, seit wann ich kein Tageslicht mehr gesehen habe . . .«
In der Ferne zog, noch unsichtbar, der Morgen herauf. Die Luft war klar, kalt, der Himmelsraum wie versteinert, die

Sterne waren von den lodernden Flammen verdunkelt. Egor hatte von einem Bauern eine Petroleumlampe genommen und trug sie behutsam, damit sie nicht erlosch. Nachdenklich wandte er sich dem Stall zu. Als Herr Nazarie das bemerkte, erschrak er.
»Was wollen Sie tun?« fragte er ihn mit versagender Stimme.
Er wagte nicht, sich allzu sehr von den vielen Menschen und aus dem Lichtkreis des Feuers zu entfernen. Er war verängstigt, denn Sandas langanhaltende Bewußtlosigkeit ließ ihn ständig daran denken, daß es hier nicht mit rechten Dingen zuging.
Egor antwortete nicht. Er ging eiligen Schrittes zum alten Stall. Hier war es sehr dunkel, und die Lampe warf nur ein zaghaftes, zittriges Licht. Weit hinten sah man die Feuersbrunst über dem Bojarenhaus. Als Egor die Stalltür öffnete und seinen Fuß über die Schwelle setzte, begann Herr Nazarie zu begreifen. Es schauderte ihn noch mehr. Er wagte nicht aufzuschauen. Egor ging geradewegs nach hinten, wo Fräulein Christines Kutsche auf ihrem Platz stand.
»*War es die*?« fragte Egor, die Lampe hochhaltend, damit Herr Nazarie besser sehe.
Der Archäologe nickte erbleichend. Es war dieselbe alte, verschlafene Kutsche, die er wenige Stunden zuvor auf der Hauptallee auf Fräulein Christines leichten Schritt hatte warten sehen.
»Dabei war die Tür zu«, flüsterte Egor lächelnd.
Es war ein irres Lächeln, und seine Stimme klang unsicher, verwirrt. Herr Nazarie blickte zu Boden.
»Gehen wir fort«, schlug er vor. »Wer weiß, was im Haus geschieht . . .«

Aber Egor schien mit seinen Gedanken ganz woanders zu sein. Als hätte er den Archäologen nicht gehört, fuhr er fort, beim schmutzigen Licht der Lampe auf die alten, abgeschabten Polster der Kutsche zu starren. Es war also *wahr*; Fräulein Christine war *wirklich* gekommen ... Er glaubte auf den Polstern des Wagens wieder ihren Körper zu sehen. Wie sonderbar, man spürte noch den Veilchenduft ringsum! ...

»Kommen Sie, Egor!« sagte Herr Nazarie ungeduldig.

Es wird sich also schließlich alles bewahrheiten, überlegte Egor. Müde senkte er die Stirn. Er erinnerte sich an seine erste Begegnung mit Fräulein Christines Kutsche.

»Merkwürdig«, sagte er plötzlich, »merkwürdig, daß bisher noch niemand Simina gesehen hat! ...«

Sie gingen zur Tür. Herr Nazarie beeilte sich; er traute sich nicht, einen Blick zurückzuwerfen.

»Ich habe sie tatsächlich nicht gesehen, seit das Haus zu brennen anfing«, sagte er. »Sie wird sich irgendwo versteckt haben ...«

»Ich weiß schon, wo sie finden«, murmelte Egor mit einem Lächeln. »Ich weiß, wo die kleine Hexe sich versteckt hält ...«

Trotz dieser Feststellung schien er der Verzweiflung nahe, als käme ihm erst jetzt zu Bewußtsein, daß auch auf ihm ein Fluch lastete, daß er nicht mehr Herr seines Schicksals war und es kein Entrinnen gab für ihn aus diesem Teufelskreis.

Der Arzt hatte Sandas Zimmer verlassen. Geblieben waren nur die Frauen und Frau Moscu, die einige ehrerbietige Bauern dorthin getragen hatten. Der Doktor wartete im Hof, in der Nähe der Menge, das Ende des Brandes ab. Er dachte an nichts mehr, erinnerte sich nicht einmal, wann ihn diese wohlige Müdigkeit übermannt hatte; sein Kopf war völlig leer. Staunend gewahrte er, daß Egor wieder auftauchte und die Leute aufforderte, ihm zu folgen. Er hörte ihn nicht sprechen, sah nur seine hocherhobenen Arme, seine düstere Miene. Eine Gruppe von Bauern schloß sich Egor an; die Männer hielten sich dicht beieinander und gingen ohne Eile, die Blicke zu Boden gesenkt. Der Doktor folgte ihnen. Voran schritt einer mit einer Fackel. Egor hatte noch die Petroleumlampe, hielt sie mit der Linken an seine Brust. In seiner Rechten trug er eine dünne Eisenstange.

»Laßt mich als ersten hinunter«, sagte er, als sie zum Kellereingang kamen. »Wartet hier, und wenn ihr mich rufen hört, kommt mir nach . . .«

Herr Nazarie wollte ihn zurückhalten. Die Augen brannten ihm vor Schläfrigkeit wie im Fieber. Die Finger, die sich an Egors Arm klammerten, zitterten.

»Sind Sie verrückt, daß Sie allein hinuntersteigen wollen?« schrie er laut.

Egor sah ihn mit irrem Blick an. Woher nimmt er dennoch die Kraft, den Leuten mit solcher Entschlossenheit Befehle zu erteilen? fragte sich Herr Nazarie. Denn die Augen des Malers verrieten eine ungeheure Müdigkeit, die trüben Pupillen und trockenen, starren Lippen verrieten Wahnsinn.

»Sie nehme ich mit«, sagte Egor zum Archäologen. »Aber Sie müssen ein Stück Eisen in der Hand haben, damit wir uns verteidigen können«, fügte er im Flüsterton hinzu.

Sie stiegen die Kellertreppe hinab. Die Bauern blieben draußen, hielten den Atem an und waren froh, beisammen und noch wohlauf zu sein. Egor warf einen letzten Blick nach draußen, ehe ihn der schwarze Schlund des Kellers verschlang. Am fernen Himmel stieg Dunst auf.

»Es wird bald Tag«, sagte Egor lächelnd zu Herrn Nazarie.

Die Lampe vor Aufregung ganz nah an seine Brust haltend, stieg er dann ziemlich hastig die kalten Stufen hinab.

Herr Nazarie folgte ihm auf den Fersen. Als er unter seinen Füßen den feuchten Sand spürte, fuhr er zusammen und versuchte, sich im Dunkel zurechtzufinden, konnte jedoch außer der nur vom zittrigen Lampenschein beleuchteten Wand, neben der sie hinabstiegen, nichts sehen. Egor ging ohne Zögern voraus, geradewegs zum anderen Ende des Kellers. Je weiter sie in den Keller eindrangen, desto schwächer hörten sie das Flackern der Flammen und das Einstürzen der Mauern.

Hier, unter der Erde herrschte wieder Stille.

»Fürchten Sie sich?« fragte plötzlich Egor Herrn Nazarie und leuchtete ihm ins Gesicht.

Vom Licht geblendet, zwinkerte der Archäologe mit den Augen. Was ging in Egor nur vor, auf was für einen unsinnigen Einfall war er nun wieder gekommen?

»Ich fürchte mich nicht«, sprach Herr Nazarie«, denn ich habe ja das Eisen und ein Kreuz bei mir ... Außerdem wird es bald Tag ... Da kann nicht mehr viel passieren ...«

Egor antwortete nicht. Die Eisenstange in seiner Rechten schwingend, ging er, grimmig dreinblickend, weiter. Sie betraten nun den zweiten Kellerraum. Schaudernd erkannte Egor alles wieder. Durch ein kleines Fenster drang von oben ein rötlicher Schatten. Der Widerschein des Feuers, dachte Herr Nazarie. Aber von draußen hörte man auffällig wenig Geräusche. Das schwere Kellergewölbe und die kalten Mauern schluckten die Laute und erstickten die Stimmen.

»Sehen Sie *dort vorne* etwas?!« fragte Egor flüsternd, indem er stehenblieb und mit der Lampe in eine dunkle Ecke wies.

»Ich sehe nichts«, erwiderte Herr Nazarie.

»Und dennoch ist sie *dort*«, beharrte Egor.

Er ging entschlossen mit großen Schritten weiter. Das Licht fing an zu flackern. Die Luft war hier noch schwüler, noch feuchter. Die Mauern schienen wie aus Asche, und die Decke des alten Kellergewölbes hing so tief über ihren Köpfen, daß sie die beiden Männer schier erdrückte.

Sie fanden Simina auf dem weichen aufgekratzten Boden ausgestreckt. Sie überhörte die Schritte der beiden Männer, und das Licht der Lampe schien sie nicht aus ihrer versteinerten Trauer zu wecken. Egor begann zu zittern, als er sich Siminas kleinem, zerschundenem Körper näherte.

»*Sie* ist hier, nicht wahr?« fragte er leise, indem er an Siminas Schulter rüttelte.

Das Mädchen wandte den Kopf um und sah ihn ohne Staunen an, als erkenne sie ihn nicht. Sie antwortete nicht und blieb weiterhin wartend auf der Erde liegen, die sie mit ihren Nägeln vergeblich aufgewühlt und an die sie ihr Ohr so gespannt lauschend gepreßt hatte. Ihre Hände bluteten, ihre Schenkel waren verschmiert, ihr Kleid war fleckig von den Blättern, die sie bei ihren häufigen Streifzügen in dieser Nacht zerdrückt hatte.

»Du wartest umsonst auf sie, Simina«, fuhr Egor schroff fort. »Christine ist einmal vor langer Zeit gestorben, und wird nun endgültig sterben! . . .«

Darauf stürzte er sich wütend auf die Kleine, hob sie brutal auf und schüttelte sie in seinen Armen.

»Wach auf! Christine fährt nun zur Hölle, und ihre Leiche wird im Höllenfeuer verbrennen! . . .«
Er steigerte sich in eine seltsame Erregung hinein, als er diese Worte aussprach. Das Mädchen hing schlaff in seinen Armen. Sie hatte sich die Lippen blutig gebissen und blickte ihn aus glasigen Augen wie irre an. Egor geriet in höchste Erregung. Ich muß sofort einen Entschluß fassen, um alle zu retten . . .
»Nehmen Sie sie auf die Arme und bekreuzigen Sie sich!« sagte er Herrn Nazarie und reichte ihm den kraftlosen Körper des Kindes.
Herr Nazarie schlug ein großes Kreuz und begann ein Gebet zu murmeln, das Egor unbekannt war. Der Maler näherte sich der Stelle, wo das Mädchen gelegen hatte und betrachtete sie forschend, als bemühe er sich zu begreifen, welch widernatürlicher, geheimnisvoller Schatz sich dort unter der Erde verbarg. Dann holte er mit der Eisenstange aus und stieß voller Wucht zu. Kalte Schweißtropfen bedeckten seine Stirn.
»Ist *das hier* ihr Herz, Simina?!« fragte er, ohne den Kopf zu wenden.
Das Mädchen sah ihn entgeistert an und versuchte, sich aus den Armen des Archäologen zu befreien. Egor zog die Stange heraus, die nur zur Hälfte in die Erde eingedrungen war, und stieß sie daneben mit noch größerer Wucht hinein.
»Ist es hier?« fragte er wieder mit zugeschnürter Kehle.
Simina erschauerte. Ihr Körper wurde in Herrn Nazaries Armen mit einem Mal ganz steif, und sie verdrehte die Pupillen.
Egor spürte, wie sein Arm, mit dem er die Stange in die Erde drückte, zu zittern begann. Nun habe ich es getrof-

fen, dachte er außer sich vor Wut. Er preßte die Lider zusammen, schrie laut auf und stützte sich mit dem Gewicht seines ganzen Körpers auf die Stange. Er spürte, wie das Eisen in weiches Fleisch eindrang, es aufschlitzte und dabei zuckte. Nun hoffte er, ihr den Todesstoß versetzt zu haben, und war wie berauscht. Wie im Traum hörte er Siminas Schreie. Er glaubte zu sehen, wie Herr Nazarie auf ihn zukam, um ihm in den Arm zu fallen, und das brachte ihn noch mehr auf. Er kniete nieder und wandte seine letzte Kraft an, um die Stange noch tiefer hineinzustoßen, wiewohl das Eisen ihm die Hände bis auf die Knochen wundrieb. Tiefer, weiter, bis ins Innere, bis ins Herz der verdammten Hexe.

Plötzlich wurde er von schmerzlicher Entzückung befallen. Staunend erkannte er die Wände seines Zimmers wieder, erblickte das Bett, auf dem er ausgestreckt lag, und die Kognakflasche auf dem Nachttisch. Wieder roch es nach Veilchen. Und wie in einem Lied hörte er die einstigen Worte:

*... Dein Auge, groß und dunkel, schmerzt,*
*Dein Blick will mich versengen!*

Wohin waren plötzlich Simina, Herr Nazarie und die Aschemauern des Kellers verschwunden?! ... Er hörte eine ganz ferne und traurige Stimme ihn rufen:

»Egor! ... Egor! ...«

Er sah sich um. Es war niemand da. Er war allein geblieben. Für immer allein. Nun würde er ihr niemals mehr begegnen, ihr Veilchenduft würde ihn nie mehr verwirren, ihr blutdürstiger Mund nie mehr nach ihm lechzen ...

Er stürzte zu Boden. Das Dunkel war wieder dicht und kalt. Er fühlte sich in einer unbekannten Höhle lebendig

begraben, ohne daß jemand wußte, wo er war, ohne Hoffnung, je gerettet zu werden ...
Aus anderen Bereichen nahten jedoch Schritte. Zunächst eine traurige Musik, ein altmotischer Walzer, dann Schritte von Menschen und ein Lichtschimmer. Jemand näherte das Gesicht dem seinen und fragte ihn:
»Kennen Sie den Radu Prăjan? Da ist er!«
Entsetzt wandte er den Kopf um. Welch neue, absurde Verkleidung! Radu Prăjan ähnelte nun Herrn Nazarie und wagte nicht, sich ihm zu nähern, wagte nicht einmal, ihn anzusprechen, sondern sah ihm bloß in die Augen, rief ihn mit den Blicken, flehte ihn an, mitzukommen, damit er ihm eröffne, welch große Gefahr ihm drohte. In seinen Armen hielt er Simina. Das Haar fiel ihr in die Augen. Ihre Lippen waren weiß.
»Sieh her, auch sie ist tot!« schienen Radu Prăjans Blicke zu sagen.
Aber vielleicht war es nicht wahr, vielleicht sagte er das nur, um nicht erkannt zu werden. Auch er, Prăjan, hatte Angst, war wie gelähmt vor Schreck, starrte ihn an, ohne zu zwinkern ...

Plötzlich sah er sich von vielen Menschen umringt. Sie trugen Fackeln, Äxte und Spieße aus Holz. Vor sich, auf dem feuchten Erdboden, erblickte er das eine Ende der Eisenstange. *Es ist also wahr!* dachte er und lächelte traurig. Alles war wahr. Er selber hatte sie umgebracht. Worauf sollte er nun noch hoffen, wen sollte er anflehen, und durch welches Wunder würde es ihm je wieder vergönnt, Christines warmen Schenkel zu spüren?
»Man ruft Sie nach oben«, hörte er eine unbekannte Stimme. »Fräulein Sanda stirbt ...«

Er senkte den Kopf, ohne zu antworten. Kein Gedanke. Nur Einsamkeit, verhängnisvolle Einsamkeit.
»Sie ist tot!« flüsterte eine andere Stimme neben ihm.
Jemand hob ihn auf die Arme. Er spürte es, hörte die Stimme nochmals ganz dicht an seinem Ohr.
»Fräulein Sanda ist gestorben! . . . Kommen Sie hinauf! So ein Unglück! . . .«
Wer sprach da zu ihm mitten in seiner großen Einsamkeit, mitten in dieser Nacht, in der niemand mehr zu ihm gelangen konnte, die auch kein Laut mehr durchdrang?
Jemand trug ihn auf den Armen fort.
Ringsum verwandelten sich die Zimmer wie durch einen Zauber. Er kam zuerst durch einen großen Ballsaal mit vergoldeten Kronleuchtern, an denen kristallene Pfeile hingen. Er traf elegante Pärchen, die gerade zu tanzen aufgehört zu haben schienen und die ihn unschlüssig und erstaunt ansahen. Schwarzgekleidete Herren, Damen mit Fächern aus Seide . . . Dann ein seltsamer Saal mit vielen grünen Tischen und unbekannten Leuten, die wortlos Karten spielten. Alle blickten erstaunt, wie unbekannte Männer ihn auf ihren Armen forttrugen . . . Nun stiegen sie mit ihm die Treppe zu einem Speisezimmer mit altmodischen Möbeln hinauf. Es folgte der Korridor . . . Der aber verschwand plötzlich im Nebel, und aus dem bläulichen Nebel schlug irgendwo, ganz nahe eine riesige Flamme hoch. Egor schloß die Augen. *Es ist also wahr*, erinnerte er sich.
»Auch das andere Haus brennt nun!« hörte er eine Stimme.
Egor sah sich nach dem Mann um, der in unmittelbarer Nähe gesprochen hatte, stieß jedoch bloß auf eine Feuerschwinge ohne Anfang und Ende. Er schloß die Augen.

»Wie doch das Bojarengeschlecht zugrunde gegangen ist! . . .«

Es war dieselbe, unbekannte Stimme, die aus Traumgefilden zu kommen schien.

# Bibliothek Suhrkamp

Verzeichnis der letzten Nummern

427 Michel Leiris, Mannesalter
428 Hermann Lenz, Der Kutscher und der Wappenmaler
429 Mircea Eliade, Das Mädchen Maitreyi
430 Ramón del Valle-Inclán, Tyrann Banderas
431 Raymond Queneau, Zazie in der Metro
433 William Butler Yeats, Die geheime Rose
434 Juan Rulfo, Pedro Páramo
435 André Breton, L'Amour fou
436 Marie Luise Kaschnitz, Gedichte
437 Jerzy Szaniawski, Der weiße Rabe
438 Ludwig Hohl, Nuancen und Details
439 Mario Vargas Llosa, Die kleinen Hunde
440 Thomas Bernhard, Der Präsident
441 Hermann Hesse – Thomas Mann, Briefwechsel
442 Hugo Ball, Flametti
443 Adolfo Bioy Casares, Morels Erfindung
444 Hermann Hesse, Wanderung
445 Ödön von Horváth, Don Juan
446 Flann O'Brien, Der dritte Polizist
447 Giuseppe Tomasi di Lampedusa, Der Leopard
448 Robert Musil, Die Verwirrungen des Zöglings Törleß
449 Elias Canetti, Der Überlebende
450 Robert Walser, Geschwister Tanner
451 Alfred Döblin, Berlin Alexanderplatz
452 Gertrude Stein, Paris Frankreich
453 Johannes R. Becher, Gedichte
454 Federico García Lorca, Bluthochzeit/Yerma
455 Ilja Ehrenburg, Julio Jurenito
456 Boris Pasternak, Kontra-Oktave
457 Juan Carlos Onetti, Die Werft
458 Anna Seghers, Die schönsten Sagen vom Räuber Woynok
459 Harry Levin, James Joyce
464 Franz Kafka, Der Heizer
465 Wolfgang Hildesheimer, Masante
466 Evelyn Waugh, Wiedersehen mit Brideshead
467 Gershom Scholem, Walter Benjamin
468 Rainer Maria Rilke, Duineser Elegien
469 Hugo von Hofmannsthal/Rainer Maria Rilke, Briefwechsel
470 Alain, Die Pflicht glücklich zu sein
471 Wolfgang Schadewaldt, Der Gott von Delphi
472 Hermann Hesse, Legenden
473 H. C. Artmann, Gedichte

474 Paul Valéry, Zur Theorie der Dichtkunst
476 Erhart Kästner, Aufstand der Dinge
477 Stanisław Lem, Der futurologische Kongreß
478 Theodor Haecker, Tag- und Nachtbücher
479 Peter Szondi, Satz und Gegensatz
480 Tania Blixen, Babettes Gastmahl
481 Friedo Lampe, Septembergewitter
482 Heinrich Zimmer, Kunstform und Yoga
483 Hermann Hesse, Musik
486 Marie Luise Kaschnitz, Orte
487 Hans-Georg Gadamer, Vernunft im Zeitalter der Wissenschaft
488 Yukio Mishima, Nach dem Bankett
489 Thomas Bernhard, Amras
490 Robert Walser, Der Gehülfe
491 Patricia Highsmith, Als die Flotte im Hafen lag
492 Julien Green, Der Geisterseher
493 Stefan Zweig, Die Monotonisierung der Welt
494 Samuel Beckett, That Time/Damals
495 Thomas Bernhard, Die Berühmten
496 Günter Eich, Marionettenspiele
497 August Strindberg, Am offenen Meer
498 Joseph Roth, Die Legende vom heiligen Trinker
499 Hermann Lenz, Dame und Scharfrichter
500 Wolfgang Koeppen, Jugend
501 Andrej Belyj, Petersburg
503 Cortázar, Geschichten der Cronopien und Famen
504 Juan Rulfo, Der Llano in Flammen
505 Carlos Fuentes, Zwei Novellen
506 Augusto Roa Bastos, Menschensohn
508 Alejo Carpentier, Barockkonzert
509 Elisabeth Borchers, Gedichte
510 Jurek Becker, Jakob der Lügner
512 James Joyce, Die Toten/The Dead
513 August Strindberg, Fräulein Julie
514 Sigmund Freud, Eine Kindheitserinnerung des Leonardo da Vinci
515 Robert Walser, Jakob von Gunten
519 Rainer Maria Rilke, Gedichte an die Nacht
520 Else Lasker-Schüler, Mein Herz
521 Marcel Schwob, Roman der 22 Lebensläufe
522 Mircea Eliade, Die Pelerine
523 Hans Erich Nossack, Der Untergang
524 Jerzy Andrzejewski, Jetzt kommt über dich das Ende
525 Günter Eich, Aus dem Chinesischen
526 Gustaf Gründgens, Wirklichkeit des Theaters
527 Martin Walser, Ehen in Philippsburg
528 René Schickele, Die Flaschenpost
529 Flann O'Brien, Das Barmen

533 Wolfgang Hildesheimer, Biosphärenklänge
534 Ingeborg Bachmann, Malina
535 Ludwig Wittgenstein, Vermischte Bemerkungen
536 Zbigniew Herbert, Ein Barbar in einem Garten
537 Rainer Maria Rilke, Ewald Tragy
538 Robert Walser, Die Rose
539 Malcolm Lowry, Die letzte Adresse
540 Boris Vian, Die Gischt der Tage
541 Hermann Hesse, Josef Knechts Lebensläufe
542 Hermann Hesse, Magie des Buches
543 Hermann Lenz, Spiegelhütte
544 Federico García Lorca, Gedichte
545 Ricarda Huch, Der letzte Sommer
546 Wilhelm Lehmann, Gedichte
547 Walter Benjamin, Deutsche Menschen
548 Bohumil Hrabal, Tanzstunden für Erwachsene und Fortgeschrittene
549 Nelly Sachs, Gedichte
550 Ernst Penzoldt, Kleiner Erdenwurm
551 Octavio Paz, Gedichte
552 Luigi Pirandello, Einer, Keiner, Hunderttausend
553 Strindberg, Traumspiel
554 Carl Seelig, Wanderungen mit Robert Walser
555 Gershom Scholem, Von Berlin nach Jerusalem
556 Thomas Bernhard, Immanuel Kant
557 Ludwig Hohl, Varia
559 Raymond Roussel, Locus Solus
560 Jean Gebser, Rilke und Spanien
561 Stanisław Lem, Die Maske · Herr F.
562 Raymond Chandler, Straßenbekanntschaft Noon Street
563 Konstantin Paustowskij, Erzählungen vom Leben
564 Rudolf Kassner, Zahl und Gesicht
565 Hugo von Hofmannsthal, Das Salzburger große Welttheater
567 Siegfried Kracauer, Georg
568 Valery Larbaud, Glückliche Liebende ...
570 Graciliano Ramos, Angst
571 Karl Kraus, Über die Sprache
572 Rudolf Alexander Schröder, Ausgewählte Gedichte
573 Hans Carossa, Rumänisches Tagebuch
574 Marcel Proust, Combray
575 Theodor W. Adorno, Berg
576 Vladislav Vančura, Der Bäcker Jan Marhoul
577 Mircea Eliade, Die drei Grazien
578 Georg Kaiser, Villa Aurea
579 Gertrude Stein, Zarte Knöpfe
580 Elias Canetti, Aufzeichnungen
581 Max Frisch, Montauk

582 Samuel Beckett, Um abermals zu enden
583 Mao Tse-tung, 39 Gedichte
584 Ernst Kreuder, Die Gesellschaft vom Dachboden
585 Peter Weiss, Der Schatten des Körpers des Kutschers
586 Herman Bang, Das weiße Haus
587 Herman Bang, Das graue Haus
588 Hermann Broch, Menschenrecht und Demokratie
589 D. H. Lawrence, Auferstehungsgeschichte
590 Flann O'Brien, Zwei Vögel beim Schwimmen
591 André Gide, Die Rückkehr des verlorenen Sohnes
592 Jean Gebser, Lorca oder das Reich der Mütter
593 Robert Walser, Der Spaziergang
594 Natalia Ginzburg, Caro Michele
595 Raquel de Queiroz, Das Jahr 15
596 Hans Carossa, Ausgewählte Gedichte
597 Mircea Eliade, Der Hundertjährige
599 Hans Mayer, Doktor Faust und Don Juan
600 Thomas Bernhard, Ja
601 Marcel Proust, Der Gleichgültige
602 Hans Magnus Enzensberger, Mausoleum
603 Stanisław Lem, Golem XIV
604 Max Frisch, Der Traum des Apothekers von Locarno
605 Ludwig Hohl, Vom Arbeiten · Bild
606 Herman Bang, Exzentrische Existenzen
607 Guillaume Apollinaire, Bestiarium
608 Hermann Hesse, Klingsors letzter Sommer
609 René Schickele, Die Witwe Bosca
610 Machado de Assis, Der Irrenarzt
611 Wladimir Trendrjakow, Die Nacht nach der Entlassung
612 Peter Handke, Die Angst des Tormanns beim Elfmeter
613 André Gide, Die Aufzeichnungen und Gedichte des André Walter
614 Bernhard Guttmann, Das alte Ohr
616 Ludwig Wittgenstein, Bemerkungen über die Farben
617 Paul Nizon, Stolz
618 Alexander Lernet-Holenia, Die Auferstehung des Maltravers
619 Jean Tardieu, Mein imaginäres Museum
620 Arno Holz/Johannes Schlaf, Papa Hamlet
621 Hans Erich Nossack, Vier Etüden
622 Reinhold Schneider, Las Casas vor Karl V.
624 Ludwig Hohl, Bergfahrt
625 Hermann Lenz, Das doppelte Gesicht
627 Vladimir Nabokov, Lushins Verteidigung
628 Donald Barthelme, Komm wieder Dr. Caligari
629 Louis Aragon, Libertinage, die Ausschweifung
630 Ödön von Horváth, Sechsunddreißig Stunden
631 Bernard Shaw, Sozialismus für Millionäre
632 Meinrad Inglin, Werner Amberg. Die Geschichte seiner Kindheit

633 Lloyd deMause, Über die Geschichte der Kindheit
634 Rainer Maria Rilke, Die Sonette an Orpheus
635 Aldous Huxley, Das Lächeln der Gioconda
637 Wolf von Niebelschütz, Über Dichtung
638 Henry de Montherlant, Die kleine Infantin
639 Yasushi Inoue, Eroberungszüge
640 August Strindberg, Das rote Zimmer
641 Ernst Simon, Entscheidung zum Judentum
642 Albert Ehrenstein, Briefe an Gott
643 E. M. Cioran, Über das reaktionäre Denken
645 Marie Luise Kaschnitz, Beschreibung eines Dorfes
646 Thomas Bernhard, Der Weltverbesserer
647 Wolfgang Hildesheimer, Exerzitien mit Papst Johannes
648 Volker Braun, Unvollendete Geschichte
649 Hans Carossa, Ein Tag im Spätsommer 1947
650 Jean-Paul Sartre, Die Wörter
651 Regina Ullmann, Ausgewählte Erzählungen
652 Stéphane Mallarmé, Eines Faunen Nachmittag
653 Flann O'Brien, Das harte Leben
654 Valery Larbaud, Fermina Márquez
655 Robert Walser, Geschichten
656 Max Kommerell, Der Lampenschirm aus den drei Taschentüchern
657 Samuel Beckett, Bruchstücke
658 Carl Spitteler, Imago
659 Wolfgang Koeppen, Das Treibhaus
660 Ernst Weiß, Franziska
661 Grigol Robakidse, Kaukasische Novellen
662 Muriel Spark, Die Ballade von Peckham Rye
663 Hans Erich Nossack, Der Neugierige
666 Yasushi Inoue, Die Berg-Azaleen auf dem Hira-Gipfel
667 Max Herrmann-Neiße, Der Todeskandidat
668 Ramón del Valle-Inclán, Frühlingssonate
669 Marguerite Duras, Ganze Tage in den Bäumen
670 Ding Ling, Das Tagebuch der Sophia
671 Yehudi Menuhin, Kunst und Wissenschaft als verwandte Begriffe
672 Karl Krolow, Gedichte
673 Giovanni Papini, Ein erledigter Mensch
674 Bernhard Kellermann, Der Tunnel
675 Ludwig Hohl, Das Wort faßt nicht jeden
678 Julien Green, Moira
679 Georges Simenon, Der Präsident
680 Rudolf Jakob Humm, Die Inseln
682 Hans Henny Jahnn, Die Nacht aus Blei
683 Luigi Malerba, Geschichten vom Ufer des Tibers
689 Ferdinand Ebner, Das Wort und die geistigen Realitäten
696 Odysseas Elytis, Ausgewählte Gedichte
697 Wisława Szymborska: Deshalb leben wir

# Bibliothek Suhrkamp

Alphabetisches Verzeichnis

Adorno: Berg 575
- Literatur 1 47
- Literatur 2 71
- Literatur 3 146
- Literatur 4 395
- Mahler 61
- Minima Moralia 236
- Über Walter Benjamin 260

Aitmatow: Dshamilja 315
Alain: Die Pflicht glücklich zu sein 470
Alain-Fournier: Der große Meaulnes 142
- Jugendbildnis 23

Alberti: Zu Lande zu Wasser 60
Anderson: Winesburg, Ohio 44
Andrić: Hof 38
Andrzejewski: Appellation 325
- Jetzt kommt über dich das Ende 524

Apollinaire: Bestiarium 607
Aragon: Libertinage, die Ausschweifung 629
Arghezi: Kleine Prosa 156
Artmann: Gedichte 47[illegible]
de Assis: Der Irrenarzt 610
Asturias: Legenden 358
Bachmann: Malina 534
Ball: Flametti 442
- Hermann Hesse 34

Bang: Das weiße Haus 586
- Das graue Haus 587
- Exzentrische Existenzen 606

Barnes: Antiphon 241
- Nachtgewächs 293

Baroja: Shanti Andía, der Ruhelose 326
Barthelme: City Life 311
- Komm wieder Dr. Caligari 628

Barthes: Die Lust am Text 378
Baudelaire: Gedichte 257
Becher: Gedichte 453
Becker: Jakob der Lügner 510
Beckett: Bruchstücke 657
- Erste Liebe 277
- Erzählungen 82
- Glückliche Tage 98
- Mercier und Camier 327
- Residua 254
- That Time/Damals 494
- Um abermals zu enden 582
- Verwaiser 303
- Wie es ist 118

Belyj: Petersburg 501
Benjamin: Berliner Chronik 251
- Berliner Kindheit 2
- Denkbilder 407
- Deutsche Menschen 547
- Einbahnstraße 27
- Über Literatur 232

Benn: Weinhaus Wolf 202
Bernhard: Amras 489
- Der Präsident 440
- Der Weltverbesserer 646
- Die Berühmten 495
- Die Jagdgesellschaft 376
- Die Macht der Gewohnheit 415
- Ignorant 317
- Immanuel Kant 556
- Ja 600
- Midland 272
- Verstörung 229

Bioy-Casares: Morels Erfindung 443
Blixen: Babettes Gastmahl 480
Bloch: Erbschaft dieser Zeit 388
- Schiller 234
- Spuren. Erweiterte Ausgabe 54
- Thomas Münzer 77
- Verfremdungen 1 85
- Verfremdungen 2 120
- Zur Philosophie der Musik 398

Block: Sturz 290
Bond: Lear 322